# The Book of Tomorrow

Cecelia Ahern

# 明日魔法书

【爱尔兰】西西莉亚·艾亨 著 陈颖 译

# The Book of Tomorrow

Cecelia Ahern

译林出版社 | 凤凰阿歇特 hachettephoenix

图书在版编目 (CIP) 数据

明日魔法书 / ( 爱尔兰 ) 艾亨 (Ahern, C.) 著 ;
陈颖译 . -- 南京 : 译林出版社 , 2012. 6
书名原文 : The Book of Tomorrow
ISBN 978-7-5447-2286-5

I. ① 明… II. ① 艾… ② 陈… III. ① 长篇小说 – 爱
尔兰 – 现代 IV. ① I562.45

中国版本图书馆 CIP 数据核字 (2011) 第 164475 号



书　　名　明日魔法书
作　　者　〔爱尔兰〕西西莉亚 · 艾亨
译　　者　陈　颖
责任编辑　王振华
特约策划　王　楠
特约编辑　苏　颖　王怡翾
原文出版　HarperCollins Publishers，2010
出版发行　凤凰出版传媒集团
　　　　　凤凰出版传媒股份有限公司
　　　　　译林出版社
　　　　　凤凰阿歇特文化发展 ( 北京 ) 有限公司
集团地址　南京市湖南路 1 号 , 邮编 : 210009
集团网址　凤凰出版传媒网 http://www.ppm.cn
出版社地址　南京市湖南路 1 号 , 邮编 : 210009
电子邮箱　yilin@yilin.com
　　　　　info@hachette-phoenix.com
出版社网址　http://www.yilin.com
　　　　　http://www.hachette-phoenix.com
印　　刷　北京正合鼎业印刷技术有限公司
开　　本　889×1230 毫米　1/32
印　　张　9.75
字　　数　200 千
版　　次　2012 年 6 月第 1 版　2012 年 6 月第 1 次印刷
标准书号　ISBN 978-7-5447-2286-5
定　　价　28.00 元
　　　　　译林版图书若有印装错误可向承印厂调换

献给玛丽安，

你总是能在不经意间带给我欢笑。

献给我的读者们，

感谢你们给予我的信赖。

# 第一章
# 一地花骨朵儿

他们说，故事每说一次，便会丢失一些东西。如果真是这样，那么你听到的这个故事绝对原汁原味，因为这是我第一次把它讲给人听。

听到这个故事，有些人肯定会难以抑制自己的怀疑之心。如果我不是我，而这个故事不是发生在我身上，我也会同他们一样不敢相信。

但是，也有些人没怎么费劲就相信了这个故事，因为他们的心灵是开放的，仿佛被某种钥匙开了锁似的。这些人要么生来如此，要么就是在他们年纪尚小、幼小的心灵像小小的花骨朵儿还未张开的时候，心灵就被细心呵护着，他们的心灵慢慢地张开了花瓣，等待着生活本身的浇灌。雨露阳光下，他们不停地生长，生长，生长；怀着开放的心灵，他们懂得生活之道并乐于接受。他们在黑暗的地方看见光明，在绝望的时候发现希望，别人失败的时候他们品尝胜利，别人相信的时候他们却提出质疑。他们只是不那么倦怠，不那么愤世嫉俗，不那么容易认输和放弃。有些人在经历过生活的成败悲喜之后，也打开了他们的心灵。这些生活的历练，就像是打开“万事通”宝盒的钥匙，让人从此接受未知，抛弃功利主义，不再循规蹈矩。

不过也有那种脑瓜只是一大把花梗儿的人，每当他们接收到新的讯息，花梗上就会长出花骨朵儿—— 一次冒出一朵——可是这些花骨朵儿永远也不会绽开，不会盛放。他们的世界里只有大写字母和句号，从来没有问号和省略号……

我的父母就是这样的人，他们就是自以为无所不知的类型，抱着“如果书上没写过，我也从来没有听说过，那就别胡扯了”这样想法的人。直线思维，脑子里塞满了五颜六色的花骨朵儿，修剪得整整齐齐，散发着甜甜的香气，可是从不开放。这样的人从来不会有轻松惬意地随风起舞的时候；他们正直、刻板、实际，到死为止，都还是花骨朵儿。

其实，我妈妈还活着呢。

从医学角度来说确实如此。只是，她人虽然还活着，但却并非生气勃勃。她就像是一具尚能活动的躯体，间或哼唧一阵以证明她自己还存在。远远看去，你会觉得她好好的，待到走近，你就会发现她的亮粉色口红有点儿不匀，眼睛疲惫而无神。她就像那些电视片场里的房子一样——只有正面能看，后面什么也没有。她穿着长长的睡袍，甩着喇叭袖在房子里穿梭，从这间飘到那间，仿佛她是《飘》里面的南方美人，踌躇着是否该把烦恼通通留到明天。尽管她举止优雅，像天鹅似的在房子里游荡，但是在平静的外表下，她暴躁地拳打脚踢，拼命挣扎着，好让自己维持抬头挺胸的状态。她偶尔对我们露出惊慌失措的微笑，让我们知道她还在那儿，尽管这对我们没有丝毫意义。

我这么说并不是责怪她。像她那样什么事都不过问，把自己的一堆破烂和零碎留给其他人来收拾，是多么享受的一件事。

我还没开始给你讲任何事情，你现在一定非常摸不着头脑吧？我的名字叫塔玛拉·古德温。古德温，就是英语的 Goodwin，字面意是“好赢”，这真是一个让我讨厌的词组。赢就赢，输就输，像“惨输”（bad loss），“烈日”（hot sun）或“死透了”（very dead）一样，两个词完全没有必要凑到一起来表达明明一个词就可以表达的意思。我常常在告诉别人我的名字的时候省去一个词，塔玛拉·古德（good），或者塔玛拉·温（win）。前者颇具讽刺，因为我从来没好过；后者也很可笑，因为它暗示的好运总是跟现实相反。

我今年十六岁，他们都这么说。我有点怀疑自己的年纪，因为我觉得自己有十六岁的两倍那么大。十四岁的时候，我也觉得自己是十四岁，行为像十一岁而且想要快点变成十八岁。可是在过去的几个月里，我老了好几岁。这可能吗？紧闭的花骨朵儿会摇着头说不可能。开放的脑瓜会说当然可能——他们会说，万事皆有可能。不过，这也不对，并不是所有的事都是可能的。

要让我老爸起死回生这件事就不可能。我试过，当我发现他倒在办公室地板上的时候——其实，他已经死了——他脸色发青，身旁倒着一个空药瓶，书桌上还有一个喝光了的威士忌酒瓶。当时我完全不知道自己在做什么，只是一边不顾一切地把嘴抵在他的嘴上吹气，一边拼命地挤压着他的胸膛，但是那根本不管用。

老妈在墓地的哭号也不管用。在老爸的葬礼上，她扑到棺材上大声痛哭，手指紧紧地抠着刷了清漆的棺木，可老爸还是一点一点地往地里沉下去，一层一层的泥土盖了上来，上面还覆着青草，好像这样就能骗我们相信，老爸并不是被永远地埋在了爬满虫蛆的泥土里。我很佩服老妈的努力，可她的崩溃并没能把老爸唤回来。

那些数不胜数的关于老爸的故事也不管用。葬礼后的追思会上，大家开始比赛“谁最了解乔治”，纷纷抢着分享老爸的故事，好像手指底下有抢答按钮一样，随时准备着跳出来说“你觉得那很有趣吗？听听我这个吧……”，“有一次乔治和我一起……”，“我永远也不会忘了那时候乔治说……”他们你一言我一语，气氛热烈，泪水和红酒一起洒在老妈新买的波斯地毯上。他们尽了全力，几乎都让人觉得老爸还在这里，但是他们的故事最终也没能把老爸带回来。

当老妈发现老爸的财务状况一塌糊涂时，他也没有回来。他破产了，银行要收回我们的房子和其他所有财产。老妈不得不变卖一切——所有的一切——来还债。那个时候老爸也没有回来帮我们。所以至此我才相信他走了，他是真的走了。我想，如果他任我们独自面对这一切煎熬——任我抱着他冰凉的身体人工呼吸，任老妈在所有人面前抓着他的棺材痛哭流涕，任我们被夺走曾经拥有的一切，那他就真的永远也不会回来了。

对老爸来说，头也不回地离开这一切似乎是个好办法。这一切太可怕，太丢脸，跟他的胆怯一样。

如果我的爸妈打开了他们的花骨朵儿，那么也许，也许他们就可以避免这一切的发生，可是他们没有。在那条隧道的尽头他们只看到无尽的漆黑，如果曾经出现过光亮的话，在他们眼里那也只会是一辆疾驰而来的列车，将要把他们碾成碎片。没有其他的可能，他们也不会换个方法做事。他们是讲求实际的人，却找不到实用的解决方法。其实只要有信念、希望和信心，老爸就不会走到这一步。可那些他一样也没有，所以当他了结自己的时候，也把我们全都拖进了地狱。

有一点我很好奇：黑暗和代表终结的死亡，怎么反而能够照亮一个人的品性呢？那几个礼拜，我听到数不胜数的关于老爸的感人故事。它们的确有安慰的作用，我听得很入迷。不过说老实话，我怀疑它们的真实性。老爸并不是个友善的人。我当然爱他，可我也知道，他不是什么善良的好人。他很少跟我说话，偶尔交谈的时候，不是我们在争吵什么事情，就是他给我钱让我别去烦他。他浑身带刺，精神脆弱，火爆易怒。他老把自己的想法强加在其他人身上，而且他还非常自大。他经常让周围的人感到不舒服或是低他一等，他就喜欢这样。他在餐馆里会仅仅为了看服务员替他奔忙而把牛排退回去三四次。他会点最贵的酒然后抱怨说酒变味儿了，只是为了气死餐馆老板。他会报警说邻居家的派对噪音太大，其实我们根本没听到什么声音，只是因为人家没有邀请我们，他就要搅得人家的派对办不成。

这些事情我在他的葬礼和之后的追思会上只字未提。实际上，我一句话也没说。我独自喝光了一大瓶红酒，直到趴在老爸书桌旁边的地板上呕吐不止。这是他结束自己的地方。老妈在那儿找到我，扇了我一记耳光，说我把它毁了。我不清楚她口中的“它”是地毯还是关于老爸的回忆。不管是哪个，我都相当肯定，老爸已经把它们都毁了。

我不只是把所有的怨恨都发泄到老爸身上。我是个很坏的人，我是最坏最坏的女儿。他们给了我一切，可我几乎从来没说过谢谢。而且就算我这么说过，我想那也不是发自内心的。我不认为我了解它的真正含义。“谢谢”是表达感激的信号。老爸和老妈经常跟我说起非洲的那些饿肚子的小孩，好像这样就能让我懂得感恩。回头想想，我觉得让我学会感恩的最好办法也许是不要给予我这么多。

我们住在一套七千平方英尺、六间卧室的现代豪宅里。这里有游泳池和网球场，以及一块位于爱尔兰都柏林基里尼的私人海滩。我的房间在宅子的另一头，跟爸妈的房间遥遥相望。我房间有一个阳台，从那里可以看到海滩，可我从来没有往外看过。房间配套的浴室里装有淋浴和浴缸，还有一台防水的液晶电视，就挂在浴缸上方的墙上。我还有一个堆满名牌包包的衣橱、一台电脑、一个索尼游戏机和一张四柱大床。我的命还真不错。

现在我告诉你另一个真相：我是一个极其可怕的女儿。我粗鲁，我顶嘴，我什么都想要，而且，更糟糕的是，在我的想法里，我要什么有什么是天经地义的，因为我认识的人也都是要什么有什么。我一次都没想过——哪怕一次——那些也并不是我们应该得到的。

我有个办法在晚上溜出房间，到外面跟朋友见面：从卧室阳台顺着水管爬到游泳池的顶上，从那儿很容易就能到达地面。在我们的私人沙滩上，我和朋友们找了一块地方聚在一起喝酒。女孩们喝的是“洋娃娃什锦酒”，是我们把从爸妈酒柜里偷来的酒都装到一个塑料瓶里混合而成的。我们从每个酒瓶里都只倒一点点，这样爸妈就不会有任何怀疑。男孩们喝的是苹果酒，能弄到哪种就喝哪种。他们也会带女朋友来，能追到哪个就带哪个。这个人多半就是我。有个叫费亚卡的男孩，以前是我最好的朋友祖儿的男朋友，他爸爸是一位有名的演员，现在他是我的男朋友——我老实说吧——因为我曾经任他掀开我的裙子。我盼望着有天能跟他爸爸见面，可是从来未能如愿。

我爸妈觉得很有必要让我见见世面，了解一下其他人是怎么生活的。他们不断地告诉我，我能住在海边的大房子里实在是太好命了。为了让我好好体会这世界，我们到西班牙马贝拉的别墅过夏天，到瑞士韦尔比耶的小木屋过圣诞，到纽约购物，在里兹大饭店过复活节。我十七岁生日的礼物已经准备好了，是一辆刻着我名字的粉红色敞篷迷你库珀。老爸的一个开录音工作室的朋友，等着听我唱歌并跟我签约。不过自从他摸我屁股以后，我就一刻也不愿意跟他单独待在一个屋子里了。即使他能让我出名，我也不愿意。

爸妈一年到头参加慈善活动。老妈花在衣服上的钱比花在赌桌上的还要多，而且一年有两次，她会把那些一时冲动买下却从来没穿过的衣服送给她住在乡下的嫂嫂罗莎琳——如果罗莎琳觉得有必要穿普奇背心裙挤牛奶的话。

现在我知道了——我们同我们置身其中的这个世界格格不入——我们不是什么好人。我想，在老妈毫无反应的表面之下，她也知道这一点。

当然，我们也不是什么恶人，只是不怎么善良。我们从来没为这世界上的任何人付出过任何东西，可得到的却太多太多。

但是，这不是我们该得到的。

以前，我从来没有想过明天，只活在现在。我现在想要这个，我现在想要那个。最后一次见到老爸的时候，我冲他大吼，对他说我讨厌他，然后当着他的面摔门而去。我从来没有后退一步，或者走出我的小世界来想一想自己到底在做什么说什么，而那又会给其他人带来多大的伤害。我对老爸说我再也不想见到他，而现在我真的再也见不到他了。我从来没想过未来，我想不到那会是我对他说的最后一句话，也想不到那是我跟他在一起的最后一刻。有太多问题需要我好好想想——我做了太多自己也无法原谅的事情——那需要时间。

可是现在，因为老爸的去世，因为一些我还没有告诉你们的事情，我不得不开始思考明天以及明天里所有的人。现在，我很高兴每天早上醒来都有一个明天在等着我。

我失去了老爸，老爸失去了他的明天，而我失去了所有有他的明天。可以这么说，现在每一个明天的到来都让我感恩。现在，我想尽可能美好地度过每一天。

# 第二章
# 两只绿头苍蝇

为了给蚁群找到最安全的觅食路线，总会有一只蚂蚁先单独去探路。当这只蚂蚁找到路线，它会沿途留下一种化学印迹，这样其他蚂蚁就可以顺着印迹找到食物。如果你一脚踩在蚂蚁们的路线上，或者换个正常点儿的说法，如果你用任何方式干扰了它们的印迹，它们就惨了。那些落在后面的蚂蚁只得惊恐慌张地四处乱爬，想要找回原路。我喜欢看着它们一开始完全丧失方向，四散奔逃地找路，不时互相撞到，然后重新组队，重整旗鼓，最后突破障碍回到它们的原路上继续前进，仿佛什么都没有发生过。

它们的惊慌失措让我想到老妈和自己。有人破坏了我们的路线，夺走了我们的主心骨，毁了我们前进的轨迹和我们的生活，使我们陷入了彻底的混乱。我想——我希望——随着时间流逝，我们会再次找到正确的路。总要有一个人出来领着其他人走。我想，老妈现在这种置身事外的状态，我只能独自一人出去探路了。

昨天我看到一只绿头苍蝇。因为想要从客厅逃出去，它一直冲着窗户飞，一次又一次地把头撞在窗户玻璃上。然后它不再像发射导弹似的把自己往玻璃窗上撞，而是贴着一小块玻璃，嗡嗡地扇着翅膀，仿佛陷入了极度恐慌。这么看着它真叫人丧气，因为只要它再飞高那么一点点，它就自由了。可它就是一再重复地干着同样的事情。我能想象它的沮丧，那些树木花草和蓝天近在眼前，可它却无法靠近。好几次，我都想帮它出去，引着它朝开着的窗户飞，可它总是躲开我，在房间里绕圈圈，最后又回到那块玻璃前。我几乎都听到它说："我就是这么进来的呀……"

我不知道我坐在扶手椅里看着它飞是不是有点儿像上帝——假若真有上帝的话。他闲坐着，整个世界尽收眼底，就像我看到这只绿头苍蝇只要再飞高一点点，就能从这屋子出去，重获自由。它压根没有被困住，只是找错了路。不知道上帝是不是也能看到我们母女的出路。如果我能看到这只苍蝇的出路，上帝应该也能看到我们母女的明天。这个想法让我稍感安慰。可这安慰没能持续多久。我离开了几个钟头以后回到房间，在窗台上发现了绿头苍蝇的尸体。死了的也许不是之前我看到的那只，可仍然……我哭了起来……然后生起上帝的气来。因为在我的心里，那只绿头苍蝇的死意味着老妈和我永远也找不到摆脱这混乱局面的出路了。

然而我转而意识到，在那个时候，我就是上帝。我想要帮助那只绿头苍蝇，可是它不要我帮。所以，我又对上帝抱歉了起来，因为我了解他的沮丧。有时候当人们伸出援助之手，却被推开。开始的时候人总是想靠自己的。

我以前从没想过这些：上帝、绿头苍蝇、蚂蚁。我死也不愿被人看到自己竟然在礼拜六的时候坐在扶手椅里，手里拿着一本书，盯着玻璃窗上的一只脏兮兮的苍蝇。也许老爸在他最后的时刻也有过类似的想法：我宁可死在自己的书房里，也不要经历一切都被夺走的耻辱。

以前，我的礼拜六一般是跟朋友们一起去阿卡迪亚旗下的服装店里闲晃，把所有的衣服通通试一遍，紧张地笑着看祖儿把各种饰品塞满她的裤子然后偷偷带出去。我们如果不在专卖店的话，就会在星巴克里坐着，要一份大杯姜饼拿铁和香蕉蜜糖松饼。我想他们现在一定就在那里坐着。

自从我搬到这儿来，谁都没跟我联系过，除了劳拉在我的手机停机之前给我发了一条短信，告诉我一些八卦。最大的一条八卦莫过于祖儿和费亚卡又复合了，而且他们趁着祖儿爸妈去蒙地卡罗过周末的时候在祖儿家里干了那件事。祖儿的老爸嗜好赌博，这让祖儿和我们这群人都很开心，因为我们留在她家过夜的时候，她爸妈总比别人回来得晚。总之，祖儿显然认为跟费亚卡上床比被萨顿曲棍球队的那个“拉拉”拿球棍袭击胯下还惨。那次是真的很惨，相信我——我亲眼所见——而且她绝对不想再经历一次。同时，劳拉让我别告诉任何人，她跟费亚卡约好了要在周末上床。她希望我不会介意，也不要告诉祖儿。好像只要我想，我就可以告诉别人我在哪儿一样。

我在哪儿？我还没告诉你我在哪儿，是不是？之前我提到过老妈的嫂嫂罗莎琳。老妈曾经把自己衣橱里所有一时冲动买下的连价签儿都没拆的衣服一麻袋一麻袋地打包送给她。罗莎琳嫁给了老妈的哥哥，我的舅舅亚瑟。他们住在米斯郡乡下一栋孤零零的门房里，那是个前不着村后不着店又荒无人烟的地方。亚瑟他们管它叫门楼。好吧！那算是一栋楼吧！从我有记忆以来，我们只去过他们家几次，每次我都觉得无聊死了。到那儿要花一小时十五分钟，长途跋涉以后却总是感到失望。我觉得他们就是乡下的土包子。我曾经给他们取了个绰号，叫做“驱邪二人组”。这是唯一的一次，老爸被我的笑话逗笑。他从来不跟我们一起去看罗莎琳和亚瑟。我倒不觉得他们之间有过什么争吵或不愉快，他们就像企鹅和北极熊，相隔十万八千里，根本不可能彼此接近。不管怎样，这就是我们现在待的地方——跟“驱邪二人组”一起住在门楼里。

这是一栋还不错的房子，有我们“老”家的四分之一大，让我联想到《奇幻森林历险记》里的那座糖果屋。房子是用大理石盖的，窗户和房顶的木头都漆成橄榄绿色。楼上有三间卧室，楼下是厨房和客厅。老妈一个人独享一个带浴室的套间，而罗莎琳、亚瑟和我共用二楼的那间浴室。对于曾经拥有自己浴室的我来说，这一点实在是有些难以忍受，尤其是当我不得不在亚瑟舅舅的"读报时间"之后进去的时候。罗莎琳有洁癖，过分讲究整洁。她从来没有坐下过。她总是不停地收拾，打扫，在屋里喷各种化学药品，还把上帝和他的旨意挂在嘴边。有一次我跟她说，我希望上帝的旨意能比老爸留给我们的烂摊子好一点。她一脸惊恐地看着我，急匆匆地走开去别的地方掸灰了。

罗莎琳的见识跟子弹杯一样短浅。她谈论的每一件事情都毫不相干、毫无必要：天气、地球另一边儿某个穷人的悲惨消息、住在这条街上的她的朋友某某某摔断了胳膊，或者某某某的父亲只有两个月好活了，或者谁家的女儿嫁给了一个混蛋，那混蛋丢下她和两个孩子跑了。一切听来都令人绝望和沮丧，而且她总会搬出上帝作结尾，比如"上帝爱他们"，或者"上帝是仁慈的"，或者"让上帝保佑他们吧"之类的话。倒不是说我所谈论的事情更重要，只是如果我试着跟她详细讨论她的话题，比如说推敲问题的根源，罗莎琳就完全没法继续说下去了。她只是想谈论那些倒霉事儿，但对它们为什么发生、怎么解决，丝毫也不感兴趣。每到这时候，她就会搬出她的上帝那套说辞来让我住嘴，让我感觉自己好像说了什么不该说的话，或者觉得是由于自己太年轻所以没法面对现实。我想事实应该恰恰相反吧。因为是她提起的这些话题，所以她不觉得自己在逃避这些问题，可是一旦话题偏了方向，她就再也不会继续谈论下去了。

我想，从出生到现在，我只听到亚瑟舅舅说过五个词。好像老妈一辈子所讲的话都是为他俩发言——并不是他跟老妈对事情的看法一致。

这段日子以来，亚瑟说话比老妈多。他有他自己的一套完整的语言，我慢慢地也开始能揣摩出意思了。他通常靠嘟囔、点头或者吸鼻涕来表达意思。每当他对某件事表示反对的时候，就会从鼻子里发出一种混着黏稠鼻涕的呼哧声。当他发出“啊”的一声并把头往后靠的时候，意思是他完全不介意某件事情。举个例子吧，我们的早餐时间一般是这样的：

亚瑟和我坐在餐桌前，罗莎琳像往常一样在厨房里忙来忙去地摆弄那些堆着吐司片儿的陶瓷盘子和盛着果酱、蜂蜜和橘子酱的小碟儿。收音机嘈杂的广播声，像往常一样，从我房间里传过来，声音大到播音员的每个字我都能听清——有些烦人的家伙用毫无起伏的语调广播着世界上发生的倒霉事儿。然后罗莎琳端着茶壶走到桌前。

“要茶吗，亚瑟?”

亚瑟把头往后一靠，就像一匹马在甩开趴在它鬃毛上的苍蝇一样。他想要茶。

收音机里那个男人在讲着爱尔兰又有一家工厂倒闭了，一百号人失业的事情。

亚瑟倒吸一口气，你能听到浓稠的鼻涕从他的鼻腔抽到了嗓子眼的声音。他不喜欢这个。

罗莎琳又端来一盘堆得高高的吐司。“噢，这真是太可怕了不是么，上帝爱他们的家人。那些可怜的孩子，爸爸的工作都丢了。”

“他们的妈妈也丢了工作，你知道的。”我说，拿了一片吐司。

罗莎琳看着我咬了一口吐司，我每嚼一口，她的绿色眼珠子就瞪得更大。她总是看着我吃东西，真让人崩溃。她就像是《奇幻森林历险记》里的巫婆，等我长到足够肥，就会把我双手绑在背后，嘴用苹果塞住，扔到她的厨房里。我不介意嘴里塞个苹果，那应该是她给我吃的热量最低的东西了吧。

我咽下嘴里的东西，把剩下的吐司放到盘子里。

她失望地走开了。

广播里在讨论新一轮政府增税的事情，亚瑟又一次大吸鼻涕。如果他听到更多坏消息，他的肚子就该被鼻涕占满，塞不下任何早餐了。他才四十多岁，可他的言行举止、身形样貌都仿佛比实际年纪老得多。从他的肩膀往上看，他就像一只蜷着身子的大虾——总是埋着头，不论面前是他的饭碗还是他的工作。

罗莎琳又端了一盘爱尔兰早餐过来，盘子里的东西要喂饱那一百个刚丢了工作的工人的所有小孩都不成问题。

亚瑟把头往后一靠。他对这个很满意。

罗莎琳站在我旁边，给我倒茶。我只想要一杯姜饼拿铁，不过我还是往茶里倒上牛奶，喝了一小口。她的眼睛一直盯在我身上，直到我吞下这口茶。

我不知道罗莎琳到底多大年纪了，不过我猜她应该四十出头不到四十五。如果真是这样的话，我相信不管她到底多少岁，她看起来都比实际年龄老十岁。她看起来像是生于40年代似的，穿着印花连衣裙，中间一排纽扣从上到下扣得紧紧的，里面还穿着衬裙。我老妈从来不穿衬裙，甚至连内衣都很少穿。罗莎琳有一头灰褐色的头发，总是披散着，从头顶正中间笔直地往两边分开，露出灰色的发根。她的头发并不长，只到下巴而已。她总把头发挽在耳朵后面，露出老鼠一样的尖尖小小的粉红耳朵。她从来不戴耳环，也不化妆，脖子上总戴着一条十字架吊坠的细金链子。她正是我的朋友祖儿口中的那种看起来像是一辈子都没有过性高潮的女人。罗萨琳看着我把培根上的肥肉切掉，眼睛越瞪越大，这时我心里想的却是，不知道祖儿在跟费亚卡干那事儿的时候有没有高潮。然后我想象了一下曲棍球棒的惨剧，立刻产生了怀疑。

门楼对面是一栋平房。我不知道住在里面的是谁，不过罗莎琳每天都要带着一小包吃的，往那儿走好几趟。顺着这条路往前两英里的地方有一间邮局，就开在某户人家的房子里。在邮局对面是一间我所见过的最小的学校。我以前的学校一年到头几乎每个小时都有活动，这里却截然不同，夏天的时候几乎空无一人。我问过那儿是不是有瑜伽或别的什么课程，罗莎琳却说她来教我怎么做酸奶。我拿她的文字游戏没办法，这让她非常开心。第一个礼拜我看她做了草莓酸奶，一直吃到第二个礼拜都没有吃完。

亚瑟和罗莎琳的这幢房子在16世纪的时候曾经是基萨尼城堡侧门的门楼。城堡的大门是一座废弃已久的哥特式城门，看起来有些恐怖，每次从那儿经过的时候我都会想象有砍下的脑袋挂在上面。这座城堡曾经是爱尔兰东部诺曼人和英格兰人统治地区的一座高塔要塞，建于有“强弓手”之称的威尔士诺曼男爵入侵以后——应该是在1100年和1200年之间，确切的时间我记不清了。这是我和我的半人半机器人的曾曾曾曾孙子的区别。不管怎样，这座城堡是为一位诺曼军阀而建的，这也是为什么我总想到砍下的脑袋，因为他们真的砍过人脑袋，不是吗？

这座城堡所在的地方叫做米斯郡，它曾经分成东米斯和西米斯。让人惊讶的是，它形成了一个单独的行省，也就是爱尔兰的第五个行省，是王中之王的领地。王中之王之前的领地是塔拉山，离这儿只有几公里远。现在新闻里反复提到这个地方，因为在那附近要修一条高速公路。几个月以前，我们在学校里针对这个问题开了个辩论会。我是支持修路的“正方”，因为我想王中之王在他那个时代也会想要一条这样的公路，这样他去办公的地方会更方便，不用再穿过满是大便的野地。想象一下，那时候他的鞋底会有多脏啊。而且我觉得这对游客们来说也更方便，他们可以直接开车，或者坐敞篷巴士去那儿拍照。我只是开个玩笑，可我们的代课老师急了，以为我是当真的，因为她是一个反对修高速公路的委员会的委员。要让代课老师精神崩溃实在太容易了，尤其是那些相信自己能帮助学生的代课老师。我告诉过你吧，我很坏的。

在那个诺曼疯子之后，城堡里又住过很多位领主和夫人，他们加盖了不少马厩和厕所。引起人们争议的是，有一位领主跟天主教徒结婚以后，竟然改信了天主教，还盖了一座礼拜堂给夫人娘家作礼物。我和老妈曾经收到过一个游泳池作礼物，不过萝卜白菜，各有所爱。这块地周围环绕着一堵“饥荒墙”，爱尔兰土豆大饥荒时期，领主们为了阻挡饥饿的人群冲到家里来，雇人修了不少这样的墙。不过这样的修墙工程也让不少饥民挣到了一点填肚子的东西。墙紧靠着亚瑟和罗莎琳的花园和房子，每次我看见它，都有毛骨悚然的感觉。如果罗莎琳去我们家吃过晚饭的话，她没准也会在我们周围砌一堵墙，因为我们家没有人吃碳水化合物。至少，我们以前从来不吃碳水化合物，不过到这儿以后已经吃了太多，我想我的能量都足够让那些倒闭的工厂重新启动了。

基萨尼的子孙们一直住在城堡里，直到20世纪20年代年代有人来找他们是天主教徒的记录却没有找到，于是一把火烧了房子。从那以后，他们只能窝在城堡里的一小块区域，因为他们没钱修缮，也没钱给那么大的房子供暖。最后，他们在90年代终于搬了出去。我不知道城堡现在的主人是谁，不过它已经严重破败了：房顶没了，围墙塌了，楼梯垮了，你懂的。城堡里头杂草丛生，还有各种蛇鼠虫蚁跑来跑去。我知道这些是因为我曾经写过一份关于这个的报告交给学校。当时老妈让我来罗莎琳和亚瑟这儿过周末，顺便做些调查。那天她跟老爸正吵架吵得天翻地覆，她让我离开家，却惹得老爸更加火大。当时的气氛实在是太糟糕了，所以我也很想走。她送我出门的时候，老爸简直快要气死了，觉得我这个女儿就是生来折磨他的。不过当我到了这儿，我并没有什么兴趣去四处探寻这里的历史。我只是跟罗莎琳和亚瑟一起吃了个午饭，然后跑到厕所去打电话给我的菲律宾奶妈阿梅，让她过来接我回家。我跟罗莎琳说我胃抽筋了，她紧张地问是不是因为吃了她的苹果派，我费了好大劲儿忍着才没有笑出来。

最后我从网上抄了一篇关于城堡的报告交上去。我被叫到校长办公室，她给了我一个不及格，理由是抄袭。这太可笑了，因为祖儿写的关于马拉海德城堡的报告也全是从网上抄的，只不过改了几个词和日期，把它们改成错的，让报告看起来不像是抄来的，可她的分数竟然比我高。天理何在啊？

围绕着城堡，是一片一百英亩的土地。亚瑟是这里的园丁，工作就是看顾这一百英亩土地。他每天一大早就出门，下午五点半准点回来，弄得浑身脏兮兮的像个煤炭工人。他从不发牢骚，从不抱怨天气，每天就是起床、在嘈杂的广播声里充耳不闻地吃早餐、然后出门干活。罗莎琳会给他准备一瓶水和几个三明治，所以他中途很少回来，除非是忘了什么东西要回车库取，或者是要上厕所。他是个头脑简单的人，只不过我不怎么相信他是。像他那样少言寡语的人，没有谁是看起来那么简单的。让自己少说话得花不少工夫，因为不动嘴的时候，脑子就会动起来。如此说来，亚瑟脑子动得很多。我的老妈老爸就话很多。爱动嘴的人很少动脑子，他们不停地说，以至于听不到自己的潜意识在问，为什么要说这个？你到底在想什么？

以前，上学的日子我会在床上赖到快要迟到才起来，周末会赖得更久，通常是阿梅把又踢又叫的我拽出被子。可是在这儿，我每天很早就醒来了。这地方周围巨树环绕，鸟儿成群，叽叽喳喳地叫得很响亮，我醒来的时候也不觉得累。我一般七点前就起床了，这对以前的我来说简直是奇迹。阿梅应该也会为我骄傲的。这里的夜晚非常漫长，所以白天的时候我常常感到必须让自己忙一点，不然那么长的时间却无所事事，简直让人发疯。

5月的时候，老爸认为自己受够了，那恰好是在我的中学毕业考试之前。这有点不公平，因为那个时候，我觉得我才是那个该自杀的人。不管怎样我还是去参加考试了。也许没及格吧，不过我也无所谓了，而且我想其他人应该也觉得无所谓吧。到9月自然就知道成绩了。全班同学都参加了我爸的葬礼，我想他们一定很高兴，因为那天他们不用上学了。发生了这么多事情，你相信吗，在他们面前大哭还是让我觉得很丢脸。不过我还是哭了。祖儿和劳拉也跟着哭了。班上有个叫菲奥娜的女生，平时没有人跟她说过话，那天她紧紧地抱了我一下，还代表她家人送给我一张卡片，上面写着他们都想着我。菲奥娜给了我她的手机号码和她最喜欢的一本书，说如果我需要找人谈心，她会陪着我。那个时候我觉得这有点儿逊，她竟然想在我老爸的葬礼上巴结我，不过事后想想——我现在正在回想——那是在当天我收到的最贴心的礼物和最诚心的话了。

搬到米斯郡的第一个礼拜，我就开始读那本书了。它有点儿像一个鬼故事，讲的是一个世界上任何人都看不见的女孩——她的家人和朋友也看不见她，尽管他们知道她存在。她天生就是个隐形人。我不会透露情节，不过她最后跟一个能看见她的人做了朋友。我喜欢这个故事，觉得菲奥娜想要通过它对我说些什么。不过当我在祖儿家过夜，把这事儿告诉她和劳拉的时候，她们觉得这是她们听到过的顶顶古怪的事情，而菲奥娜更是一个怪人。你知道吗，我觉得我越来越不懂她们了。

我搬来的第一个礼拜，亚瑟开车带我去了一趟都柏林，那天我在祖儿家过了一夜。车开了一个多小时，可我们一路都没有交谈。他说过的唯一一句话是："广播?"

我点了点头，他打开收音机，调到一个只谈国家大事不放音乐的电台。一路他都在呼哧着他的鼻子，不过这至少要比沉默来得好。跟祖儿和劳拉过了一夜——讲了一夜亚瑟的坏话——之后，我的信心回来了，好像回到了过去的自己。我们都同意，他和罗莎琳叫做“驱邪二人组”绝对名副其实，而我绝对不能被他们拖进那种怪异的生活方式。也就是说，我在车里应该要求听我想听的广播。不过到了第二天，亚瑟开着脏兮兮的路虎来接我，祖儿和劳拉毫不掩饰地大声嘲笑的时候，我突然替他感到难过，真的很难过。

坐不是自己的车，回不是自己的家，睡不是自己的床，跟不像自己妈妈的妈妈讲话，这一切让我想紧紧抓住哪怕一件我所熟悉的东西，凡此种种，让我更想拼命抓住哪怕是一件我曾经谙熟的东西。过去的那个我，就是我此刻想要拼命抓住的东西——也许这毫无道理，根本就不值得，但对我来说，过去的那个我，至少对我还有意义。我在车里大吵大闹，对亚瑟说我想听点别的东西。他把收音机转到了我最喜欢的一个音乐台，可是听“小野猫”组合唱《想要咪咪》实在让他烦躁，又嘟囔着把台转了回去。我怒气冲冲地盯着窗外，既恨他，同时也恨自己。接下来的半个小时，我们都在听着一个女人给节目主持人打电话，边哭边说她丈夫丢了电脑工厂的饭碗又找不到其他活干，可他们有四个孩子要养。我的头发覆在脸上，我只希望亚瑟不要发现我在哭。现在这些悲惨的事情真的让我难过。我以前也听过这样的事，可是都没什么感觉。现在我明白了，只是那些事没有发生在我身上而已。

我不知道我们会在这儿生活多久，没有人会给我回答这个问题。亚瑟就是不说话，老妈现在不能沟通，而对于罗莎琳而言，这个问题太有难度了。

我的人生完全不像我曾经设想的那样了。我十六岁，本应该已经跟费亚卡上过床，本应该在我家的马贝拉别墅里每天游泳，吃烤肉，每天晚上去天使恶魔酒吧泡着，再找一个男孩来当替补，让我幻想还跟他上床。如果我的第一个男人就是我未来结婚的对象，我想我会死。可是，我住在乡下的一幢门楼里，周围是三个不正常的疯子，离得最近的是一栋不知谁住在里面的平房，一间开在人家客厅里的邮局，一所空荡荡的学校，还有一座荒废已久的城堡。我已经彻底跟我的人生脱节了。

至少我是这么想的。

我想就从我到这儿来的时候说起吧。

# 第三章 开始的开始

老妈最好的朋友，芭芭拉，开车把我们送到了米斯郡。一路上老妈一句话也不说，一个字也不说，哪怕是问她问题的时候。现在想要她答话是一件艰难的事情。我实在太沮丧了，在车里对她大叫起来，那时候我还指望着得到她的回应。

这一切发生的起因是芭芭拉迷路了。她的宝马 X5 车里的卫星导航仪没法辨识目标地址，我们只好朝着它能定位的最近的镇子开去。当我们到达那个叫拉特欧斯的小镇的时候，芭芭拉不得不丢开导航仪，依靠她的脑子来认路。结果我们发现，芭芭拉也不是一个有脑子的人。在乡间道路上开了十分钟，两边只看见寥寥几栋房子，连路标都没有一个。我能看出芭芭拉开始紧张起来。我们走的这条路，根据卫星导航仪的指示，根本不存在。其实这时我就应该有所警觉的。因为从来没有碰到过在地图上不存在的路，芭芭拉开始连连犯错，在十字路口乱转，还把车开到了路的另一边，真是太危险了。这些年我去那儿的次数屈指可数，所以我压根儿帮不上什么忙，不过计划是我看着路左边找那幢门楼，芭芭拉看路右边。有一阵子，她只顾着生气地瞪着我而没有专心看路，不过我注意到，起码有一英里的路程我连大门都没看到一个，所以其实看路也没有什么必要。我把这事告诉她以后，她崩溃了，开始大吼“他妈的”。

她不明白，既然我们走了一条“他妈的根本不存在的路”，为什么连一栋“他妈的房子”也看不到。从芭芭拉嘴里听到“他妈的”可是件大事，因为她平时生气的时候常说的是“该死”。

老妈应该可以帮我们的，可她只是坐在副驾驶座上盯着车窗外傻笑。所以，为了帮上点儿忙，我探身过去——好吧，这并不是什么正确或者聪明的做法，但不管怎样，我就是这么做了——冲着她的耳朵尖叫，用我所能叫出的最大的声音。老妈吓了一跳，捂住了耳朵。随即她从惊吓里回过神来，两手接二连三地往我头上招呼过来，像打蜜蜂一样，简直痛死我了。她拉扯着我的头发，用指甲抓我，还掴我耳光，我完全无力挣脱。芭芭拉心烦意乱地停下车，把老妈的手从我身上撬开。然后她下了车，在路边踱来踱去，掉起眼泪来。我也哭了，头上被老妈抓过打过的地方火辣辣地疼。我的发型本来还挺时髦的，现在全被老妈毁了；她把我弄得像是从精神病院里逃出来的疯子。我也下了车，留下老妈一人在车里，直挺挺地坐着，怒气冲冲地看着前方。

“过来我这儿，亲爱的。”芭芭拉泪汪汪地说，向我张开了双臂。

我简直乐意之至，我太想要一个拥抱了。老妈即使在状态好的时候也不会拥抱我。她已经瘦得皮包骨了，还一直在节食，她跟食物的关系就像她跟老爸的关系一样——虽然喜欢但是大多数时候并不想要，因为她觉得这对她不好。我知道这些，是因为有一次她跟朋友午餐聚会回来的路上，我偷听到她跟一个朋友的谈话。不过说到拥抱，我想她应该是觉得跟别人近距离接触很别扭。她本身就是个别扭的人，所以也不会让别人觉得舒服、好相处。就像老话说过的那样，你无法给别人你没有的东西。这并不是说她毫不关心别人，我从没觉得她毫不关心。呃，好吧，也许我这么想过，偶尔。

芭芭拉和我在路边抱在一起大哭。她一遍又一遍地跟我道歉，说这一切对我太不公平了。她停车的时候，把车屁股往路中间撅着，所以路过的每辆车都朝我们按喇叭。不过我们都毫不理会。

哭过以后，紧绷的神经也稍微放松了些。你知道下雨前乌云是怎样聚积的吧——从基里尼过来的一路上，我们的情绪就像乌云一样一直不停地累积，最后爆发了。感觉好像趁这机会发泄了一点点郁闷，我们开始为即将发生的事情做准备。只是来不及了，因为车子在下个路口一转，我们就到了。家，甜蜜的家。路的右边有一道门，门里左边立着一幢房子。罗莎琳和亚瑟站在那道小小的绿门前面，天知道他们已经在那儿等了多久。我们几乎迟到了一个小时。如果他们在假装不担心的样子，看到我们脸的时候，他们一定装得非常辛苦。因为不知道已经离这地方这么近，我们没有花时间来整理一下自己。我和芭芭拉的眼睛因为刚哭过，通红通红的；老妈坐在前座，一脸风雨欲来的表情。我的头发乱蓬蓬的——好吧，比平时更乱蓬蓬的。

我从没想过那个时候对亚瑟和罗莎琳来说有多困难。我只顾着想自己，想我有多么不情愿到这儿来，一次也没想过他们打开门迎接两个跟他们毫无瓜葛的人是怎样的感觉。这一定让他们伤透了脑筋，而我一次也没感谢过他们。

芭芭拉和我下了车。她走到后备箱去取行李。这时候我应该向大家问好，可是这一幕并没有发生。我站在那儿看着站在一扇绿色小门后面的亚瑟和罗莎琳，立刻后悔没有从基里尼一路撒面包屑过来，这样我就可以找到回家的路了。

罗莎琳像猫鼬一样，眼睛滴溜滴溜地转来转去，在老妈、我、芭芭拉和芭芭拉的车子上来回看。她的手紧握在身前，不时松开在她的裙子上擦一擦，好像在参加文化艺术节的选美一样。老妈终于打开门下了车，走到碎石地面上，抬头看着那栋房子。之前的怒气突然消散了，她笑了起来，露出门牙上的深红色口红印。

“亚瑟。”她张开双臂，好像她刚打开自家大门，欢迎他来参加晚宴。

亚瑟抽动鼻子，浓鼻涕在他鼻腔里呼哧——这是我第一次听到这个声音——我厌恶地撇了撇嘴。他向老妈走过去，她抓住他的手看着他，偏着头，刚刚的笑容还在脸上，把她的嘴角拉成奇怪的角度，看起来像是整容失败了一样。她用一种别扭的姿势倾过身子，把前额贴在他的额头上。亚瑟比我想象的忍受得久一点点，然后拍了拍她的后颈，挣脱开来。他用力拍了拍我的头，好像我是他忠实的牧羊犬。把我的头发弄得更乱以后，他走到车尾去帮芭芭拉提行李，留下我和老妈跟罗莎琳大眼瞪小眼。不过老妈并没有看着罗莎琳。她闭着眼大口地吸着新鲜空气，脸上带着微笑。尽管周围的一切让我沮丧，不过我感觉这对老妈来说也许还不错。

后来我就不再像现在这样担心她了。老爸的葬礼才过了一个月，我们就都感到麻木了，不想再对彼此或跟其他人提起这件事情。大家都忙着跟我们说话，说一些美好的事情、丢脸的事情，或者任何他们突然想到的事情——反而像是在找我们安慰他们——那时候老妈的异常还没怎么引人注意。她只是不时地跟着其他人叹气，不怎么说话。一场葬礼就像一场小小的游戏，真的。你得跟着大家一起玩，说该说的话，做该做的事，直到它结束为止。可以心情愉快，但别笑得太灿烂；可以神情悲痛，但也别太过头，不然家属们会更难过；可以说些满怀希望的话来鼓舞别人，但别让你的乐观看起来像是没心没肺，或是没法面对现实。因为如果有人真实地表现自己的话，葬礼上会出现一大堆的议论、指指点点、眼泪、鼻涕，还有尖叫。

我觉得应该举办一场“现实生活奥斯卡”。最佳女主角非艾莉森·弗兰纳根莫属！上个礼拜一我在超市的主通道上看到她，她脸上浓妆艳抹的，头发也刚刚吹过。尽管看起来一副想死的样子，她还是对家长委员会的莎拉和迪尔德丽笑得一脸灿烂，好像她老公并没有刚刚抛弃她和三个孩子一走了之。上台领奖吧，艾莉森！最佳女配角得主则是让艾莉森老公外遇的那个女人，当时也在超市里，跟艾莉森只隔着两条通道，看到艾莉森后赶忙慌慌张张地走了，连给新男友做千层面要用的材料也忘了拿。最佳男主角奖由乔治·托马斯凭借他在父亲葬礼上的表现收入囊中，任谁也看不出他们父子俩已经两年没说过话了。最佳男配角当属里奥·穆尔卡西，在自己最好的朋友西蒙跟自己唯一真正爱过并会永远爱下去的女人的婚礼上，他完美地出演了伴郎一角。欢迎里奥上台领奖！

在我看来，老妈就在做这样的事情，跟着大家一起演戏，表现出一个寡妇该有的样子。不过葬礼过后，她也没什么变化，感觉好像她并不知道发生了什么事，每次跟她说话她都只是重复那几句话，然后叹气。我开始怀疑她是不是在装模作样。我更想知道她有几分是真的，有几分在演戏，以此来逃避不想去面对的现实。在老爸死了以后，她心里裂开了一道伤口，这可以理解。可当人们不再关注她，回去过自己生活的时候，那伤口在不断扩大，而能看到它的人，好像就只有我。

并不是银行蛮不讲理地把我们赶出来的。他们早就把收房的日期通知给老爸了，可是就跟那句“再见”一样，这只是另一句老爸忘了跟我们说的话。所以尽管他们让我们在那所房子里待得比预告的时间要久得多，我们最后还是不得不离开。老妈和我在芭芭拉家后院菲佣住的马房里住了一个礼拜。后来连那儿也待不下去了，因为芭芭拉要去圣特罗佩斯过夏天，很明显她怕我们待在那儿会偷她的银器。

虽然我说我不像刚到这儿来时那么担心老妈，但并不是说我就完全不关心她了。在我们来这儿之前，我曾经建议老妈去看医生。不过现在我觉得，她应该去那种人人整天穿着粗布白大褂在走廊上来回摇晃的地方彻底地检查一下。我跟芭芭拉提过老妈应该去看医生的事，芭芭拉俨然一副长者的样子，拉着我坐在她家厨房里，语重心长地告诉我老妈现在的所作所为就是在诠释“悲伤”。以我十六岁的年纪，你能想象我第一次被人教这个词的心情吧。于是我安下心来，准备好好地跟她谈一谈“性挑逗”这个话题。不过她没搭理我，反而问我可不可以坐到她的行李箱上，好方便她把拉链拉上，因为她家的万能保姆露露带孩子们去上骑马课了。她的路易·威登行李箱胀得鼓鼓的，塞满了她的斑马纹比基尼、金色皮凉鞋和可笑的帽子。我坐在行李箱上面看着她拉上拉链，心里暗暗祈祷它在圣特罗佩斯机场的行李带上突然崩开，这样她的按摩器就会在众目睽睽之下掉出来，没准还在嗡嗡地振动。

所以我们到这儿来了。在新生活开始的第一天，站在门楼前，老妈闭着眼睛；罗莎琳瞪着绿色的眼珠子兴奋地看着我，不时伸出粉红的舌头舔舔嘴唇；亚瑟冲着芭芭拉呼哧着鼻涕，意思是他不想让她提行李。芭芭拉迷惑地看着他，也许正尽力忍着不呕吐出来。她穿一身宽松的运动服，趿着人字拖，跟呜巴鲁巴小矮人一样的橘色的脸上眉头紧皱。她那天早上才刚刚喷过美黑喷雾。

“珍妮弗。”罗莎琳终于代表我们这边打破了沉默。

老妈睁开眼睛，露出大大的笑容，看起来好像是认出了罗莎琳，而且知道她在做什么。如果你没有像我一样上个月分分秒秒都跟她一起度过，你会认为她一点儿问题也没有。她装模作样得很成功。

“欢迎。”罗莎琳微笑着说。

“嗯。谢谢你。”老妈从她少得可怜的词库里挑出了一句正确的回答。

“进来吧，进来吧，我来给你们沏壶茶。”罗莎琳说，声音里带着催促，好像我们不喝茶就会死一样。

我不想跟着他们。我不想进去，因为那意味着一切要重新开始了。

现实，无法逃避的现实。再没有葬礼或是芭芭拉家马房这样的中间状态。这就是我们的新生活，不得不开始的新生活。

亚瑟像大虾一样勾着头匆匆经过我身边，沿着花园的小道往里走，手里提满了我们的行李。他比看起来强壮得多。

汽车后备箱砰的一声关上了，我猛地转过身。芭芭拉正心不在焉地拨弄着她的车钥匙，站立的重心从一只路易·威登人字拖移到另一只。那时我才注意到她的脚趾间夹着药棉。她看着我，一片尴尬的沉默。她不知道怎么开口告诉我她要走了。

“我不知道你也去修脚了。”我开口打破沉默。

“是啊。”她低下头，扭了一下脚趾，好像要确认一样。宝石在她的大脚趾上闪着光。然后她说：“丹妮尔邀请我们明晚去她的游艇参加一个酒宴。”

大多数人会认为这两句话风马牛不相及，不过我懂她的意思。在丹妮尔的游艇上不能穿鞋，因此珠宝和趾甲的竞争会相当的白热化。如果能露出来的地方只有膝盖，那些女人也会费尽心思来装饰的。

我们沉默地看着彼此。她急着想走。我想跟她一起走。我还想光着脚踩在地中海沿岸的沙滩上，看着丹妮尔在宾客间周旋，优雅地用脚趾夹起一杯马丁尼，身上的低胸卡沃利长裙露出两点雅致的、像她酒杯里的甘椒橄榄一样的春光，头上歪歪翘着的船长帽让她看起来像穿着女装的鸟眼船长。我想成为那个画面中的一部分。

“你在这儿会很好的，亲爱的，”她说，“和家人在一起。”我感觉到了她的诚心。

我不确定地回头看了看那幢奇幻森林糖果屋似的门楼，又有了想哭的冲动。

“噢，亲爱的。”看到我一副泫然欲泣的样子，她又走过来，张开双臂抱住我。她真的很擅长拥抱，总能让我的头找到舒服的位置靠着，显然她自己也觉得这样很舒服。我紧紧地搂着她，闭上了眼睛。不过我还没抱够，她很快就放开了我，我又跌回了现实。

“好了，”她一点点地朝着车子挪动脚步，手搭上了车门把手，“我不想进去打扰他们，所以请你帮我转告他们……”

“进来吧，进来吧。”罗莎琳的声音穿过黑洞洞的走廊传出来，拖住了芭芭拉刚要踏进车门的脚步。“嗨，你好，”罗莎琳出现在门口，“你不进来喝杯茶吗？很抱歉我不知道你的名字。珍妮弗没有告诉我。”

她会慢慢习惯的，会有一大堆事情珍妮弗不会告诉她。

“芭芭拉。”芭芭拉回答说，我注意到她更加握紧了车门把手。

“芭芭拉。”罗莎琳的绿眼睛像猫眼一样发着光，“喝杯茶再上路吧，怎么样？还有一些刚出炉的烤饼和我们自己做的草莓酱。”

“她不能进去。”我回答道。芭芭拉感激地看着我，然后眼神慢慢变得内疚。

“噢……”罗莎琳的脸拉了下来，好像我破坏了她的茶话会。

“她得赶回家去，洗掉她的美黑霜。”我补充道。我告诉过你，我是个很坏很坏的人。在我眼里，即使我跟芭芭拉毫无瓜葛，她有她自己的生活要过，她还是把我抛下了。“而且她的脚趾还是湿的。”我耸了耸肩。

“噢。”罗莎琳一脸困惑，好像我讲的是某种奇怪的凯尔特语，“那喝杯咖啡？”

我大声笑了起来，罗莎琳看上去很受伤。我听到芭芭拉趿着人字拖从我身后走过来，她没有看我，直直地走了过去。在罗莎琳旁边，芭芭拉即使穿着丝绒运动服和人字拖，喷了美黑霜的脖子还黑乎乎的，看上去也像迷人的女神。然后她像被捕蝇草抓住的蝴蝶一样，被吸进了房子里。

即使罗莎琳满怀希望地看着我，我还是没法让自己走进去。

“我想在周围转转。”我说。

她看起来有些失望，好像有什么珍贵的东西被我拒绝了。我等着她回到房子里面去，恨不得她赶紧消失在那条像是异度空间似的漆黑的走廊，可她纹丝不动。她站在门廊上看着我，于是我意识到我必须先移动。不顾她的眼光都快在我身上烧出两个洞了，我四下环顾，走哪条路呢？我的左边是房子，后面是通向主路的门，前面是树，右边是一条小径，通向一片幽暗的林子。我开始沿着主路走，没有回头，一次也没有，我根本不想知道她是不是还站在那儿。不过我越往远走，越觉得不只是罗莎琳在看着我。我有一种被窥视的感觉，好像高高的树上有什么人在看着我。就是那种当你不请自入地闯入一个你本不该去的地方时会有的感觉。好像路两旁的树都把头偏过来，看着我似的。

如果穿着铠甲的武士骑在马背上挥舞着剑朝我冲过来，我也不会觉得很奇怪。这片地方饱经历史的风霜，挤满了过往的幽魂。而现在我来了，准备在这里开始我的生活。周围的大树早已把一切都看在眼里，不过我仍然吸引了它们的注意。当夏天的微风轻轻地吹起，树叶摩挲着发出沙沙的声音，像是在传递着各种流言蜚语。它们活了一世又一世，却从来不曾厌倦。

我顺着主路走，最后那些浓荫密布的掩蔽着城堡的大树消失了。尽管是我在朝着它走，但感觉城堡突然就到了眼前，好像它趁我不注意的时候偷偷地溜到了我面前。一大堆石块和灰泥这么悄无声息地突然冒出来，仿佛它已经寂寞了好几百年了。我停下脚步。小小的我站在大大的城堡前。它给我的感觉更像是一座盛气凌人、威风凛凛的废墟而不是城堡，因为它在我面前露出了所有的疤痕，那些战争留下的重伤的、流血的印记。我站在它面前，仿佛看到了从前的我的影子，身上的伤暴露在空气里，无处可藏。这一刻，我们仿佛合二为一。

我们相看两无言。随即我往前走了几步，它还是无动于衷。

虽然可以从侧墙的裂口进到城堡里面，可我觉得从它的另一个伤口——那个曾经是正门的地方进去，更能表达我的敬意。对谁的敬意，我并不确切地知道，但我想要探寻这座城堡柔和的一面。我在门口停了一下，满怀敬意地停了一下，然后走了进去。大片的绿色，大片的瓦砾。这里出奇的安静，我感觉好像闯进了别人的家里。那些野草、蒲公英和荨麻都停下了手头的事情，抬起头来看我。我不知道为什么，但我哭了起来。

就像我曾经为那只绿头苍蝇感到难过一样，我也为这座城堡难过。不过说老实话，我有这样的感觉大部分的原因还是我为自己感到难过。我仿佛听到了城堡的呻吟和哀号，因为它被抛下，孤零零地站在那儿，支离破碎，而包围着它的树木还在不停地生长。我走到一堵墙前，粗糙的石头大块大块地垒在一起，搬运这石块的手该有多有力啊。我在墙角盘腿坐下来，把耳朵贴在石头上，闭上了眼睛。我不知道自己在听什么，也不十分确定自己在做什么，试着去安慰一堵墙，我就这么做了。

如果我告诉祖儿和劳拉这件事，她俩一定会把我强行送到那个人人穿着粗布白大褂的地方去。不过我感觉自己跟这城堡之间有某种联系。我不知道，或许因为我失去了自己的家，感觉没有什么东西是真正属于我的，所以当我看到这片不属于任何人的建筑，我想把它变成自己的。又或许只是因为，人在孤独的时候，总会紧紧抓住什么东西，只为了摆脱那种感觉。对我来说，那个东西便是这城堡。

我不知道在那儿待了多久，后来太阳落到了树背后。每次树木沙沙地左右摇摆，就在废墟上洒下零星几点亮光。我看了一会儿，然后意识到周围渐渐暗了下去。应该到了晚上十点左右了。

我慢慢站起身来，因为保持一个姿势太久，腿都僵了。眼角的余光里，我好像看到有什么东西在动：一个影子？一个轮廓？应该不是什么动物，虽然它跑得飞快。我不能确定。可不管它是人还是别的什么东西，我都不想它跑到我的身后来。我保持着背对城堡大门的姿势，迅速地往后退。这时突然听到一个声音——也许是猫头鹰或者其他什么东西发出的粗厉的叫声，我被吓得灵魂出窍，拔腿就跑。地上野草蔓生看不清路，我被一块石头绊了一下，往后仰倒，跌进一丛长得很高的、不知道里头爬着什么的野草里，头撞得生疼。我呜呜地哭起来，自己都能听到哭声里的惊惶。我的视线有点模糊了。我用手撑着身体爬起来，被碎石瓦砾刮破了皮，但是我头也不回，用尽一切力气蹬着雪地靴往前跑。感觉像跑了一辈子那么久，那幢门楼才进入我的视线。我简直要怀疑那条路和路边的树是不是在串通一气害我原地踏步。

不过总算是看到门楼了。门楼外面，芭芭拉的越野车已经不见了。于是我知道自己的退路已经完全被斩断了，吊桥已经升起来了。而几乎在我看到门楼的同时，前门开了，罗莎琳站在那儿看着我，仿佛从我离开的那一刻起她就站在那儿等着。

"进来，进来。"她催促着说。

我终于一脚跨进了那个门槛，跨进了我的新生活，要开始的终于开始了。我走在铺着石板的走廊上，才发现本来干干净净的粉色 UGG 牌雪地靴已经变得脏兮兮的。这房子简直死一般的安静。

"让我好好看看你。"罗莎琳说，然后紧紧地抓住我的手腕，退后一步从上到下地打量我。她打量了一遍又一遍，没完没了……我想用力挣脱她，她反而直觉地抓得更紧。随即她好像反应过来自己在干什么，或者她看见我的脸色变了，终于放开了手。

她的声音更甜了。"我会给你补补的。把它放到客厅扶手椅旁边的篮子里就行了。”

“补什么?”

“你的裤子。”

“这是牛仔裤，它本来就是这样的。”我低头看了看我的破洞牛仔裤，因为破得实在太厉害了，都看不出牛仔布本来的颜色了，底下露出我的豹纹紧身裤——这才是重点。“当然它本来没这么脏。”

“噢，好吧，你可以把它放到厨房的篮子里。”

“你有不少篮子呢。”

“就两个。”

我也不知道自己说的是玩笑还是讽刺，不过不管是哪个她都没听出来。

“好吧。呃，我想去我的房间……”我等着她带我去，可她只是看着我。“在哪儿?”

“喝杯茶怎么样？我做了个苹果馅饼。”她的语气几乎是在央求了。

“啊，不了，谢谢。我还不是很饿。”话音刚落，我的肚子就咕噜了一下，我希望她没有听到。

“当然，当然你还不饿。”她默默地责备自己。

“我的房间在哪儿?”

“上楼，左边第二扇门。你妈妈的房间是右边最后那间。”

“好的，我去看看她。”我往楼上走去。“别去，孩子。”罗莎琳飞快地说，“别打扰她，她在休息。”

“我只跟她说句晚安。”我勉强笑了笑。

“不，不，你千万别去打扰她。”她坚决地说。

我压抑着情绪，“好的。”

我慢慢地走上楼去，每走一步楼梯就嘎吱一声。从楼梯口我可以看到走廊，罗莎琳还站在那儿看着我。我僵硬地笑着走进自己的房间，把门紧紧关上。背靠在门上，我的心脏怦怦地跳着。

我在门上靠了五分钟，也没怎么打量房间，因为我知道以后多的是时间来让自己适应这个新空间。不过我得先去看看老妈。我慢慢地打开门，探出头从楼梯口向下面的走廊看去。罗莎琳已经走了。我把门打开大一些，走了出去。随即我跳了起来。她就在那儿，像一只看门狗一样，站在老妈的卧室门外。

"我刚看过她，"她低声说，绿色的眼珠子闪着光，"她睡了。你最好回房间去休息。"

我讨厌别人告诉我该做什么。以前的我从不照别人说的去做。不过也许是罗莎琳的声音，也许是她看我的眼神，或者是这个房子给我的感觉，又或者是她站着的样子，让我感觉到，我再也不能为所欲为了。于是我回到自己的房间，关上门，一句话也没有多说。

那天深夜，当房子里外都像罩上了一层不透明的羊毛紧身袜那般黑漆漆、伸手不见五指的时候，我突然醒过来，感觉到房间里有别人。我听到呼吸声从床的上方传来，闻到了熟悉的薰衣草香皂的味道。于是我紧闭着眼睛装作熟睡的样子。我不知道罗莎琳在那儿看了我多久，感觉像过了好几个世纪。即使在我听到她离开房间，门轻轻地关上以后，我还是紧紧地闭着眼睛，心脏怦怦地跳着，声音大得自己都生怕她会听见。最后我终于睡着了。

# 第四章
# 房间里的大象

第二天清晨六点左右，我在一片鸟鸣声中醒来。听着这没完没了的叽叽喳喳，我不由得怀疑这幢房子是不是在半夜里被移到了鸟类的世界。它们肆意地吵嚷调笑，让我想起了以前在我家修游泳池的建筑工人。他们干活的时候又吵闹又无礼，好像当我们不存在一样。有个叫史蒂夫的家伙，一直想趁我在卧室里换衣服的时候偷看我。所以有天早上我给他看了点好东西。别想岔了：我拿了三绺假发别在我的比基尼泳衣上——你可以猜猜我别在哪儿了——然后我穿上浴袍，模仿楚巴卡的样子在房间里走来走去，假装不知道他在偷看。那天以后他再也没有偷看过，不过每次我从他们旁边经过的时候，总有几个人盯着我看，所以我想他一定告诉他们了，卑鄙无耻的家伙。这里应该不会有这样的游戏，除非我想把窗外那只红松鼠吓得从树枝上掉下去。

蓝白格纹的窗帘根本挡不住阳光。房间里通明透亮得仿佛是打烊时分的酒吧，所有的脏污、醉汉和骗子都跃然眼前。我躺在床上，完全清醒，看着眼前这个房间，现在这就是我的房间了。它看起来不像是我的，我也不知道我会不会渐渐能接受它是我的。房间陈设简单，却出乎意料的暖和。并不只是因为清晨的阳光照进来的关系，而是劳拉·阿什利样式的厚实布艺装饰，让人觉得惬意、暖和。虽然我一向讨厌那些花里胡哨的东西，但是它们用在这个房间里看起来还不错。同样的东西用在我朋友祖儿的卧室里就行不通，她妈妈把那儿装饰成了一个适合十岁小孩儿的房间。很显然她想借此说服自己，她女儿很甜美很天真。那个房间看起来就像是她把女儿塞进去的一个腌泡菜坛子。这招儿注定不会管用。倒不是因为她一不留神盖子会被打开，而是祖儿有点儿太喜欢泡菜了。

卧室都在房子的顶楼，窗户斜开在屋顶上。墙角里有一把破旧的白色木头椅子，上面搁着一只蓝白格纹的靠垫。墙是淡蓝色的，但并不让人觉得冷。一个立式的白色衣橱靠墙放着，小得只够装下我的内衣。我的床是金属床架，上面铺着白色床单和蓝底印花的被子，一条鸭蛋青色的羊绒毯搭在床尾。房门上挂着一枚十圣布里奇特的十字架。窗台上有一只花瓶，插着薰衣草、风铃草和其他我叫不出名字的鲜花。罗莎琳为了这个房间费了不少功夫。

从楼下传来一阵响声。杯盘相碰，叮当作响，水龙头哗哗响着，烧水壶的哨音，随之是食物下锅后的嗞嗞声，然后食物的香气顺着楼梯飘上来，飘进屋里。我想起自己自从昨天中午在芭芭拉家吃了她家保姆露露做的极其美味的生鱼片以后就再也没有吃过东西。我甚至连厕所也没上过，所以我的膀胱和胃合伙闹腾着要我起床。正要起来，隔着纸一样薄的墙壁，我听到隔壁的门关上并上锁的声音。我听到马桶盖子被抬起来，然后是小便噼噼啪啪打在马桶里的声音。听起来是从一定的高度落下来的，所以应该是亚瑟，除非罗莎琳在踩着高跷尿尿。

凭着浴室和厕所里传来的声音判断，我想老妈应该不在这两个地方。现在应该是我去看她的好时机。套上我的粉红雪地靴，把鸭蛋青色的毯子裹在肩上，我偷偷地沿着过道朝老妈的房间溜过去。

尽管我放轻了脚步，每走一步，地板还是吱吱作响。听到浴室里传来马桶冲水的声音，我快步穿过过道，门也不敲就进了老妈的房间。我不知道自己期待看到什么，但我以为会看到跟前两个礼拜的每个早上差不多的景象：一间阴暗的洞穴一样的房间和深深埋在被子里某处的老妈。不过这天早上我真是看到了一个惊喜。她的房间甚至比我的还要亮堂——像抹了层黄油一样鲜亮而干净。她窗台上的花瓶里插着毛茛和蒲公英，用黄色丝带扎在一起。她的房间应该就在楼下客厅的正上方，因为墙边有一座壁炉，上面还挂着一幅教皇的照片。我不禁浑身抖了一下。不是因为教皇——虽然我宁愿墙上挂的是扎克·埃夫隆——而是壁炉里的火让我不舒服。我从来不喜欢壁炉，也不喜欢火。壁炉的外面是白色，里面是黑色，看上去已经用过很多次了，让我觉得有点奇怪，因为这本是一间空闲的卧室。他们一定招待过很多客人，虽然在我看来他们一点也不像是好交际的有趣类型。然后当我看见这里有自带的浴室，我才意识到罗莎琳和亚瑟是把自己的卧室给了老妈。

老妈坐在一张白色的摇椅里，一动不动，看着窗外的后花园。她的头发往后梳得整整齐齐的，身上穿着一件杏色的轻薄丝袍，嘴唇上还是涂着从老爸葬礼那天起她就一直用的粉色口红。她脸上带着浅浅的微笑，虽然很浅，但我还是看到了。她看起来像昨天认真学习了。我朝她走过去，她抬起头来，脸上的笑意更浓了。

“早上好，妈妈。”我在她的额头上亲了一下，在她身旁早已铺好的床边坐下来，“你睡得好吗?”

“睡得很好，谢谢你。”她高兴地说。我心里的石头落了地。

“我也是。”这么说着我才意识到自己也睡了个好觉，“这里非常安静，是不是?”我决定不提罗莎琳昨晚来我房间的事情，我也不确定那是不是我梦到的。在我找到更多证据以前，这样的事情说出来实在是尴尬。

“是的，非常安静。”老妈说。

我们坐在一起看着后花园。一英亩大的花园里，有一棵橡树，枝条向四面八方伸展，像是等着人去爬。这是棵很漂亮的树，生机勃勃地向着天空生长，绿意盎然。它强壮、结实，我知道老妈为什么一直看着它。它给人安全和可靠的感觉，如果它在那儿已经站了几百年，你可以相信它会一直这么站下去。安定，在我们此刻晃动的生活中，多么难得。一只知更鸟在枝桠间跳来跳去，看来独自占据这一整棵树让它很兴奋，像一个孩子独自玩着抢座位游戏。这也是我以前从来不曾留意过的画面：一棵树和树上的一只鸟。即使我看到过，我也从不曾把它比作一个独自玩抢座位游戏的孩子。祖儿和劳拉一定会认为我有问题，我也开始觉得自己有问题了。想到她们，我又开始因想家而难过起来。

“我不喜欢这儿，妈妈。”我终于说道，发现自己的声音在哆嗦，几乎要哭了，“我们不能待在都柏林吗？跟朋友们一起？”

老妈看着我，温暖地笑着。“噢，我们在这儿会好的。一切都会好的。”

“可是我们要在这儿待多久？我们的计划是什么？9月我要去哪儿上学？我还能上圣玛丽学院吗？”

老妈转过脸去，笑容还在，但眼睛望着窗外。“我们在这儿会好的。一切都会好的。”

“我知道，妈妈。”我说，有些沮丧但还是放柔了声音，“你刚说过了，可是要待多久？”

她不答话。

“妈妈？”我的语调硬起来。

“我们在这儿会好的，”她重复道，“一切都会好的。”

我是个好人，不过只在我愿意的时候，所以我倾身凑到她的耳朵跟前。就在我准备说些可怕到我都不敢写下来的事情的时候，一阵轻轻的敲门声响起，很快，罗莎琳打开了门。

“你们俩都在这呢。”她说，好像她在到处找我们。

我飞快地把嘴从老妈耳朵旁边移开，坐回到床上。罗莎琳瞪着我，好像她能看透我的心思似的。随即她的神色温和起来，端着一个银色的餐盘走进来。她穿着一条崭新的茶裙，露出垂到膝盖的肉色衬裙。

“珍妮弗，我希望你昨晚睡得不错。”

“是的，很不错。”老妈看着她，微笑。我生起气来，她装模作样地糊弄了所有人，却没有骗过我。

“那太好了。我给你做了点儿早餐，就吃几口，好让你有力气……”罗莎琳不停地唠叨着，在房间里走来走去，在我的注视下，挪家具，拽椅子，拍枕头。

几口，她这么说。可以喂饱好几百人的几口。餐盘上堆满了食物：切片水果、麦片、一盘吐司、两个煮鸡蛋、一小碟看起来像蜂蜜的东西、一碟草莓酱、一碟橘子酱。餐盘上还有一把茶壶、一罐牛奶、一碗糖、各种刀叉和餐巾纸。老妈通常早上只吃一根早餐棒喝一杯意大利浓缩咖啡，还是因为她觉得自己不能不吃才吃这些。对她来说，这个餐盘实在是一项艰巨的任务。

“很好。”老妈对着放在她面前小木桌上的餐盘说，看也不看罗莎琳，“谢谢你。”

我不知道老妈到底知不知道摆在她面前的这些不是一件艺术品，而是她要吃掉的东西。

“不用客气。你还有什么想要的吗?”

“她的房子，她的爱人……”我讥讽地说。我的话并不是针对罗莎琳的，我没想把她当成箭靶。我只是在发泄情绪。不过我想罗萨琳认为这是我在跟她过不去，她一副震惊的样子，我不知道她是不是感到受伤、尴尬或是生气。她看了看老妈，想确定老妈没有被我的话伤到。

“别担心，她听不见我。”我说，无聊地盯着自己分叉的深棕色发尾。我假装不在意，但实际上刚才的话让我的心脏在胸膛里疯狂地跳动。

“她当然能听见你，孩子。”罗莎琳一边责备我，一边继续在房间里走来走去，搬挪，擦拭，收拾。

“你这么想?”我抬起一边的眉毛，“你怎么想，妈妈?我们在这儿会好吗?”

老妈抬起头看着我，微笑：“我们，当然会好的。”

我在她说第二句话的时候加入进去，模仿她让人印象深刻的活泼声音，于是我们同时说道：“一切都会好的。”我想这应该吓着了罗莎琳。连我自己听到的时候也不禁打了个冷颤。

罗莎琳停下掸灰的动作，看着我。

“是啊，妈妈，一切都会好的。”我的声音颤抖着。我决定再进一步。“看看房间里的这头大象，它是不是很漂亮?”

老妈盯着花园里的那棵树，粉色的唇边还挂着那抹淡淡的笑。“是啊，很漂亮。”

“我就知道你会这么想。”我困难地吞咽了一下，忍着不哭，看向罗莎琳。我应该感到满意的，可我没有，反而感到更加失落。在这之前，老妈不对劲只是我的一个想法。现在我证明了这是真的，而我不喜欢这样。

也许现在应该给老妈找一位治疗师或辅导师来治好她的病，这样我们才能继续按照原来的轨道继续生活。

“你的早餐在桌上。”罗莎琳只说了这一句，转身背对我，离开了房间。

这就是古德温家解决问题的一贯方式。只在表面上解决，却不去追究根本——总是对房间里的大象视而不见。我想就是在那天早上，我意识到我们家有一头大象和我一起长大。它是我们家的宠物。

# 第五章
# 悲伤

我不慌不忙地穿好衣服，知道自己今天没什么事可做。我浑身发抖地站在鳄梨色的浴缸里，热水洒在身上，力道弱得像婴儿流口水一样。我怀念起我的粉红色亮闪闪的、铺着马赛克、墙上装着六个强力淋浴花洒和液晶电视的浴室。

等我冲干净洗发露——我嫌用护发素太烦——吹干头发，走到楼下吃早餐的时候，亚瑟正刮着他盘子上的最后一点食物。不知道罗莎琳有没有把老妈房间里发生的事情告诉他。也许没有，因为如果他是个像样的哥哥的话，他现在应该在想办法处理它。我想，把他硕大的鼻子凑到茶杯杯底应该不是解决问题的办法。

“早上好，亚瑟。”我说。

“早上好。”他说，声音从茶杯里传出来。

辛勤的小蜜蜂罗莎琳立刻走到我跟前，手上套着一只巨大的烤箱手套。

我用拳头轻轻地碰了碰她的两只手，她好像没搞懂这个玩笑。虽然亚瑟一句话也不说，脸上一个表情，甚至一丝抽动也没有，我觉得他懂的。

“我只要麦片，谢谢，罗莎琳。”我说，转头四处看了看，“我自己去拿，如果你告诉我它在哪儿。”我打开橱柜想找麦片，却不由得后退了一大步。我看到橱柜里从顶层到底层摆满了蜂蜜罐子，少说也有一百多个吧。

“哇。”我又退了几步，橱柜的门也没关，“你是不是有，呃，蜂蜜强迫症?”

罗莎琳看起来有些困惑，但还是微笑着递给我一杯茶。“坐下吧，我给你拿早餐过来。这些蜂蜜是伊格内修斯姐妹给我的。“她笑着说。

不幸的是，她说这话的时候我正在喝茶，忍不住要笑，却被呛了一口。茶水从我的鼻子里喷出来。亚瑟递给我一张餐巾纸，饶有兴趣地看着我。

“你有个姐妹叫伊格内修斯?”我大声地笑道，“这完全是个男人的名字。她有变装癖吗?”我一边摇着头一边咯咯地笑。

“变装癖?”罗莎琳皱着眉头问。

我忍不住大笑起来，却在看到她脸上的笑容消失的时候戛然而止。她关上橱柜的门，给我去弄早餐。她把一只堆满培根、香肠、鸡蛋、豆子、布丁和蘑菇的盘子放在餐桌中央。我希望她的姐妹伊格内修斯能和我一起吃早餐，因为让我一个人吃完这些根本不可能。罗莎琳转到我背后忙来忙去，然后端过来一只堆满吐司的盘子。

“噢，不，这就行了。我不吃糖类。”我尽量用礼貌的语气说道。

“糖类?”

“碳水化合物，”我解释道，“吃那个我会发胖。”

亚瑟把茶杯放回茶碟上，眼睛在浓密的眉毛下看着我。

“亚瑟，你跟妈妈长得一点儿也不像。”

这时一只蜂蜜罐子掉到了地砖上，我和亚瑟吓了一跳，忙转头去看。让人吃惊的是，它并没有摔碎。罗莎琳以她最快的速度继续弄早餐，把果酱、蜂蜜、橘子酱和一盘烤饼放到我的面前。

“你正在长身体，要多吃点儿。”

“现在我想要长的只有这里。”我在自己34B的胸部前比划着，“除非我把黑白布丁塞进胸罩里，这样的早餐是没办法帮我达到目标的。”

现在轮到亚瑟被茶呛住了。不想再让他们更难堪，我取了一片培根、一根香肠和一只西红柿。

“来吧，再多吃点儿。”罗莎琳看着我的盘子说。

我一脸惊恐地看向亚瑟。

“给她点时间。”亚瑟轻声说，端着盘子站起来。

“把它放下。”罗莎琳绕着他转来转去，我真想拿苍蝇拍狠狠地拍她。“你该去上班了。”

“亚瑟，有人在那座城堡里工作吗?”

“那座废墟?”罗莎琳问。

“那座城堡。”我回答道，突然有些警觉。如果我们要开始斗嘴，不妨从老妈开始说起。她显然已经是个精神不正常的女人，可我们不会叫她“疯子”。她还是个女人。那座城堡已经不再是它曾经的样子，可它还是一座城堡。我不知道自己的这种想法从何而来，一夜之间它就出现在我的脑子里，而我知道，以后我再也不会把它叫做废墟了。

“你为什么问这个?”亚瑟说，把手伸进一件格子衬衫的袖子里，又在上面套了件棉马甲。

“昨天我到那儿转了一圈，好像看到了什么东西。没什么大不了的。”我边吃边很快地说，希望他们不会禁止我再去那儿。

“也许是只耗子。”罗莎琳说，看了看亚瑟。

“哇，我现在感觉好多了。”我看向亚瑟，想听他多说一些，可他沉默不语。

“你不应该一个人去那儿晃荡。”罗莎琳说，把堆满食物的盘子朝我这边推了推。

“为什么?”

他们谁也没回答。

“好吧。”我说，没有理会那堆早餐，“就这么着吧。那是一只巨型的，像人那么大的耗子。所以如果我不能去那儿，这附近还有什么事情可干?”我问。

又是沉默。“哪方面的事?”罗莎琳最后问道，看起来有些害怕的样子。

“呃，我可以干的事情。这儿有什么？有什么商店吗？服装店？咖啡店？在这附近?”

“最近的镇子离这里十五分钟。”罗莎琳回答道。

“太好了。我吃完早餐就去那儿。干掉这些。”我笑着咬了一口香肠。

罗莎琳高兴地笑了，边看着我边把她的下巴靠到手上。

“所以怎么走?”我问，吞下香肠，张开嘴给罗莎琳看我已经把它干掉了。

“什么怎么走?”她听到了话里的暗示，不再看我的嘴。

“那个镇子。我出了大门往左拐还是往右拐?”

“噢，不，你不能走着去。是开车十五分钟。亚瑟会开车带你去。你想去哪儿?”

“呃，没有特定的目的地。我只是想到处走走看看。”

“亚瑟会开车送你去，等你要回来的时候他再去接你回来。”

“你要在那儿待多久?”亚瑟问道，一边把他的马甲拉链拉起来。

“我不知道。”我说，看看亚瑟，又看看罗莎琳，感到有些沮丧。

“二十分钟？一个小时？如果时间不长的话，他可以在那儿等你。”

罗莎琳补充道。

“我不知道我会逛多久。我怎么知道呢？我还不知道那镇上有什么，也不知道那儿有什么我可以干的事情。”

他们茫然地看着我。

“我就坐巴士或诸如此类的车去，等我想回来的时候再回来。”

罗莎琳神情紧张地看了看亚瑟。“这条路上没有巴士。”

“什么？”我的下巴都快掉下来了，“那你怎么去别的地方？”

“开车。”亚瑟回答道。

“可我不会开车。”

“亚瑟会开车送你去，”罗莎琳又说了一遍，“或者他给你把你需要的东西带回来。你有什么想要的？亚瑟去给你买，行吗，亚瑟？”

亚瑟抽了抽鼻涕。

“你到底要什么？”罗莎琳向前倾着身子，急切地问。

“卫生棉。”我恼怒地说，感到无比沮丧。

我只是不知道自己为什么这么说。

好吧，我知道。他们都把我惹火了。以前在家的时候，我是多么自由自在，到这儿却像是上了西班牙宗教法庭。我以前想上哪儿就上哪儿，想待多久就待多久。即使是我老爸老妈，也从没问过我这么多问题。

他们一语不发。

我把香肠塞进嘴里，又咬了一大口。

罗莎琳摆弄着垫在烤饼下面的花边桌巾。亚瑟在门口走来走去，屏着呼吸等着听是不是要他去买卫生棉。我觉得该由我来缓和一下气氛。

“没关系。”我说，语气平静，“我今天就在这附近转转。或许明天再去那儿。”起码有东西可以期待。

“那我走了。”亚瑟朝罗莎琳点点头。

她突然从椅子上弹跳起来，像一只穿过吸管的手指。“别忘了你的水瓶。”她在厨房里忙得团团转，就像有个定时炸弹在催她，“拿去吧。”她递给他一个水瓶和午餐盒。

看着他们，我情不自禁地笑了。这应该是很奇怪的画面，她像照顾一个去上学的小孩一样照顾他，可我现在并不觉得奇怪。这画面很美好。

“你要不要在午餐盒里带点这个?”我指着面前盘子里的东西问道，“我死也没有办法吃掉它。”

我说这话完全是出于好意。我的意思是我吃不了是因为它们实在是太多了，并不是因为它们不好吃。但话说出来就变了味儿。或者这话没问题，可他们理解错了。我不知道。不管怎样，我不想浪费食物。我想让亚瑟在他可爱的午餐盒里带上一点儿，可这话好像是我在罗莎琳的肚子上狠狠揍了一拳。

“好啊，我带一点儿好了。”亚瑟说，我感觉他这么说完全是为了让罗莎琳高兴。

罗莎琳双颊泛起红晕，打开抽屉手忙脚乱地找特百惠饭盒。

“这真的很好吃，罗莎琳，我是说实话。只是我早餐吃不了这么多东西。”

“当然，当然。”她点头如捣蒜，好像她之前笨得不知道这一点。她用勺子把食物舀到一个小小的塑料盒子里，然后亚瑟就走了。

我仍然坐在餐桌前，努力把那一大堆吐司塞到肚子里。我估计得有三千片吧，用来重建城堡也没有问题。罗莎琳从老妈房间里把餐盘收了回来，上面的食物完全没动过。罗莎琳垂着头，直接把它端到垃圾桶前，开始往垃圾袋里倒。

“我们只是不怎么吃早餐。”我解释道，尽我所能，使语调温和下来，“早上妈妈一般只吃一根早餐棒，再喝一杯浓缩咖啡。”

罗莎琳直起腰，转过头来，耳朵竖起来。“早餐棒?”

“你知道的，就是那种用麦片、葡萄干、酸奶什么的做的东西。”

“像这样的?”她给我看一碗麦片和葡萄干，还有一小碗酸奶。

“是的，但是……那是一根一根的。”

“可跟这有什么不一样?”

“呃，那个你可以咬。”

罗莎琳皱起眉头。

“那个更快。你可以边走边吃，”我试着解释更多，“当你开车去上班，或者跑着出门的时候。你知道?”

“可那算哪门子的早餐啊？在车上吃的一根棒棒?”

我费了很大劲儿才忍住没有笑出来。“那只是，你知道，为了……节省早上的时间。”

她看着我，好像看着一个长了十个脑袋的怪物，然后一句话也没说，径直去打扫厨房了。

“你对妈妈怎么想?”长长的沉默之后，我问道。

罗莎琳继续清理流理台，背对着我。

“罗莎琳？我妈妈那个样子你怎么想?”

“她很悲伤，孩子。”她很快地说。

“我觉得那不是正常的悲伤的样子，你觉得呢？认为房间里有一头大象?”

“啊，她只是没有听清你的话，”她轻轻地说，“她的心思不在这儿，完全不在。”

“是在幻境里吧，那是哪儿。”我咕哝着说。

因为别人老是跟我说什么“悲伤”，当我是三岁小孩，不知道失去一个朝夕相处二十年的人有多痛苦，我便认真读了不少关于悲伤的书。书上说，悲伤没有所谓合适的方式，没有错误或正确的方法。我不知道我是不是同意这种说法。我觉得老妈的悲伤用错了方法。“悲伤”（grief）这个词来源于法语里的 grève，意思是“沉重的负担”。也就是说“悲伤”让痛苦之类的情绪成为你的负担。我的感觉是：更沉重，不得不强打精神，事事都成了需要费力去做的负担，事事都那么黑暗和荒谬。脑袋里不断浮现一些以前从未有过的想法，让我头痛不已。可是老妈……

老妈看起来轻松许多。悲伤根本没有让她负担沉重，相反，她给人的感觉是好像正飞离这个地方，好像她已经飞到了半空中，却并没有任何人关心或注意到。我是唯一站在她下面的人，在她的脚底下，努力想把她拉回来。

# 第六章
# 图书巴士

厨房已经清扫干净。经过这番擦洗，估计它已经丢了半条命。唯一没有被堆起来放到架子上的，就只剩下我了。

我从没见过哪个女人打扫起来这么有精力，这么有目标，仿佛这是她人生的寄托。罗莎琳卷起衣袖，露出健美的手臂肌肉，挥汗如雨地擦拭着。这里的每一丝生活痕迹都被清除殆尽。所以我就坐在那儿，一边饶有兴致地看着，一边觉得她有点儿可怜——这么拼命的擦洗有什么必要呢？

清扫完毕后，她就拿了一袋刚出炉的黑面包出门去了。那面包实在是香，刺激得我的味蕾和早已吃撑的胃也抽起筋来。我从客厅的窗户里看着她大步流星、像男人婆一样地穿过马路，走向对面的那栋平房。我在窗前等着，想看看来开门的是谁，可她却绕到了房子背后，真让我扫兴。

趁着没有罗莎琳在一旁死死地盯着，我在房子里四下走了走。一整个早上，我的目光移到哪儿，她就开始解释那样东西背后的历史。

“噢，那是橱柜。橡木的。有一年冬天一棵树倒了，那时候雷电交加的，我们好几天都没有电。亚瑟救不活它——我是说那棵树，不是电；我们就把它拖回来了。”紧张地傻笑，“他用它做了这个橱柜，很适合储存东西。”

“亚瑟可以靠这个做点小生意。”

“噢，不。”罗莎琳看着我的表情好像我刚说了什么亵渎神明的话，“那是个爱好，不是什么赚钱的计划。”

“不是计划，是生意。这没什么不好的。”我解释说。

罗莎琳啧啧了两声。

听听我的这些话，真像是从老爸口里说出来的。即使我一向很讨厌他这一点——他想要把一切事情都变成生意——我心里还是涌起一丝暖意。小时候，如果我把在学校画的画儿带回家，他就会认为我应该成为艺术家，一件作品要价上百万的艺术家。如果我据理力争什么问题，他立刻就会认为我该去当律师，一个每小时收入好几百的律师。我唱歌很好听，他就会马上计划让我去他朋友的录音棚录音，成为下一颗巨星。他并不只是对我这样，他对周围所有的事情都这样。对他来说，人生充满了机会。我并不认为那一定是件坏事，可我觉得他想要抓住这些机会的出发点是错的。他对艺术毫无兴趣，不在乎律师怎么帮助人，甚至也不关心我的歌声，一切都是为了赚更多的钱。所以我想，最后，是因为失去了所有的钱，他才走上了绝路。那些药丸和威士忌只是给他的棺材钉上了钉子“而已”。

“你是在看这张照片吗?”随着我眼神的移动，罗莎琳继续说，“这张照片是我们去巨人之路旅游的时候亚瑟拍的。那天一整天都在下雨，在去那儿的路上我们的车胎还被扎破了。”

她滔滔不绝地说着。

“你在看这些窗帘吧。它们需要洗一洗了，明天我就把它们取下来清洗。这些布我是从一个上门推销的女人手上买的。我以前从不买上门推销的东西的，不过她是个外国女人，不太会说英文，也没什么钱，只有这些布。我喜欢这上面的印花。我觉得它跟那边的靠垫很配，你觉得呢？这布还剩了很多，放在后面车库里了。”

然后我看向后院的车库，她说：“那是亚瑟自己盖的，我搬进来的时候还没有呢。”

这奇怪的措辞引起了我的注意——我搬进来的时候。“这儿以前住着什么人？”

罗莎琳瞪着好奇的大眼睛看着我，跟先前我吃早餐时看我的眼神一模一样，却一言不发。她经常这样，随时都有可能在交谈中停下来，只是看着你不说话，好像脑子突然短路了一样。

她这么吓我太多次了，所以我低头看向地毯，那应该是什么人跟她交换什么东西的时候给她的，我不知道……不过那天早上，当我一个人留在房子里，没有她在旁边叽里咕噜说个没完地打扰我的时候，我终于可以好好地四下看一看了。

客厅非常舒服，只是有一点旧了。其实是很旧了，不像我原来的家，又时尚又干净，线条明快，一切都是对称的。这间客厅里到处都是东西，艺术品跟沙发一点也不搭调，装饰品可笑得要死，两张沙发用了完全不一样的沙发罩—— 一张是蓝底象牙色印花，另一张像是被猫蹂躏过——还有一张咖啡桌可以兼作棋盘。地板好像不怎么平整，从壁炉那里开始向书架倾斜，让我觉得有一点晕船的感觉。最繁忙的地方好像是壁炉周围，壁炉里面的东西看起来像是来自中世纪的刑讯室，让我浑身发抖：一端装饰着兽头的锻铁拨火棍，各种大小的煤铲，一个古老的风箱，一个黑色的铸铁炉挡，正面雕刻着某种动物的图案。我转过身背对着壁炉，把注意力集中在那个从地板到天花板的书架上。一架跟墙一样高的梯子搭在旁边。书架上摆满了书、照片、罐子、纪念品盒和没用的小饰品之类的东西。大部分书都是关于园艺和烹饪的，非常专业，完全不合我的口味。它们都很旧了，一看就是被读过很多遍，有的已经被扯破了，有的没了封皮、书页发黄，有的上面还有水渍，可是没有看到一丁点儿灰尘。有一本红色封皮的书，看起来非常古老，书页都是黑色的，染着红边。书名是《劳埃德船级社 1919 – 1920 第二卷》，里面总共有好几百页，按字母顺序排列着各种船只的名称，详细说明货舱和固定燃料舱的载重量和容积。我把书插回原处，在衣服上擦了擦手。我可不想沾上 1919 年的细菌。还有一本书讲的是这世界的信仰，封面上印着一枚金色纹章，图案是一个插在地里的十字架，上面还盘着一条蛇。挨着这本书的是一本关于希腊烹饪的书，不过我很怀疑在罗莎琳的灶台旁边还有没有地方弄一个烤肉的架子。再旁边是一本《马类大全》，不过它肯定名不副实，因为书架上还有另外十二本关于马的书。

菲奥娜在老爸的葬礼上送给我的那本书我只读了第一章，那已经比我以往一年读的书还多了。所以架子上的那些书我都没什么兴趣。让我感兴趣的是一本插在书堆里的相册，它跟那些大部头，比如字典、百科全书、世界地图集什么的，放在一起，样式很老，看起来跟印刷的书没什么两样。它包着红色天鹅绒的封皮，还镶着一道金边。我把它取出来，手指在封皮上划过，在天鹅绒上留下一道深色的痕迹。我蜷着身子窝在皮椅里，打算好好地在别人的记忆里漫游一番。刚翻开第一页，门铃响了，又长又尖的声音打破了沉默，吓了我一大跳。

我待着没动，期待着罗莎琳从马路对面冲过来。我想象着她边跑边把裙子拉到大腿，腿筋紧绷到吉米·亨德里克斯都可以在上面弹奏。可她并没有冲回来。四周一片寂静，老妈在楼上也没有动静。门铃又响了一次，我把相册放到桌上，站起身来朝门口走去。这时，我突然感到这房子有了一点点家的感觉。

透过模糊的彩色玻璃，我看出门外是一个男人。打开门，一个帅气逼人的小伙子站在面前。他二十出头，我猜，暗棕色头发，前面的头发用发胶竖起来，身上马球衫的衣领也竖着，看样子很像是个橄榄球员。他上下打量着我，面带微笑。

“嗨。”他说，咧开嘴露出整齐洁白的牙齿。他的下巴上有一圈胡渣，眼睛碧蓝碧蓝的。他手里拿着一块写字板，上面夹着一张表格。

“嗨。”我说，弓着背斜靠在门上。

“伊格内修斯爵士？”他问。

我微笑，“不是我。”

“有没有一位伊格内修斯·鲍尔爵士住在这里？”

“现在不在。他跟卡斯帕爵爷一起出去猎狐了。”

他的眼睛眯了起来，露出怀疑的神色。“他什么时候能回来？”

“等他抓到狐狸以后吧，我想。”

“这样啊……”他缓慢地点了点头，向四周看了看，“这附近的狐狸跑得快吗？”

“你显然不是这附近的人，这儿人人都知道狐狸的事儿。”

“嗯，我的确不是。”

我咬住嘴唇忍着不笑。

“所以他会很久以后才回来？”他觉察到我在胡扯。

“很久很久以后。”

“我知道了。”

他靠着门廊的柱子，看着我。

“怎么了？”我防备地问，觉得自己快要融化在他的目光下。

“说真的。”

“说真的，怎么了？”

“他住在这周围什么地方吗？”

“绝对没有。”

“那你是谁?”

“我是古德温。”(英文 Goodwin 谐音 good win,听起来像“赢了”。)

“我知道你赢了,可你姓什么?”

我想忍着不笑,但没忍住。

“哎呀,我知道了,抱歉。”他诚心地道歉,一脸困惑地看了看手上的表格,伸手挠了挠头,把头发弄得乱七八糟的。

在他背后,我看到一辆白色巴士,车身上印着“活动图书馆”几个大字。

他终于从写字板上抬起头来。“那好吧,我肯定迷路了。单子上没有古德温这个名字。”

“噢,应该不是用我的名字登记的。”伯恩斯是老妈娘家的姓,亚瑟舅舅的姓,这幢房子应该也是登记在这个名字之下。亚瑟·伯恩斯和罗莎琳·伯恩斯——听起来不怎么对劲。好像老妈应该一直是古德温家的。

“那这里一定是基萨尼家吧?”他从表格里抬起头来,满怀希望地问。

“啊,基萨尼家。”我说,他看来松了一口气,“他们住在往左边走的下一栋房子,穿过那片树林就到了。”我微笑着。

“太好了,谢谢你。我以前从没来过这附近。我迟到了一个小时。他们人怎么样,基萨尼家的人?”他揉了揉鼻子,“他们会跟我胡扯吗?”

我耸了耸肩。“他们话不多。不过别担心,他们喜欢书。”

“好。你要我回来的时候在这儿停一下吗?你可以看看这些书。”

“好啊。”

我关上门,放声大笑。我兴奋地等着他回来,心里蝴蝶在绕圈圈,好像我还是个玩捉迷藏的小鬼。我起码有一个月没有这种感觉了,心里好像有什么东西重新打开了。还不到一分钟,我就听到车子回来了,停在门外。我打开门，他正从车里出来，脸上咧着大大的笑容。他抬起头，对上我的眼睛，摇了摇头。

“基萨尼家没人吗？”我问。

他笑了，朝我走过来，谢天谢地脸上不是生气而是好笑的表情。“他们不想要什么书，因为看起来……”

我咯咯直笑。

“非常有趣，古德温小姐。”

“是女士，谢谢。”

“我叫马卡斯。”他伸出手来，我握了一下。

“塔玛拉。”

“很美的名字。”他温柔地说，靠向门廊上的木头柱子，“所以，不开玩笑，你知道慈善修女会的伊格内修斯·鲍尔爵士住在哪儿吗？”

“等等，让我看看那个。”我从他手上抓过写字板，“这不是‘Sir’（爵士），而是‘Sr’，Sister 的缩写，是姐妹。”我慢慢地说，“你这个笨蛋。”我拿着写字板敲了敲他的头，“她是个修女。”原来不是什么变装癖。

“噢。”他笑了起来，抓住了写字板的另一头。我紧紧地抓着不放。他用力一拉，把我拽到了门廊上。近距离一看，他更帅了。“所以是你吗，修女？”他问，“你收到了主的召唤吗？”

“我唯一被召唤的时候是吃饭的时候。”

他笑起来。“那么，她是谁？”

我耸了耸肩。

“你是故意要把我搞晕，是不是？”

“呃，我昨天刚到这儿，所以我跟你一样晕。”

我说这话的时候没有笑，他也没有冲我笑。他懂的。

"好吧，看在你的分上，我真希望那不是真的。"他抬头看了看这栋房子，"你住在这儿?"

我耸了耸肩。

"你甚至不知道自己住在什么地方?"

"你是个开着一辆装满书的巴士过来的陌生人，你觉得我会告诉你我住在哪里吗？我听说过你这样的人。"我边说，边离开房子朝着车子走过去。

"哦，真的吗?"他跟在我后面。

"有一个像你这样的人，用棒棒糖引诱小孩子上他的车，等他们上车以后，他就锁上门，开车跑了。"

"噢，我听说过他。"他说，眼睛一亮，"又长又油的黑头发，硕大的鼻子，皮肤苍白，总是穿着紧身裤跳来跳去的，很爱唱歌。"

"就是他。是你的朋友?"

"这儿。"他把手伸进上衣口袋，掏出身份证，"你没说错，我早该把这个给你看。我这是公共图书馆，有证的，公家的。所以我保证不会把你困在车里。"

除非我请他这么做。我认真看着他的身份证。"马卡斯·桑赫斯特。"

"就是我。想看看书吗?"他指着巴士，"你的战车等着你呢。"

我朝四周看了看，一个人也没有，老妈也不在这儿。对面的平房也死一样地毫无动静。反正没什么可损失的，于是我上了车。马卡斯唱起歌来："孩子们。"学着抓小孩的人的声音。我也笑了。

车里左右两边都摆着上百本书，分门别类地放着。我伸着手指划过它们，并没有真的在读那些标题，心里暗暗防备着跟一个陌生男人共处一车。我想马卡斯也觉察出来了，因为他后退了几步离我远一点，给了我不少空间，而且站在开着的门旁边。

“你最喜欢的书是哪本?”我问。

“呃……《疤面煞星》。”

“那是一部电影。”

“根据一本书改编的。”他说。

“不，不是。你最喜欢的书是什么?”

“酷玩乐队?”他回答道，“披萨……我不知道。”

“好吧，”我笑起来，“所以你不读书的。”

“是不怎么读。”他在一个架子上坐下，“可我希望这份工作可以让我向好的方面转变，没准我会因此变得爱读书。”他懒洋洋地说，声音死气沉沉的，一点儿说服力也没有，好像是在重复他曾经对自己说过的话。

我继续问他：“发生了什么事，你老爸拜托他朋友给你找了份活干?”

他下颚紧绷起来，好一会儿都没说话。我心里后悔不迭，恨不得把那句话收回来。我甚至不知道自己为什么要那么说，也不知道那话是从哪儿冒出来的。我只是有一种奇怪的感觉，好像自己也曾经这样过。我想也许我在他身上看到了一点儿自己的影子。

“对不起，那并不好笑。”我向他道歉，“所以怎么了?”我说，试着缓和气氛，“你开车到处走，给人们送书?”

“就跟图书馆一样，”马卡斯说，声音还有点冷淡，“人们报名的话，就可以办会员卡，然后就能借书了。我一般去那些没有图书馆的城镇。”

“或者连生命迹象都没有。”我说道，他笑起来。

“你觉得这儿很苦吧，城里来的姑娘?”

我没理会他的话，继续在书堆里东翻翻西翻翻。

“这里的人真正需要的不是书，你知道是什么吗?”

他一脸贼相地冲我笑。

“不是那个，”我也笑了，“其实你可以靠这个赚点钱，如果你把那些书扔掉的话。”

“哈，那可不是有内涵的人干的事情。”他说。

“这附近没有巴士。据我所知有个镇子离这里十五分钟车程——人们怎么去那儿呢?”

“呃……答案应该就在你的问题里。”

“是的，可我不能开车，因为我……”我停住了，他笑着看我。“因为我没办法开车。”我终于把话说完了。

“什么? 你是说你老爸还没有给你买辆迷你库珀吗? 那可真不爽。”他模仿我说道。

“被你说中了。”

“好吧。”他从桌上跳下来，兴致勃勃地提议，“我要走啦。要不我们一起去那个靠双腿走不到的神奇小镇?”

我咯咯地笑出声来。“好啊。”

“你要不要告诉什么人一声? 我可不想被人当作绑架犯。”

“我也许不能开车，但我可不是小孩子了。”我盯着对面的平房。罗莎琳已经去了很长时间了。

“你确定?”他问道，往四周看了看，“你还是跟谁说一声吧。”

他看起来很着急的样子，所以我掏出手机，给妈妈打了个电话。我知道她已经一个月没有碰过她的手机了，于是我留了个言。

“嗨，妈妈，是我。我在门外的一辆巴士上，这里堆满了书，还有一个可爱的家伙要开车送我去镇上。我去几个小时就回来。万一我没回来的话，他的名字叫马卡斯·桑赫斯特，身高五英尺十英寸，黑头发，蓝眼睛……有文身吗?”我问。

他掀起上衣。嚯，腹肌真漂亮。

“他的肚子上文了一个凯尔特十字架，没有胸毛，一脸傻笑。他喜欢

《疤面煞星》、酷玩乐队和披萨，而且雄心勃勃地想要开始读书。”

我挂断电话，马卡斯哈哈大笑，“你比大多数人都了解我。”

“我们出发吧。”

“你总是这么不按牌理出牌吗?”他问。

“一向如此。”我一边回答一边爬进副驾驶座坐好，准备开始基萨尼领地之外的冒险。

# 第七章 我要

车开了十二分钟就到了目的地。我跟马卡斯一路上都在说话。跟他说话非常舒服，一丝尴尬也没有。只是那个“镇子”完全出乎我的想象。即使我已经把期望值降到历史最低点，可实际情况比那还要更糟糕。这是一个小得可怜的镇，荒突突的几乎什么都没有。一座教堂、一座坟场、两家酒馆、一家快餐店、一个加油站，里面有一间报刊亭、一间五金店，没了。

我一定是把这些抱怨说出来了，因为马卡斯看着我，一脸担心。

“有什么不对吗？”

“有什么不对？”我转过头去，瞪大眼睛看着他，“有什么不对？我五岁的时候就有一个芭比娃娃村，比这地方大多了。”

他努力绷着脸可还是笑了，“没那么糟糕吧。再往前开二十分钟就到邓肖林了，那个地方还不错。”

“再开二十分钟？连这破地方我自己都来不了。”沮丧让我的眼眶发热，鼻子开始发痒，眼泪开始往上涌。我想一脚把车子踢翻，然后放声尖叫。可我只是咕哝着说：“我到这破地方来到底要干吗，买把铲子在这儿挖死人？边挖边喝汽水吃薯片？”

马卡斯哼了一声，然后转过头去镇定了一下情绪。“塔玛拉，它真的没那么糟糕。”

“它有！我想要一杯该死的姜饼拿铁和一个肉桂卷，现在就要！”我语气平静地说，知道自己听起来跟《查理和巧克力工厂》里的小姑娘维奥莱特很像。“我想在咖啡店里用我的笔记本上网看看我的脸谱网（Facebook）页面；我想去逛专卖店；我想上微博；我想跟朋友们一起去海滩，一边看海一边喝白葡萄酒；我想喝得烂醉，直到趴在地上大吐特吐。你知道，就是那些平常人干的平常事，那就是我想要的。”

“你总是要什么有什么吗？”马卡斯看着我。

我没法回答。一种“天呐！我爱上他了”的感觉突如其来，堵在我的喉头。于是我只是点了点头。

“好吧。”他说道，重新打起精神来。我吞了口唾沫，把对马卡斯的意乱情迷顺着食管咽到了胃里。“让我们来看看好的一面吧。”

“没有好的一面。”

“任何事情总有好的一面。”他左看看右看看，举起双手，眼睛一亮，“这里没有图书馆。”

“我的天……”我一头撞到了仪表盘上。

“好，”他笑着关掉发动机，“我们去别的地方吧。”

“去别的地方你不需要启动发动机吗？”我问。

“我们不开车去。”他边说，边从驾驶座的椅背上爬过去，“所以，让我们看看……我们该去哪儿？”他的手指从旅游类读物的书脊上划过，他边走边大声念出来，“巴黎、智利、罗马、阿根廷、墨西哥……”

“墨西哥。”我立刻说道，从座位上跪起来看着他。

“墨西哥，”他点了点头，“好主意。”他把那本书从架子上抽出来，看着我，“怎么样？你一起来吗？飞机要起飞了。”

我笑着从椅背上爬过去。我们肩并肩坐在车厢的地板上，那一天，我们去了墨西哥。

我不知道他知不知道那个时刻对我有多么重要。他把我从最绝望的深处拯救出来。也许他知道，那就是他正在做的事情。他像天使一样，在正好的时候，开着他装满书的巴士进入了我的生命，带我远远地离开那个可怕的地方。

我们在墨西哥并没有待得太久。我们找了一家酒店住下来，双人床的。扔下行李，我们就直奔海滩。我在海边的小摊上买了一套比基尼，马卡斯点了一杯鸡尾酒，打算一个人去玩水上摩托——我不愿意穿湿漉漉的滑水服——这时却响起了敲门声。一个老太太一边用怀疑的眼光打量我一边走了进来，她要找些书来打发时间。我们站起身来，马卡斯走过去招待她，我则继续浏览书架。我看到一本关于悲伤的书：讲的是怎样处理个人的悲伤情绪，怎样安慰陷入悲伤的亲人。我在这本书旁边徘徊了半天，心跳得厉害，好像找到了一种治百病的神药，却没法伸出手去把它拿起来——我也不知道为什么。我不想让马卡斯看到，我不想他问我这个，我不想告诉他老爸的死。那也就意味着，我必须回到真实的我。我是个父亲刚刚自杀的女孩。如果我不告诉他，我就不必是那个女孩。至少在他面前不是。我只要在内心里是她就好。任她咆哮也好，爆发也好，都隐藏在我的皮肤下面。不过我会去墨西哥，把她远远地留在那幢门楼里。

我的目光落在非小说类读物区的一本皮革封面的大部头上。棕色，很厚，书脊上没有书名，也没有作者的名字。我把它抽出来，很重。书页边缘参差不齐，好像被人撕破了。老太太挑了一本言情小说，夹在胳膊下走了。我对马卡斯说："所以你就像是图书世界里的罗宾汉，给那些一无所有的人送书？"

"差不多吧。你找到什么了？"

“不知道，封面上没有书名。”

“看看书脊。”

“也没有。”

他从旁边拿起一个文件夹，舔了舔手指，翻了几页。“作者叫什么名字？”

“没有作者的名字。”

他皱着眉抬起头来。“不可能，翻开看看第一页上有没有。”

“我翻不开，”我笑着说，“它锁上了。”

“噢，得了吧。”他笑起来，“你在开玩笑，古德温。”

“我没有，”我笑着朝他走过去，“我说的是大实话，你看。”

我把书递给他，我们的手指擦过彼此的，我一个激灵，一阵惊天动地的战栗掠过我的全身。

书页紧闭着，扣着一枚金色的扣环，上面锁着一把金色的挂锁。

“搞什么……”他说，试着去拉那把锁，一边做各种鬼脸逗我笑，“我确信你挑中了这里唯一的一本没有作者和书名并且上了锁的书。”

我们俩都笑了起来。他放弃拨弄那把锁，我们的目光交织在一起。

这个时候我应该说，“我才十六岁。”可我没有，我就是说不出口。我之前说过，我觉得自己比实际年龄大，大家也都觉得我看起来比实际年龄大。我想要更成熟。我们并不会在地板上亲热，他也不会因为盯着我看就被抓去坐牢。可是，我还是觉得我当时应该说出来。如果我们是生活在《飘》之类的19世纪初的老书里，回到那个女人是男人的私有财产、完全不受保护的美好时代，那就没什么关系了。我们也许已经在某个谷仓的干草堆里滚做一团，做我们想做的任何事情，而且不会有任何人因为任何事情遭到指责。我想在书架上找到这本书，跟他一起跳到里面去。可我们没有。现在是21世纪，我十六岁，就快十七了。

他二十二，我从他的身份证上看到的。经验告诉我，男生的兴趣不会持续到我的十七岁生日那天。到 7 月他们不可能还会想要回来找我。

“不要看起来这么伤心。”他说，伸出手指抬起我的下巴。在我意识到以前，他已经靠我很近，就在我跟前，面对面。

“这只是……一本书。”

我这才发现我把书抱在胸前，两只手紧紧地抓着它。

“可我喜欢这本书。”我微笑着说。

“我也喜欢这本书，非常喜欢。它是本很漂亮的书，可显然我们现在没办法读它。”

我的眼睛眯起来，怀疑我们是不是在讲同一件事情。

“所以，也就是说我们俩都要坐在这儿看着它，直到我们找到钥匙。”

我笑了，感觉自己的脸有点发红。

“塔玛拉！”我听到有人叫我的名字，声音尖利而绝望，打断了我们的对视。我跑到巴士门口。是罗莎琳，她从马路对面朝我跑过来，满脸扭曲，眼神狂乱而又危险。亚瑟的车停在人行道边，他站在那儿，看起来很冷静，于是我稍微松了口气。是什么让罗莎琳这么暴躁？

“塔玛拉！”她叫道，上气不接下气。她又像猫鼬一样嘀溜着眼睛，看了看马卡斯，又看看我，眼神高度戒备。“回到我们这里，孩子。回来！”她说道，声音在颤抖。

“我正要回去，”我皱起眉头，“我才出来一个钟头而已。”

她看起来有一点困惑，转头看向马卡斯，好像在等他做出解释。

“怎么了，罗莎琳，妈妈还好吗？”

她没出声。她的嘴张开又合上，好像在寻找合适的词汇。

“她还好吗？”我又问了一次，心里越来越惊慌。

“还好，”她说，“她当然好好的。”她脸上的困惑还在，不过开始冷静下来了。

“你怎么了？”

“我以为你已经……”她的声音越来越低，眼睛转向别处，好像现在才发现自己身在何处。她站直身体，伸出手顺了顺凌乱的头发，扯了扯因为坐车而皱巴巴的衣服。她不再喘气，显然已经冷静下来。“你会回来？”

“是啊，当然。”我仍然皱着眉头，“我跟妈妈说了我要出门。”

“是的，可你妈妈……”

“妈妈怎么了？”我的声音变得生硬起来。如果老妈一切都好的话，那我告诉她我要出门应该也没什么问题。

马卡斯的手抚在我的背上，大拇指安慰地在我腰部画着圈圈，提醒我还有墨西哥，还有好多地方我要去。

“你应该跟她回去，”马卡斯平静地说，“我也该继续上路了。你可以留着那个。”他朝我手上抱着的书扬了扬下巴。

“谢谢。我们还会见面吧？”

他翻了个白眼，“当然，古德温。快去吧。”

我过了马路，坐进亚瑟的路虎的后座。这时我注意到三个抽烟的男人站在酒馆外面，盯着我们看。被人盯着看并不是什么稀奇事，可他们的眼神很奇怪。亚瑟冲他们点点头；罗莎琳低着头，眼睛瞅着地面。那三个男人的目光一直跟着我们，我瞪回去，想看看他们到底有什么问题。是因为我是个生面孔吗？可我知道不是这个原因，因为他们看的并不是我，所有的目光都聚集在亚瑟和罗莎琳身上。回去的路上，车里没有人开口，一片静默。

一进门，我就不顾罗莎琳的劝阻跑去看老妈。她还是坐在那张摇椅里，不动不摇，看着窗外的花园。我陪她坐了一会儿才离开，下楼走到客厅里，回到马卡斯按门铃之前我坐着的那张扶手椅上。我伸手去拿相册，可它已经不在我放下它的地方。这里又被罗莎琳收拾过了。我叹了口气，重新走到书架跟前，可它不见了。我找遍了架子上的每一本书，可怎么也找不到。

这时门吱嘎一声，我猛地转过身去。罗莎琳站在门口。

"罗莎琳!"我说，手拍着胸口，"你吓死我了。"

"你在干什么?"她问道，手指在围裙上蹭了蹭，然后又把它抚平。

"我在找一本早先看到的相册。"

"相册?"她歪着头，皱着眉，一脸疑惑。

"是的，我之前看到过，那辆图书巴士来之前。我希望你不要介意，我把它拿下来想看一看的，可是现在它……"我举起双手，笑着说，"它神秘地消失了。"

她摇了摇头。"不，孩子。"她向身后了看，然后压低声音近乎耳语地说，"现在别说这个了。"

亚瑟进来了，手里拿着一张报纸。她安静下来。他看了看我又看了看她。

她紧张地看着亚瑟，"我得去看看晚餐怎么样了，今晚吃羊排。"她轻声说。

他点了点头，看着她离开客厅。

他看着她的样子让我不想再问亚瑟关于相册的事。他看着她的样子让我想起关于亚瑟的很多事情。

那天晚上，我听到他们在卧室里说话，闷闷的声音忽高忽低。我不确定他们是不是在争论什么事，但感觉跟他们平时说话的声调不一样。他们在交谈，而不是在互相抱怨。不管他们在说什么，他们都努力地不让我听到。我把耳朵贴在墙上，正奇怪他们怎么突然安静了，我的房门被推开了，亚瑟站在门口瞪着我。

“亚瑟，”我边说话边从墙边移开，“你应该敲门的。我也需要隐私呀。”

他刚刚逮到我贴在墙上偷听，可他什么也没说，真是万幸。

“明天早上你要不要我带你去都柏林？”他嘟囔着说。

“什么？”

“去朋友家玩一玩。”

我大喜，兴奋得双手在空中乱舞，然后我直接给祖儿打了个电话，忘了追根究底他们为什么突然让我出门，其实我也不怎么在乎。这就是我去祖儿家过夜的那次。才在这幢房子里住了两个晚上，回到都柏林我就已经感觉不一样了。我们去了以往常去的那片海滩，就是我家旁边的那一片。它看起来不一样了，这让我讨厌；它给我的感觉也不同了，这也让我讨厌。在我家的大门前，立着一块“待售”的牌子。我如果看着它，一定会气血上涌，心跳加快，有一种强烈地想要像妖怪一样嚎叫的冲动，所以我压根没有看。祖儿和劳拉早已像研究外星人一样，把她们最好的朋友剖膛破肚地观察了一番，再像拉上睡衣拉链一样把她的皮肤合上。我所说的每件事都被她们挑刺，分析和歪曲。

看到那块“待售”的牌子，我的两个朋友都激动起来。祖儿不停地说要闯进里面去待一个下午，好像在我人生中的这个时候说起这样的事情再合适不过。劳拉显然要更有教养一点，当祖儿转过背去评估破门而入的可行性时，她不确定地看了看我。不过见我没有开口反对，她便随波逐流地附和祖儿的主意，像一坨刚被冲掉的大便迫不及待地要冲进海里一样。

我不知道自己是怎么做到的，可我成功地控制住自己，没有冲进这座曾经是我家、老爸还在里头自杀的房子。相反，我们喝了很多酒，还谋划着怎么对付亚瑟和罗莎琳以及他们可恶的乡巴佬做派。我跟她们提起马卡斯和那辆装满图书的巴士，她们哈哈大笑，认为他是一个彻头彻尾的呆子，还说流动图书馆简直是她们听到过的最可笑无聊的事了。待在一个到处是书的地方已经够糟糕的了，而把书送到别人家门口，那简直是呆子中的呆子才会干的事情。

她们的反应让我很难过，可我也不太明白为什么。我想掩饰我的难过，可自从老爸去世以来这个月我唯一的一次兴奋和逃脱的经历，在这一刻被她们贬得一钱不值。我想就是从那时候起我开始在我们之间砌起一堵墙，她们也感觉到了。祖儿眯着眼用探究的眼神看着我，她总是这样审视跟她不一样的人。她们不知道为什么，她们从未想过我近来遭遇的事情给我的精神打击不会仅仅带给我几个礼拜的变化，它会永远地改变我的内心。她们只是觉得住在乡下对我有很坏的影响。不过，我就像一株被践踏的植物，被踩在脚下可还有一口气在，没有别的选择，只能朝着一个跟以前不同的方向生长。

祖儿开始对聊她一无所知的事情觉得无趣，甚至有点惊慌，于是她打电话叫来了费亚卡、加洛德和科尔姆——我叫他科布斯特，在爱尔兰语里是“卷心菜”的意思。我以前从来没有好好跟他说过话。祖儿现在跟加洛德好上了，费亚卡跟劳拉成了一对——看样子祖儿对此已经释怀了。他们四个人在沙滩上打滚的时候，科布斯特和我就坐在那儿看海，他不时咕嘟咕嘟地喝一大口伏特加，估计他的咸猪手马上就会伸过来了。他拿起酒瓶，又猛灌了一大口，我料想他很快就会把喷着酒气的恶心得让我想吐的嘴凑过来。

可他并没有。

“听到你爸爸的事我很难过。”他轻轻地说。

他的话完全出乎我的意料。一时间情绪翻涌，我根本说不出话来。

我没法回应他的话，我甚至没法看着他。我转头看着别处，让海风吹乱我的头发盖住我的脸，好藏住顺着脸颊落下来的滚烫的泪水。

毫无疑问我已经被命运践踏在脚下。我一次又一次怀疑的，是现在我正朝着哪个方向生长。

# 第八章
# 秘密花园

每次我离开家比较长的时间，比如说参加学校组织的国外旅行，或者跟朋友去伦敦购物，我总会带点让我想家的东西在身上——只是小东西。有一年圣诞节，我们全家去一间酒店吃自助餐，老爸偷了一只小小的放在布丁上面的塑料企鹅，把它放到我的甜点上。他想要跟我开个玩笑，可我那几天情绪低落，其实我大多数时候都这样，不管他说什么做什么都觉得一点意思也没有，最后那只企鹅不知怎么地被我收到了口袋里。几个月以后，我离家在外，伸手到口袋里摸到了这只小企鹅，不禁笑了起来。老爸的玩笑，尽管已经过了好几个月，尽管他不在身边，我终于还是觉得有趣了。那次旅行，它待在我的梳妆袋里，陪着我走了一路。

你是不是有过这样的经验，有的东西你只要一看到就会立刻想起别的东西？我并不是一个多愁善感的人，我从不觉得自己牵挂着家里的什么东西或什么人。不像有的人，只要一看到某样东西，哪怕是一片绒毛，马上热泪盈眶，因为它使他们模糊地回想起从前某个时候某人在家里说过的某件事，这时他们才恍然大悟，就像有魔鬼在他们耳边低语，告诉他们那时候他们有多快乐。不，带着某样东西上路对我而言只是一贴强心剂，提醒我自己并不是完全彻底的孤单，我有家里的一点点东西陪着我。这不是多愁善感，只是缺乏安全感而已。

不管怎么说，我当然不会对那幢门楼有什么牵挂，我才在那儿住了几天。可去祖儿家的那天，我带上了从流动图书馆得到的那本书。我还是没法把它的锁打开，我当然也没打算在祖儿家读它，尤其不会在她们忙着跟我讲她们的新乐子的时候——她们的新乐子就是不穿内裤出门。说实话，我忍不住笑了。她们有一张辛迪·梦露的照片，这位体重六点五英石身高五英尺的美国真人秀明星，在因酒后驾驶被拘留四十八小时以后从监狱里出来的那天，被人拍到她去夜店时下车的照片，她没有穿内裤。祖儿和劳拉似乎认为这对于女人来说是一次伟大的新飞跃。我想，如果妇女解放运动让她们解下胸罩一把火烧掉，那并不是她们真正期望的。我把这想法告诉祖儿，她上上下下地打量我，眼睛几乎眯成了一条缝，仿佛她是那位红心皇后，正思考着要不要大喝一声“拖出去斩了!”不过她一会儿就睁大了眼睛，说：“不，没关系，我的上衣是完全露背的，所以我也不会穿胸罩。”

完全露背！死透了。又一个这样的词组。要么露背，要么不露。我对此毫无疑问。

无论如何，当我被送到祖儿家的时候——注意，是“被送到”——我感觉自己好像是被罚去面壁思过一样。按理说，我应该有就要回家的感觉，就要重新找回完整的自我的感觉，可我完全没有。所以，我从新世界里带了一点东西陪我。我带上了那本书。我躺在祖儿家的推拉床上的时候，我知道它就在我的背包里。我们整夜没睡，天南地北地聊天，我知道它正听着我说话，这个从我厌恶的新生活带来的怪东西，正在洞悉我以前的生活。它在看着我。我想叫它回家去，把我以前的生活通通告诉给那里令我讨厌的一切。它就像是我瞒着劳拉和祖儿的小秘密，虽然它没什么意义，也很无聊，可照样是个秘密，就躺在我身旁的旅行背包里。

所以当亚瑟的路虎驶进基萨尼领地的侧门，眼看我又要回到绝望的生不如死的新生活的时候，我决定带着那本书去散会儿步。我知道如果我晚上不回去，或者跟罗莎琳汇报最新的不穿内裤的潮流，这会让她大为头痛。可一直以来，折磨别人就是我的职责，所以我还是动身走了。我也知道，老妈还是在同样的地方，坐在那张摇椅里，不动不摇的，可我情愿想象她在干些别的，比如在花园里光着身子跳舞之类的。

我之前从没在这片地方四处走动过。城堡是去过没错，可并没有在这片一百英亩的土地上转转。我早该去的，可那些时间都花在坐在厨房里一边喝茶，吃火腿三明治，一边听老妈跟舅舅舅妈唠叨一些我不关心的事情了。为了走出厨房到前院溜达溜达再顺便去后院看看，我做了很多事情——比如吃二十个没有味道的鸡蛋三明治、两片不知道是什么口味的蛋糕。现在我想去其他地方了。我并不是一个多爱探险的人，任何需要运动的事情都让我觉得无聊。从来没有什么事能激起我足够的兴趣，让我愿意更进一步探究。那天我也没有，不过我实在太心烦，丢下行李就走了。亚瑟一边呼哧着鼻子，一边把它拿进屋去。

我沿着一条狭窄的路，渐渐远离了门楼，也远离了城堡。路两边都是三十米高的橡树、楝树和紫衫，浓荫密布，空气中飘着一股甜香。路面非常柔软，几千年的落叶和树皮都铺在地上，我每走一步都感到有一股弹力在推着我，没准我都可以在这里翻筋斗。天气很热，可在这些老树下走着，我觉得很凉快。鸟儿都极度亢奋，一边叽叽喳喳地叫个不停，一边像人猿泰山一样，从这棵树扑棱到那棵树。跟朋友们聊了一个通宵，我实在有些累了，一边走一边想着劳拉跟我说的她必须要吃事后避孕丸的事情，鸟叫声吵得我的头都要炸开了。可是我脑子里自己跟自己对话的声音更吵，而我也没法把它关掉。我想，在我的人生中，我还从来没有过思考这么多，说话这么少的时候。

一路上，路边的绿色屏障偶有断开，我便看到了远处的城堡，城堡底下是大片的草地、星罗棋布的小湖，以及星星点点的伟岸大树。高大优雅的白杨孤独地挺立着，仿佛一片片羽毛朝着天空伸展；橡树像野蘑菇一样张开了沉重又宽大的冠盖。走着走着，城堡又不见了，好像在跟我玩躲猫猫。道路开始向左弯曲，我应该很快就能转弯，再次看到城堡。又走了二十分钟，我远远看见右前方出现了一道大门。我立刻放慢脚步。那是一道阴暗的哥特式大门，铁链深锁，就像是被抛在路边任其腐烂的战俘。长长的干枯杂草爬在门上，从生锈的栏杆间探出来，仿佛饥饿的人们伸着枯瘦的手臂朝过路的车子挥舞，乞求给点吃的或放他们出去。从这儿通往城堡曾经有一条大道，现在却毫不起眼、废弃失修了，野草蔓生，路面全被掩盖在下面，就像电影《重返奥兹国》里的那条黄砖路一样。我不禁全身发抖。尽管失去了昔日的荣光，它并不像城堡那样吸引我。它的伤疤有些古怪。城堡的伤疤让我想伸出手指去触碰感受，可这些伤疤丑得让我只想把头转开。

我不想穿过那道恐怖的哥特式大门，决定另寻一条路，于是一头扎进了路边的树林子里。我觉得这样安全多了，被树木浓荫包围总好过走那条诺曼人的铁骑曾经践踏杀伐、把农民的头颅挑在剑尖上挥舞而过的老路。

那些树干都有年头了，像象腿一样皱巴巴的，很有意思。它们彼此缠绕着，像恋人一样。有的弯成一道拱，仿佛承受着什么痛苦，枝桠伸展出去，向各个方向生长，再几经转折，摆成新的姿势。树根在地底下蜿蜒，有的部分冒出地面又再优雅地沉下去，仿佛水中滑溜的鳗鱼。我时不时被突起的树根绊到脚，每次都刚好有一棵树干在旁边帮我稳住身子。这些树绊倒我又接住我，用树叶和蜘蛛网挠我痒痒，还时不时用树枝打我的脸。有时我拉开树枝走过去，它们却像弹弓一样立刻弹回来，不要脸地打我的屁股。

我在一片又一片树林里穿行。空气里弥漫着一股甜香，蜜蜂绕着开花的树飞来飞去，贪心地在一丛丛花瓣上流连，朵朵都想要，不甘心只选一朵。我周围的地上有一些掉落的果子，看起来好几个季节以前就掉在那儿了，有的已经烂掉了，有的干瘪得像果脯。我停下来，捡起一个，想要辨认它到底是什么。我闻了闻，它们已经烂透了。我赶忙扔掉，擦了擦手，这才发现旁边的树干上布满了刻痕。这棵可怜的树一次一次地被割划，就像一只被掏空内里刻上尖牙的南瓜。很明显，那些痕迹不是同一天刻上去的，也不是同一年，甚至不是同一个世纪。七英尺以下的树皮上，刻满了各种各样的名字，有的圈着桃心，有的画着方框，不过所有的名字都宣誓着永远的友谊和爱情。

我伸出手指拂过这些名字，“弗兰克和艾丽”，“菲奥娜和史蒂芬”，“塞欧翰和迈克尔”，“劳里和罗丝”，“米歇尔和汤米”，一一宣誓着永恒的爱。“在一起，永远”。我想知道他们之中有没有人实现了这句诺言。其他树上都没有这样的刻痕。我退了几步，环顾四周，知道了原因。在这棵树的周围有一大片空地。想象一下，毯子铺开在果树下，野餐、派对、朋友相聚、恋人幽会。

我离开那片果树，寻找下一片树林。突然前面不远处出现了一堵墙，我的树林之旅要结束了。

我小心翼翼地迈着步子，试图不发出一点儿声音，可是那些树出卖了我。树枝在我脚底下发出被折断的劈啪声和被踩碎的嘎吱声，树叶在我穿过的时候发出沙沙声，警示着我的到来。我不知道前面是什么建筑，但它肯定不是那座城堡，因为这儿已经离城堡很远了。除了另外三座大门附近的那些破旧的村舍，我不知道这里还有什么建筑。那些村舍已经废弃很久了，好像突然有一天里面的人全都离开了似的。我面前的这堵石墙跟那座城堡的墙不一样，可是在我没有经验的眼里看来，它也没有差得太远。年代久远的石块已经布满了裂痕，墙顶坑洼不平，上面曾有的东西已经荡然无存。没有屋顶，只是一堵墙。从墙头到墙尾我看不到一扇门或一扇窗，但它没有像那座城堡一样倾颓，它仍然立着。我走到树林边缘，觉得自己像一只刚离开洞穴来到大路上的刺猬，在汽车前灯的照射下踌躇不定。我把那些高大的朋友留在身后，在它们的注视中，我沿着墙往前走。

走到墙的尽头，我拐了个弯，发现它又朝着另一个方向延伸。这时我突然听到从墙里传来一个女人哼歌的声音。我浑身一震。除了亚瑟舅舅，我没想过会遇到其他人。我把那本书紧紧地抱在胸前，仔细听哼歌的声音。歌声轻柔、甜美、快乐，太放松所以不会是罗莎琳，太高兴所以也不会是我妈。如果不是我幻听的话，它就是那种打发时间的哼唱，声音心不在焉的，调子我不怎么熟悉。夏日的微风吹来，风里飘荡着一股甜香和她的歌声。我闭上眼睛，把头靠在墙上，听着一墙之隔的歌声。

我的头刚靠到墙上，她就停住了哼唱。我睁开眼睛，直起身子。

我四下看了看，没看见什么女人，所以不可能是我被发现了。当我的心跳慢慢回复正常的节奏，她的哼唱又开始了。我沿着墙走，手指在灰暗的墙面划过，蜘蛛网和碎裂的、平整的、粗糙的石块在我的指尖下移动。没有那些大树当我的遮阳伞，太阳火辣辣地晒在我身上。墙突然到了尽头，我抬起头，看到一座石头拱门，是一个入口。

我小心翼翼地探头进去，生怕被那位神秘的哼唱者发现。我看到了一座精心打理的围墙花园。从我所站的位置可以看到一大片玫瑰花坛排列在另一个入口的人行道两边，背后是一大片盛开的藤蔓玫瑰。我壮着胆子往前移了一点点，想看看花园的其他部分。园中心有更多的花——天竺葵、菊花、康乃馨，还有许多我叫不出名字的花。吊篮和巨大的石头花坛沿着花园中央的步道排成一行。我不太相信在这一片片树林之中还有这么一个小小的绿洲，仿佛某个人在这裂缝重重的围墙里喝汽水，摇一摇，打开盖子，所有这些颜色就这么喷涌而出，每一寸地方都不同深浅地溅上了各种颜色。蜜蜂在花丛中飞来飞去，葡萄藤爬上墙头，缠绕着美丽的花朵。我闻到迷迭香、薰衣草和薄荷的味道从旁边的香草园传来。花园的角落里有一间温室，旁边的架子上摆着十几个木头盒子。这时我才发现，在好奇心的驱使下，我不知不觉已经走进了花园，那阵哼唱声已经停了。

我不知道自己期待看到什么，但肯定不是眼前所看到的景象。在花园的另一头，哼唱声传来的地方，有个人正像看外星人一样打量着我。她穿着一身像是白色太空服的衣服，头裹在一层黑色的纱巾里，手上戴着一副橡胶手套，脚上是一双长及小腿的橡胶靴。她看起来就像是刚走出宇宙飞船来到核灾难现场的太空人。

我紧张地笑着，挥了一下手，“嗨，我没有恶意。”

她又看了我一小会儿，仍然像一尊雕像一样一动不动。我觉得有一点紧张，有一点尴尬，所以我作出了这种情况下最惯常的反应。

“你他妈看什么看？”

因为她戴着黑武士的头盔，我也不知道她听了这话有什么反应。她继续看着我，我等着她跟我说，我是卢克而她是我的父亲。

“好了，现在，”她语调轻快地说，好像刚从恍惚中回过神来，“我知道我有了一位小客人。”她把头巾摘下来，我才发现她比我以为的要老得多。她肯定有七十多了。

她朝我走过来。我有点希望她像失重一样一弹一跳地过来。她满脸皱纹，皱巴巴的，皮肤松垮垮地往下垂，仿佛已经被时间融化了。她的蓝眼睛像爱琴海一样闪亮，让我想起那个时候我们坐在老爸的游艇上，只要一低头，就能看到清澈的海水和水底下的白沙以及数不清的五颜六色的鱼。不过她的眼底什么也没有，透明得把所有的光都反射回来了。她摘下手套，伸出了手。

“我是伊格内修斯修女。”她微笑着，用两只手握住了我的手，没有摇动。虽然天气很热，而她一直戴着厚厚的手套，可她的手像大理石一样光滑冰凉。

“你是个修女。”我脱口而出。

“是的，”她笑着说，“我是个修女。我对这事一清二楚。”

现在轮到我笑了。我大笑起来，这样一切都说得通了。满橱柜的蜂蜜罐子，围墙花园周围的十几个盒子，还有这位老婆婆身上可笑的太空服。

“你认识我舅妈。”

“啊。”

我太清楚这个回答是什么意思。她并不是表示惊讶，但也不是对我的话有疑问。她仍然握着我的手。因为她是修女，所以我并不想把手抽开，可这样怪吓人的。于是我继续说话。

“我舅妈是罗莎琳，我舅舅是亚瑟，他是这儿的园丁。他们住在那栋门楼里。我们会在他们家住……一小段时间。”

“我们？”

“我和我妈妈。”

“噢。”她的眉毛抬得高高的，我几乎怀疑她的眉毛是要破茧而出马上飞走的毛毛虫了。

“罗莎琳没有告诉你吗？”我有一点不高兴，虽然也很感谢罗莎琳这么尊重我们的隐私。至少在这个小得可怜的镇上，人们不会对我们这些新来的人品头论足。

“没有。”她回答道。随即带着一副结束的口吻，她又重复道：“没有。”脸上一丝笑容也没有。

她看起来有点恼怒，所以我赶忙替罗莎琳说好话，试图挽救她们的友谊，也不知道她们到底是不是朋友。“我知道她只是想保护我们的隐私，给我们一点时间来处理……事情……我们处理好之前她是不会告诉别人的。”

“处理……”

“搬到这里的事情。”我慢慢地说。对修女撒谎是不是很坏？可我不算是真的撒谎……我有些发慌，感觉浑身发热出汗一下子变得湿冷。伊格内修斯修女正说着什么，她的嘴唇一开一闭的，可是我一个字也听不见。我不停地想着对她撒谎的事，想着十诫、地狱之类的惩罚，不仅如此，我还在想，要是对她大声说出那些话会有多好。她是个修女，我应该可以相信她。

“我爸爸死了。”我飞快地冲口而出，不管她说的是多么美妙的事情，都被我打断了。我听到自己的声音抖得厉害。突然，就像跟科布斯特在一起时那样，眼泪突如其来地涌了出来。

“噢，孩子。”她说，立即张开双臂抱住了我。那本书挡在我们中间，因为我还紧紧抱着它。虽然她完全是个陌生人，但她是个修女。我把头靠在她的肩膀上，吸着鼻子，喉咙里发出沙哑的声音。而她轻轻地摇着我，抚着我的背。正当我丢脸地哭叫道“他为什么要那么做？为什么？为什么？为什么……”，一只蜜蜂直冲着我的脸飞过来，从我的嘴唇上弹开。我尖叫起来，离开了她的怀抱。

“蜜蜂！”我尖叫，跳来跳去地躲闪着，那只蜜蜂还在围着我转。“我的老天，把它给我弄开！”

她看着我，眼睛亮亮的。

“天啊，修女，拜托，帮我把它弄走。嘘，嘘!”我挥着手臂，“它们一定会听你的。它们该死的是你的蜜蜂。”

伊格内修斯修女用手一指，声音低沉地喝道：“塞巴斯蒂安，停!”

我停住了，看着她，我的眼泪已经没了。“你不是认真的。你不会给你的蜜蜂起名字的。”

“啊，那边玫瑰花上的是杰米玛，天竺葵上的是本杰明。”她得意洋洋地说，眼睛放光。

“不可能。”我说，抹了一把脸，刚才的崩溃让我觉得很丢脸，“我以为有精神问题的是我。”

“我当然是开玩笑的。”她笑了起来，笑声清爽孩子气，让我也情不自禁地笑起来。

我想是在那个时候我知道自己很喜欢伊格内修斯修女。

“我叫塔玛拉。”

“好。”她说，看着我的眼神好像她早就知道了。

我又笑了，她的脸就是会让我情不自禁地笑。

“你可以说话吗？你不应该保持静默吗？”我环顾四周，“别担心，我不会告诉别人的。”

“很多修女是像你说的那样，”她轻轻地笑了，“不过我可以说话。我没有宣誓保持沉默。”

“噢。别的修女会因为这个看不起你吗？”

她又笑了，笑声温和、清澈，声调平缓。

“所以你已经很多年没见过外人了？这是不是违反规定？别担心，我不会告诉别人的。不过现在的美国总统是奥巴马。”我开玩笑地说，她还没回答，我就收住了笑。“该死，你是不是不该知道这样的事情？‘外面的世界’的事情？当修女简直有点像参加‘老大哥’节目。”

她回过神来，开始大笑。她的脸笑起来充满孩子气，就像本杰明·巴顿一样——年迈的外表，孩子的心。

“你真是个奇怪的孩子。”她带着笑说，所以我忍着要自己别为这话生气。

“你拿着的是什么?”她看着我手里的书问。

“哦，这个。”我终于没再用力地抓着它，“这是我昨天在……哦……其实，我欠你一本书。”

“别傻了。”

“没错，是真的。马卡斯，我是说，那个流动图书馆前天来过这儿找你，当时我不知道你是谁。”

“所以你欠我一本书。”她说道，眼睛闪闪发光，“让我看看，这是谁写的?”

“我不知道作者是谁，也不知道这是什么书。它不是《圣经》什么的，你也许不会喜欢。”我说道，不太愿意把它递给她，“里面可能有色情描写、脏话、同性恋、离了婚者之类的。”

她看着我，抿了抿嘴，尽力忍着没笑。

“我打不开它。”我终于说道，把书递给她，“它被锁上了。”

“嗯，我来看看怎么办。跟我来。”

她拿着书，从围墙花园的另一个出口走出去。

“你去哪儿?”我在她身后喊道。

“是我们去哪儿。”她纠正我，“来见见我的姐妹们吧，她们见到你会很高兴的。你跟她们见面的时候我会把这本书打开的。”

“啊，不用了，没关系。”我跑着追上她，把书拿了回来。

“我们只有四个人。我们不咬人，尤其是在吃玛丽修女的苹果派的时候。不过你可别告诉她是我说的。”她低声说道，然后又咯咯地笑起来。

“可是，修女，我不太擅长跟圣徒打交道。我实在不知道该说些什么。”

她又咯咯地笑，穿着那身好笑的衣服蹒跚地朝着果园走去。

“那棵刻满了字的树是怎么回事？”我问道，一边快步地跟在她旁边。

“啊，你已经见过我们的苹果园了？你知道，有人说苹果树是爱之树。”她说，眼睛睁得老大，脸上笑出了两朵酒窝，“很多附近的年轻人都在那棵树上刻下爱的誓言。”讲完爱的故事，她继续快步往前走。“另外，这对蜜蜂很有好处，蜜蜂对树也很有好处。噢，看我这话绕得，”她轻笑，“亚瑟把这儿照顾得很好。我们种出了最香甜的‘史密斯奶奶’苹果。”

“噢，这就是为什么罗莎琳一天要做三千个苹果馅饼。我吃进去那么多苹果，它们最后从我的……”

她看着我。

“……耳朵里出来了。”

她笑起来，声音像唱歌一样。

“那么，”我喘了口气，努力跟上她的大步子，“这儿怎么只有你们四位修女呢？”

“现在没什么人愿意当修女了。这件事，用你的话来说，不怎么酷？”

“嗯，不只是因为它不酷，当然它的确完全跟这个字不沾边，我不是要冒犯上帝，不过这也许只是跟‘性趣’有关。如果当修女可以跟人上床，我敢说会有成堆的女孩想当修女。不过，照我这样子发展下去，我以后可以加入你们。”我翻了个白眼。

伊格内修斯修女笑了笑。“别急，我的孩子，别急，你才十七岁。快十八岁了吧，我说。”

“我十六岁。”

她停下脚步，打量着我，脸上露出古怪的表情。“十七岁。”

“十七岁差几个礼拜。”我屏住了呼吸。

“十八岁差几个礼拜吧?”她皱起眉头。

“我巴不得呢，可我真的是十六岁，不过别人总以为我比实际年纪大。”

她像看怪物一样看着我，好一会儿不说话，我几乎都能听到她绞尽脑汁的声音。然后她又迈开步子往前走。五分钟以后，我气喘吁吁，可伊格内修斯修女几乎一滴汗也没有流。我们又经过了几所房子，看起来很像是外屋和旧马厩。第一次，我在这儿看到了一座教堂。

“那是我们的礼拜堂，”伊格内修斯修女解释说，“它是基萨尼家族在18世纪末的时候建起来的。”

我的学期报告里面还提到了它。我无法把目光从那上面移开，无法相信我从网上抄来的文章原来不仅仅是家庭作业，它真的存在。这是一间小小的教堂，灰色的石块砌成，前面立着两根柱子，已经裂得像是沙漠里的土块，好几十年没有见着水了。教堂顶上有一座钟楼。旁边有一片古老的墓地，围着一道生锈的铁栏杆。不知道它是拦着里面的人出来还是拦着外面的人进去，可一看到它，我就禁不住浑身发抖。我发现自己已经停下脚步，正盯着它看——而伊格内修斯修女正盯着我看。

“好极了，我站在一片墓地上。非常好。”

“基萨尼家族世世代代都葬在这里，”她轻柔地说，“或者说，尽量都葬在这里。如果找不到尸体，他们会在这里立一块墓碑。”

“那是什么意思，‘找不到尸体’?”我惊恐地问。

“无穷无尽的战争，塔玛拉。基萨尼家族中有的人被驱逐到都柏林城堡囚禁起来，有的逃走了或者参加了革命。”

我没有说话，看向那片年代久远的墓碑，有的爬满了青苔，有的黑乎乎的，倒向一边，上面的碑文已经退色，字迹难以辨认。

“这太恐怖了。你住在这旁边?”

“我还在这里祷告。”

“祷告什么？祷告那些墙不要塌下来砸到你的头吗？看起来它随时都会散架。”

她笑了，“它仍然是一座神圣的教堂。”

“怎么可能。这里每周都会有很多人来吗?”

“不，”她又笑，“它最后一次是在……”她闭上眼睛，嘴唇开开合合，好像念经一样。然后她猛地把眼睛睁得大大的，“你知道吗，塔玛拉，你应该去查查记录那到底是哪天。每个人的名字都留着。我们把它们保存起来了。进去看看吧，怎么样?”

“呃，不了。谢谢。”

“我想当你准备好的时候，你会来的。”她说着继续往前走。我跑着跟上去。

“你在这儿住了多久了?”我问，跟着她进了一间外屋，看来这里被用作了工具库。

“三十年。”

“在这儿三十年？一定很寂寞吧。”

“噢，不，想当年我刚来的时候这儿可热闹了，信不信由你。三位姐妹那时比现在的活动要多得多。我是年纪最小的，还是个娃娃。”她说道，又像小女孩一样笑起来，“城堡，门楼……那时真是热闹啊。不过我也喜欢现在的安静、和平、自然、简单，时间都是静止的。”

“可我以为那座城堡在20年代的时候烧毁了。”

“噢，在它的历史上它被烧毁过很多次。不过那次只烧掉了一部分。基萨尼家花了很大工夫来修复它，而且修复得不错。它真的很漂亮。”

“你进去过？”

“噢，当然。”我的问题让她很惊讶，“很多次。”

“那它发生了什么事？”

“一场大火。”她说，转过头去，从乱糟糟的工作台上找到她的工具箱打开来。五只抽屉滑开来，每只都装满着螺钉和螺帽。她简直是个小小的 DIY 癖好者。

“又一场大火？”我翻了个白眼，“老实说，这太荒唐了。我家的烟雾报警器直接连着消防局。想知道我是怎么发现的吗？我在自己房间里抽烟，没有开窗，因为外头实在太冷了。而且每次我把门打开，它们就会立刻砰的一声关上，真是烦死人。所以我把音乐开到很大声，可下一分钟我的房门就被一个火辣性感的消防队员砸开了——你别介意我这么说，他以为我的房间着火了。”

一片沉默。伊格内修斯修女在工具箱里翻找着，一句话也没说。

“顺便说一下，他也以为我十七岁了。”我笑着说，“后来他打电话到我家找我，我爸接到了那个电话，警告他说要告他去坐牢。跟演戏一样。”

沉默。

“不管怎样，所有的人都没事吧？”

“不，”她说，抬起头来看了我一眼，这时我才发现她的眼睛里满是泪水，“很可惜不是这样。”她重重地眨了眨眼，泪水掉下来。她还在抽屉里不停找着，发出很大的声音，布满皱纹的手翻过一堆钉子和螺丝刀。她的右手戴着一枚金戒指，看起来像是婚戒，紧紧地箍在她的手指上，陷进肉里。我怀疑是不是就算她想摘也摘不下来了。本来想问她更多关于城堡的问题，可我不想让她更伤心。而且她为了找到合适的螺丝刀，在工具箱里捣腾出这么大动静，也听不清我的问题。

她拿起好几把螺丝刀一一试用，我在一边越来越觉得无聊，于是懒懒地拖着步子在屋里东看西看。一架一架乱七八糟的东西靠墙摆着，一张横跨房间的长桌上也堆满了各种各样的小玩意和小装置，不知道它们都是做什么用的。对于 DIY 癖好者来说，这里简直是阿拉丁的藏宝洞。

我左看看右看看，可一大堆关于城堡的问题在脑子里跳来跳去。照这么看，它在上个世纪 20 年代的大火以后还有人住。伊格内修斯修女说她在这儿住了三十年，在城堡修复以后进去过很多次。那也就是说，直到 70 年代末那里都有人。可在我的印象里，那座城堡荒废的时间比那要长得多。

"人都哪儿去了？"

"在里面。现在是休闲时间，正在播《她笔下的谋杀案》。她们都爱看。"

"不，我是说，基萨尼家族的人。他们都去哪儿了？"

她叹了一口气，"他们搬去巴斯的亲戚家住了，他们没法眼睁睁地看着毁掉的城堡。他们没有时间，没有精力，也没有钱，来重建它。"

"他们回来过吗？"

她悲伤地看着我，"他们过世了，塔玛拉，我很抱歉。"

我耸了耸肩，"没关系。我没什么。"我的声音过于活泼，听起来有些防备的意味。为什么？我真的没什么。我从来就不认识他们——我为什么要介意？不过我的确介意。也许是因为我爸爸死了，所以每每听到悲伤的故事我都会把它当成是自己的故事，我不知道。阿梅，就是我的奶妈，以前很喜欢看真实破案节目。每次老爸老妈出门的时候，她就霸占客厅的电视机看《联邦调查局档案》。那个节目非常吓人，不是那些血腥的细节——我见过更惨的——而是她对如何掩盖罪行太着迷了。我一度怀疑她想趁我们睡着的时候把我们全杀了。可是她煮得一手好咖啡，所以我也没怎么调查她，万一她被惹恼了，不再给我煮拿铁，那可就糟了。我从某一期节目里学到，“线索”（clue）这个词实际上来源于“线团”（clew），因为在一个希腊谜语里，一个希腊人靠一团纱线找到了米诺陶洛斯迷宫的出路。线索就是帮助你找到终点——也可能是起点——的东西。就像是芭芭拉的卫星导航仪和我从门楼一路撒到基萨尼的面包屑：有时候我们完全不知道自己身在何处，我们需要哪怕是一点点的线索来告诉自己该从哪里开始。

终于，捣腾了半天之后，她打开了那把锁。

“伊格内修斯修女，你真是一匹黑马。”我揶揄她。

她哈哈大笑。看着她揭开厚重的封面，我的心怦怦直跳，耳边仿佛听到了祖儿和劳拉在嘲笑我为这么点事就激动不已。有那么一会儿，我自己也觉得有些丢脸，不过走进新生活的塔玛拉很快就手持大棒把她们打跑了。可是，当伊格内修斯修女把书翻开，那种丢脸的感觉又回来了，这次更加强烈，还夹带着一股怒火。书页上一片空白。一个字也没有。

“嗯……你看，”伊格内修斯修女边说边翻动着厚厚的浅黄色毛边书页，它看起来就像是另一个时代的东西，“空白的页面等着人来涂写。”她继续用她好听的声音说着。

“多好玩啊。”我翻了个白眼。

“比一本有字的书要好玩得多，那样你就不能用它写东西了。”

“我可以读，所以它才叫做‘书’。”我抢白道，再一次觉得这地方让我郁闷。

“你想要一场一切都已白纸黑字写好的人生吗，塔玛拉？那样你可以舒舒服服地像看别人的故事一样看着它，还是你更想自己去经历？”她问，眼睛里带着笑意。

“嗯，你留着它吧。”我说，转身要走，对这个之前一直抱着的东西不再感兴趣。它实在让我郁闷。

“不，亲爱的，它是你的。你可以往上面写点东西。”

“我不写，我讨厌写字。它会让我的手指长茧子，还让我头疼。我宁愿打电子邮件。而且，我也不能在上面写字，这是流动图书馆的书，马卡斯的。我得跟他见面，把书还给他。”我注意到自己的声音在最后一句话的时候温和了许多，我很不成熟地挤出一个微笑。

伊格内修斯修女把一切都看在眼里，微笑着抬起眉毛。“嗯，你还可以跟马卡斯一起讨论这本书。”她揶揄道，“他会理解的，一定是有人错把日记本当作是书捐给了图书馆。”

“如果我拿着它，是不是破了什么诫？”

伊格内修斯修女像我之前那样翻了个白眼。虽然我心情很糟，还是忍不住咧开嘴笑了。

“可我没有东西可写啊。”我说道，声音又柔和了一些。

“总有东西可写的。可以把你的一些想法写下来，我相信你有很多很多的想法。”

我伸手把书拿回来，一边还念叨着我对它有多不感兴趣，写日记是呆子才干的事情。话虽这么说，再次抱着它还是让我松了一口气，好像它就应该待在我怀里。

“写写那儿发生的事，”伊格内修斯修女指着她的教堂，“写写这里面的东西，“她又指了指自己的心，“就像一位大人物曾经说的，这是一座‘秘密花园’。我们每个人都有一座秘密花园。”

“耶稣?”

“不，布鲁斯·斯普林斯汀。”

“今天我看到你的了，”我笑了，“你的花园不再是秘密了，修女。”

“啊，你看吧。分享是一件幸福的事情，”她指着我手里的书，“不管是跟某个人还是跟某样东西。”

# 第九章
# 长长的告别

我往回走的时候天色已经晚了，肚子已经饿得咕咕叫。中午在祖儿家吃过她妈妈做的美式薄煎饼和蓝莓以后就再没吃过东西了。罗莎琳跟以前一样站在门口，眉头紧锁、一脸担心地左右顾盼，好像我下一秒就会出现。她在那儿等了多久了？

一看到我，她立刻站直了身子，两手在裙子上抚了抚，把它弄平。她穿了一条巧克力色的裙子，从裙边到衣领，常青藤花纹盘绕而上，一只蜂鸟在她的胸脯上轻巧地飞过，后来我发现她左边屁股上还有一只。我想这应该不是设计师的本意，可她的身高把它们拉到了可笑的位置。

“你回来啦，孩子。”

我想对她大吼说我不是孩子了，可我咬牙忍住，挤出一点儿微笑。跟罗莎琳在一起我要好好磨练一下自己的脾气。今晚，塔玛拉要做个好孩子。

“你的晚餐放在烤箱里热着。我们实在等不下去了，我都能听到他肚子叫唤的声音从废墟那边传过来了。”

这句话里有很多让我不高兴的地方。首先，她没有称呼亚瑟的名字；第二，我们的谈话再一次绕着吃的打转；第三，她把那座城堡叫做废墟。

可我并没有生气地跺脚，而是再次露出微笑，温柔地说："谢谢你，罗莎琳。我一会儿就去吃。"

我转身要上楼，可她突然一动，像起跑线前的运动员没等枪响就猛冲一样，以迅雷不及掩耳之势挡住了我的去路。我站在原地，没有看她，只是等着她说话。

"你妈妈在睡觉，所以现在别去打扰她。"她不再是那种结结巴巴急于讨好的口气。我实在搞不懂她要干吗，不过也许她自己也不清楚。好脾气的塔玛拉装不下去了，我没理她，继续往楼上走。我轻轻地敲了敲老妈的房门，罗莎琳灼热的眼神都快要在我身上烙出两个窟窿了。我不期待老妈会有回应，自己推开了门。

房间里比以前暗多了，窗帘都放下来了，傍晚的太阳已经渐渐下去了，所以更显昏暗阴凉。这个月以来的第一次，老妈在我面前显出了妈妈的样子，可这并非出于母爱。黄色的毛毯盖到了她的胸部，毯子底下，她的双手被困在身体两边，好像被一只巨大的蜘蛛抓到了网子里等着当晚餐似的。我只能想到是罗莎琳把她捆成这样，老妈根本不可能把自己这么紧紧地缚在毛毯下面。我松开毯子，把她的手臂拿出来，然后在她旁边跪下来。她的神情一片安详，好像正享受着她最爱的鲜奶油酸奶温泉。她那么安静，一动不动的，我忍不住把耳朵凑近她的脸，确定她还在呼吸，才放下心来。

我就这么看着她。她的金发披散在枕头上，长长的睫毛覆在完美无瑕的皮肤上，嘴唇微微张开，轻柔地、迷人地、温暖地呼吸着。

也许之前我的讲述，让大家对我老妈有了错误的印象。悲伤的寡妇穿着喇叭袖睡袍坐在摇椅里看着窗外，听起来非常苍老。可她其实一点也不老，她是个美人。

她才三十五岁，比我所有朋友的妈妈都要年轻得多。妈妈十八岁的时候就怀上我了。老爸比她大，那时候二十八。老爸很爱跟我讲他们相遇的故事，虽然每次我听到的都有一点点不一样。我觉得他很喜欢这样，让这事儿成为只有他和妈妈知道的秘密。这样不错，就算他们一辈子也不告诉我实情我也不会介意。也许实情还不如我所听过的或者想象过的那些故事精彩。老爸说过的所有故事有一个共同点，那就是，他们是在一场豪华的宴会上认识的，当他们的目光相遇时，他就知道他必须得到她。每当听到这里我都会大笑起来，告诉他，上次他在哥富斯马匹拍卖会上看中一匹小牝马，回来时也说了一模一样的话。

他停下话头，脸上的笑容和悠然回味的表情也消失不见了，在那一刻他肯定恨不得没有我这个叛逆的女儿，而妈妈在一旁久久地默不作声，好像在琢磨我的话。我想跟他们说我不是故意的，只是我就是那个样子，总是不经大脑地讲出难听的刻薄话来。可我对爸妈说不出道歉的话。我太骄傲了，我不习惯道歉。可是我的骄傲并不是我拒绝道歉的唯一原因，老爸从拍卖会回来后的的确确说过那样的话。每当他看见一块新手表、一艘新船或者一套新衣服的时候，他都会这么说："你应该看看它，珍妮弗，我必须得到它。"而且，每次老爸必须得到什么东西的时候，他都会得到。我不知道老妈是不是像拍卖会上的小马、摩纳哥的游艇，或是世界上任何老爸必须得到的东西一样软弱无力。如果真是这样，我一点也不同情她现在的精神恍惚。

我不是怀疑老爸不爱老妈。他爱她很深：他总是看着她，搂着她，为她打开一扇扇门，给她买鲜花、鞋子、手袋，不断给她惊喜，告诉她他在想着她。不管她做了多么可笑的事，他总是会恭维她，这实在让我恼火。就算我做了同样的事，他也从来不称赞我。别拿弗洛伊德那一套来分析我，我不是吃醋——他是我老爸，又不是我老公，我知道他对老妈和对我的标准不一样，我也没有期待会一样。可是，你不能失去一个女儿，是不是？你的孩子永远会是你的孩子，不管你眼里有没有他们。可老婆很容易就丢了，她也许会越来越厌烦，没准哪天就不回来了。她那么漂亮，会有一大堆男人等着她。老爸知道这一点。他对老妈的甜言蜜语和恭维，在我看来简直做作极了。

“亲爱的，告诉他们，告诉他们昨天那个服务生问你要不要甜点的时候你说什么了。来吧，告诉他们，亲爱的。”

“噢，没什么大不了的，乔治，真的。”

“噢，告诉他们，珍妮弗，亲爱的。那太好笑了，真的。”

然后老妈就会说，“我只是在看甜点单的时候说要是我就会把每道点心的热量标上。”大家都轻轻地笑起来，而老爸看着兴高采烈的老婆，脸上因骄傲而放着光。然后老妈会露出故作神秘的微笑。我实在想站起来大吼：“太荒谬了吧！这个笑话我三千年以前就听过了！而且它一点也不好笑！”

我不知道老妈会不会像我这么想，她总是用微笑应对任何事情。这也许是让老爸紧张的原因：她到底有多少事情埋在心底？也许他从来不清楚她的想法。他们不像其他夫妻那样，时常冲对方翻白眼，时常争吵、挑对方的毛病。他们总是令人作呕地彼此附和。老妈的表情万年不变，老爸永远在恭维。或者，也许我只是不理解他们之间的状况，因为我从没爱上过什么人。也许爱情就是不管你的爱人做了或说了多么平淡无奇的事，你都恨不得掀起绵延不绝的人浪来欢呼喝彩。

我一直觉得老爸和我完全不对盘。当他不想别人离开的时候，他会极力恭维他们。比方说，老妈的朋友来家里做客的时候通常会惹他不快，他一直对他们不理不睬，可一到他们要离开的时候，他一定会热情地拥抱他们，微笑着送他们出门。他会站在门口一直挥手直到车子消失在视线之外。我想老妈的朋友们回到家一定会这么说：“乔治真是太绅士了。

我告别的时候他给了我一个大大的拥抱，还送我上车。我希望你对我的朋友也能这样，沃尔特。”

老爸给人的最后印象要比第一印象好得多，这么看来，他的死更添了一层象征意义。我恰恰相反。就像我对芭芭拉说了难听的话，让她轻松地离开我。我从出生起对老爸老妈就一直这样。我让他们在离开的时候讨厌我，这样他们就走得更加心安理得。我不知道别人会记住我的混账行为和刻薄言语，我从小就一直这么干。

我曾经央求爸爸妈妈别老往外跑，可他们照样还是出门了。他们在家的时候只是为了给自己充电。他们通常精疲力竭地回到家里，累到不想待在一起，于是分开在不同的房间过夜。我们从来没有三个人一起待在家里。我现在知道，我想要的——不过不是最想要的——是我们花点时间相处，一起自然、舒服地待在家里，而不是像以前那样非得有什么事才凑在一起，比如他们把我叫到房间里给我礼物或惊喜的时候。

“塔玛拉，你知道自己有多幸运吗？”老妈会这么开场，她总是因为我们拥有的东西太多而心存内疚，“很多孩子都没有这么幸运……”

我并没有他们以为的那么激动，不过我还是尽量在脸上装出激动的样子。不管他们说什么，我只听到自己在心里说，别唧唧歪歪了，说重点吧，你们要给我什么？

“不过看你这么乖，又这么珍惜自己得到的东西，而且你是我们亲爱的女儿……”

唧唧歪歪唧唧歪歪唧唧歪歪。这不是一份礼物，我没看见它在房间里。老妈的衣服没有口袋，老爸的手插在口袋里，所以它不会藏在他们身上。一定是我们要去什么地方。今天是礼拜三。老爸礼拜四要去打高尔夫，老妈要去做每月一次的洗肠保健，不去的话她会爆炸的。所以我们在礼拜五之前哪儿也不会去。那这事儿就得到周末了。哪些地方近到可以去度周末呢？

“我们谈了谈，觉得……”

唧唧歪歪唧唧歪歪唧唧歪歪。也许我们会去伦敦过周末。可他们老是去伦敦，我之前也去过，他们看起来又很兴奋，所以是我们不常去的地方。巴黎，那里够近，也有他们可干的事情：老妈可以去逛街血拼；老爸可以跟着她逛，偷偷地买下她看中却嫌贵的东西。我能干什么呢？我在巴黎可以干什么？噢，我知道了：迪斯尼！好极了。

“我们让你猜三次。”老妈兴奋得声音都尖了。

“哎呀，这怎么可能，妈妈。我怎么能猜到呢？”我会这么说，尽量装出又迷惑又紧张又激动又拼命思考的样子，“好吧，”我咬着嘴唇，“去亚瑟舅舅和罗莎琳舅妈那儿过周末？”我知道如果第一次故意猜错的话，爸妈会更期待你听到正确答案后震惊的样子。我又胡乱猜了两个地方，眼看着老妈都兴奋得要爆炸了。

“我们要去巴黎的迪斯尼！”老妈大声地公布答案，边说边蹦了起来。老爸则翻开旅游指南指给我看我们要去的地方。老妈审视着我脸上的表情；老爸埋头翻看着旅游指南，把计划一项一项指出来。要做的，要看的，要吃的，要买的。你看这个，翻页，你看那个。这事，那事，这事，那事。

不论父母认为他们有多聪明，多让孩子高兴，孩子们总是抢先他们一步。

所以回到我之前的话题：在他们出门的头一天晚上，我大闹了一场。我冲他们说了一大堆难听的话，不是为了让他们感到内疚，当时那就是我的真心话。可他们还是出门了。也许他们对把我丢在家里还是有些歉疚，所以我并没有因为那些难听的话受任何惩罚。我知道，不管我说什么，他们总是会走的，所以为了不让阿梅看出我因为被丢下而感到伤心和丢脸，我把他们从身边推开。我才是那个说了算的人。

老爸自杀之前的那几个礼拜表现得很奇怪，也许他早就那样了，可我不是很确定。我没跟任何人说过这个。我想这就是日记的用处吧。我当时以为他打算离开我们。我察觉到有什么事情不对头，可我也说不出它究竟是什么。他对我们异乎寻常的好。我说过，他对老妈一直很好，如果我表现好的话，对我也不错。可是这次他的好，就像是站在门口的一次长长的挥手告别，长长的美好的最后印象。长长的告别——死透了。我感觉到有什么事情就要发生，不是我们离开，就是他要离开。

即使有很多人在他死后问起他那段时间的表现，我一直装出跟老妈一样的无辜而困惑的表情："不，不，我没注意到有什么不对。"我要告诉他们什么？在老爸死之前的那个礼拜，每次他在门口挥手送我们离开，我感觉直到我们走出他的视线很久以后，他仍然站在那里。

我感觉到有事情要发生，而我做了自己惯常会做的事：我把他从身边推开。我比平常更恶劣、更混账；我在屋子里吸烟，喝得醉醺醺的回家，诸如此类。我变本加厉地跟他对着干。我们吵架吵得越来越厉害，我顶嘴的话越来越恶毒。真可怕！就像从小到大每次我不想他们离开的时候所做的那样，我直接跟他说要他走。他真的走了。我真恨他就这么走了。很多个晚上，我一个人默默地怀念他。现在，我一边怀念他，一边恨着自己，这一切几乎让我无法承受。他就不能稍微想一想我的感受吗，尤其在我们最后一次谈话之后？我给了他最糟糕的告别，而他也给了我最糟糕的回应。也许那不是我造成的，可我当时什么也没能做。

我不知道老妈是不是也察觉他有些不对头。也许她有感觉，可她从没说过。如果她没有感觉，那我就是唯一察觉的人。我本该说些什么，不仅如此，我本该做些什么来阻止他。

对不起，爸爸。

如果，如果，如果……如果我们知道明天会发生什么，该怎么办？我们会弥补自己的过失吗？我们能吗？

# 第十章
# 通往天堂的阶梯

第二天早上，我选在老妈房间里跟她一起吃早餐。这似乎让罗莎琳有些不安。她留在老妈房间里的时间有一点长：挪动家具，靠窗给我们摆了张桌子，整理窗帘，打开窗，又把它关小一点点，然后再推开一点点，又问我这样是不是风太大。

“罗莎琳，拜托。”我轻声说。

“好的，孩子。”她边说边继续铺床，猛力地拍了拍枕头，把毯子紧紧地塞到床垫底下。如果她接下来扯出垫在底下的被单，像封信封一样伸出舌头舔一舔，再把它们翻折到毯子外面，我也丝毫不会感到奇怪。

“你不必做这些，吃完早餐我会铺床的。”我说，“你到楼下亚瑟那儿去吧，我想他一定想在上班之前看到你。”

“他的午餐盒已经准备好放在流理台上了——他知道在哪儿。”她继续拍打枕头，抚平被单，如果有什么不对，她又会重来一次。

“罗莎琳。”我又轻轻叫了一声。

她迅速地瞥了我一眼，尽管我知道她心里极不情愿这么做。当我们的目光碰到一起，她就知道她的把戏玩完了。可她只是瞪着我，眼神好像在说：我看你敢不敢说出来。她以为我不敢。我咽了口唾沫。

“如果你不介意的话，我想跟妈妈待一会儿。就我们俩，拜托。”我说出来了，长大的塔玛拉为自己大声地说出来了。可我的要求不可避免地换来一道受伤的眼光。枕头慢慢地掉落在床上，伴随着一声轻叹，“好吧。”

我感觉不坏。

终于她离开了房间，我默不作声地坐了一会儿，没听到楼板的嘎吱声，我知道她还在门外。偷听，监视，防卫，或是把我们锁在里面——我不确定到底她在害怕些什么？

这次，我没有再像以前那样想方设法让老妈开口说话，我决定不再跟她的沉默作对。我陪着她安安静静地坐着，看来这样让她很舒服。我偶尔拿起一片水果递给她，她接过去，一点一点地咬着。我看着她的脸。她完全像着了魔一样，仿佛窗外后花园里有一道我看不见的大屏幕，而她正入迷地看着。她的眉毛时而挑起时而落下，好像有什么人说了什么话牵动了她的情绪；她的嘴唇害羞地抿着，好像想起了什么秘密。她的脸藏着无数的秘密。

陪她坐得够久了，我在她额头上亲了一下，走出了房间。我之前一直紧紧抱着的日记本现在藏在我的床底下。我感觉自己好像藏了一个大秘密。我也得承认，我觉得有些丢脸。我和我的朋友们从不写日记，我们甚至从不互相写信。我们通过微博和脸谱网保持联系，不论是假期时，晚上出去玩时，还是在百货公司的试衣间里试衣服，需要其他人的意见时，我们都会拍照传到网上去。我们不停地相互发短信，通过电子邮件散播八卦和笑话，不过都是些肤浅的东西。我们谈论的都是些看得到摸得到的东西，跟深刻沾不上边。也没什么让人感动的内容。

写日记是菲奥娜会做的事情——在我们班没人跟她说话，除了塞布丽娜，另一个书呆子。不过她不在学校的时候比上学的时候多，因为她有偏头痛的毛病。她会找一个安静的地方，一间没人的教室的角落里或者学校操场的某棵大树底下，自己一个人在那儿待着，埋头读书，或是不停地在笔记本上写写画画。我以前嘲笑过她，现在这笑话落到我头上来了。谁知道她那时在写些什么。

只有一个地方我可以去写日记。我从床底下摸出日记本，边跑下楼，边大声喊道："罗莎琳，我出去一下……"脚下的人字拖踩在楼梯上噼噼啪啪地响。我跃下最后一级台阶，以大象般"优雅"的姿态落地，罗莎琳突然出现在我面前。

"老天，罗莎琳！"我伸手抚着胸口。

她的目光在我身上移动，看了一眼日记本，然后又回到我的脸上。我防备地双手抱着它，身上的开襟毛衣把它遮住了一半。

"你要去哪儿？"她轻轻地问。

"就是出去……转转。"

她的目光又落到日记本上，她控制不了自己。

"我给你装点儿吃的带上？你会饿坏的。"

饥肠辘辘，烈日炎炎，长久的告别，无聊透了。

"有刚出炉的黑面包和鸡肉，还有土豆沙拉和小番茄……"

"不用了，谢谢。我早餐吃得太撑了。"我朝门口挪了一步。

"或者带些水果片？"她微微提高了声音，"火腿和芝士汉堡？还有一些剩下的凉拌卷心菜——"

"罗莎琳，不用了，谢谢你。"

"好吧。"更加受伤的眼神，"那，注意安全，好吗？别走得太远，就在这附近，在看得见这房子的地方。"

还不如说，在她看得见的地方。

"我不会跑到战场上去的，"我笑道，"只是……转转。"

在这座房子封闭的空间里，每个人随时都知道其他人在哪儿。我想要几个小时自己的时间，待在自己的地盘。

“好吧。”她说。

“不用那么担心。”

“我只是不确定……”她低头看着地面，松开紧握的双手抚了抚裙子，“你妈妈让你出门吗？”

“妈妈？只要我不在她旁边烦她，连月球她都会让我去。”

我不确定罗莎琳脸上的表情是松了一口气还是更担心了。突然我有些明白，心稍稍放下来了。罗莎琳不是一位母亲，可是忽然之间，在她安静的房子里，我妈妈好像休眠了一样，她不得不担起妈妈的角色，照顾我们两个。

“噢，我懂的。”我轻声说，伸出手，握住她。她的身体绷得紧紧的，我很快就松手了。“你不必为我担心。只要是我想去的地方，我爸妈几乎全都让我去。我以前常常整天跟朋友一起闲逛。有一天我甚至跟一个朋友去了伦敦，我们当天就逛完回来了。她老爸有自己的喷气式飞机，那真是酷呆了。飞机上有六个座位，只坐了我和艾米丽——飞机就是她家的。在她十七岁生日的时候，她爸妈让我们一起飞到巴黎去。她姐姐跟我们一起去的，为了看住我们。她那时候十九，已经上大学了。”

她目不转睛地听着，表情太迫切、太不安、太紧绷、太心急。

“噢，那不是很好嘛。”她语调轻快地说，绿眼睛里闪着迫不及待听我说话的光，仿佛我的话一出口就会被她吞得干干净净。“你的生日就快到了。你以前生日的时候都会收到那样的礼物吗？”她转头看了看玄关，好像她可以在那儿找到一架飞机，“嗯，我们没办法给你那样的……”

“不，不，我不是这个意思。我不是因为这个才跟你说这些，只是因为……没什么，罗莎琳，”我飞快地说，“我得走了。”我朝大门走去，“不管怎样，谢谢。”我说。关门前，我看到罗莎琳一脸忧心忡忡的表情，好像她说错了什么话似的，又好像在担心他们能给我什么样的生活。不管怎么说，我以前的生活给我的东西太多了，像个绝望的爱人一样恨不得给我摘星星摘月亮，尽管它永远也无法兑现，可我愚蠢地相信了它。我曾经认为，拥有太多总好过拥有太少，可现在我的想法是，如果那么多东西注定不属于你，还不如只拿属于你的那部分，留下其他的。我想过罗莎琳和亚瑟那样的简单的生活，这样，你永远也不必把心爱的东西退还回去。

我沿着花园小路往前走，一位邮递员迎面而来。很高兴见到另一个人，我笑着冲他打招呼。

“嗨。”我停下脚步，挡住他的去路。

“你好，小姐。”他摘了摘帽子，在我看来老派极了，也亲切极了。

“我叫塔玛拉。”我伸出手。

“很高兴认识你，塔玛拉。”他以为我伸手出来是管他要邮件，就把好几个信封用力塞到我手里。

我听到身后的门开了，罗莎琳急匆匆地跑出来。

“早上好，杰克。”她喊道，沿着小路大步走过来，“这些我来拿吧。”她几乎是从我手上扯过那些信件，“谢谢你，杰克。”她面无表情地说，一边像只袋鼠妈妈一样把它们塞进围裙的口袋里。

“好的。”他低下头，像刚挨了骂一样，“这些是给路对面的。”他递给她更多信封，然后转过身，跳上自行车，一溜烟拐了个弯不见了。

“我又不会吃了它们。”我冲着罗莎琳的背影说，微微有些发怔。

她笑起来，走进门去。真是越来越古怪了。

只有一个地方我可以去写日记。趿着我的橡胶人字拖，我沿着被阳光烤热的路面向城堡走去，心情很好。两旁的树像舞台上徐徐拉开的幕布，压轴戏跃然眼前。

“你好，又见面了。”我说。

我怀着崇敬的心情在城堡的各个房间里游荡。无法相信一场大火就把它毁成这样。什么也没有，空空如也，无从想象曾经有人在这里生活了至少一百年。残垣断壁之上，没有壁炉，没有瓷砖，没有壁纸。什么也没有，除了砖块、杂草和一道通往二楼的阶梯。如今二楼也不复存在，阶梯直指天空，仿佛你只要用力一跳，就可以抓到空中的云朵。一道通往天堂的阶梯。

我在最底下一级台阶上坐下来，把日记本放在膝盖上。我一边转着从亚瑟的写字台上偷来的钢笔，一边盯着还没打开的日记本，思考着要写些什么。我想在第一篇日记里写些有意义的东西。我不想出错。终于我想好了开头，把本子打开。

目瞪口呆，下巴都掉下来了。第一页已经写满了字，每一行都写得整整齐齐……是我的笔迹。

我站起身来，全神戒备，浑身僵直，日记本从膝上掉下水泥台阶，然后落到了地面上。我心跳加速，飞快地往四周看了看，想看是不是有人在开玩笑吓我。可什么人也没有，只有摇摇欲坠的城墙跟我相对两无言。突然，周围多了些响动。灌木和野草沙沙作响，石块摇动，我听到脚步声从墙背后和墙里传来，可是什么也没出现。一切都是我的想象，也许日记本上的那些字迹也是。

我深深地吸了几口气，从地上捡起日记本。本子的皮面上多了几道碎石的划痕，还沾满了尘土，我把它在短裤上擦了擦。第一页在掉落的时候被扯破了一道口子，可是那些字迹不是我的想象。它们还在那儿——第一页，第二页——我疯狂地翻动着书页，看到自己的笔迹赫然纸上。

这不可能。我对了一下日记上和手表上的日期。日记上写的是明天，礼拜六。今天是礼拜五。我的手表一定出错了。我立刻想到了罗莎琳，仔细回想了一下她早上看到日记本的眼神。日记本上的字是她写的吗？不可能是她，日记本一直安全地藏在我的床底下。我有些头晕目眩，重又坐到台阶上，开始读日记。我的眼睛在那些字句上急躁地扫视，好几次我不得不翻回去重新读起。

**7月4日，礼拜六**

亲爱的日记，

这是我该写的东西吗？我以前从没写过一篇日记，而且我现在也觉得自己完全像个傻子，傻到无法用言语形容。好吧，就这样，亲爱的日记，我恨我的人生。简单地说事情是这样的，我爸爸自杀了，我们失去了房子和所有的一切。我失去了我的人生，妈妈失去了她的神智，现在我们搬到了一个死气沉沉的地方，跟两个土包子住在一起。几天前，我跟一个帅哥在一起待了一个下午，他叫马卡斯，是傻瓜中心的副院长，好吧，那是一个流动图书馆。两天前我遇见了一位养蜜蜂的修女，她帮我把锁打开了。昨天早上我大部分时间都坐在一座废墟……

“废墟”两个字被划掉了，在它旁边是：

城堡里的一道通往天堂的阶梯上。看着它我就很想爬上去，再用力一跳，抓住一片云朵带我离开这儿。现在已经是晚上了，我坐在自己的房间里写这篇蠢得要死的日记。伊格内修斯修女叫我这么做的。是的，她是个修女，不是我之前以为的变装癖。

我叹了口气，目光从本子上抬起。怎么会这样？我看看四周，可是答案不在那里。我想跑回去告诉老妈，告诉罗莎琳，打电话告诉祖儿和劳拉。可是谁会相信我呢？即使她们相信，她们又能帮我什么呢？

城堡里一片沉寂。它就像是天上的云朵，天使一般圆乎乎、白花花的云朵，以每小时一百英里的速度移动着。野草丛中不时传来沙沙的声响，空气里飘散着蒲公英的种子，它们飘近，引诱我伸手去抓，又突然随着一阵风溜走。我深深地吸了一口气，抬起脸迎向烈日——烈日——死透了——闭上眼睛，慢慢地吐气。我真的喜欢待在城堡里。我张开眼睛，继续往下读，脖子后面的头发都竖起来了。

我喜欢待在城堡里。它应该让人觉得很丑，可它并没有。就像鼻梁被摔断、耳朵被打开花的杰西·史蒂文斯，他应该很丑，可他不是。我早就该开始写这个的。在祖儿家的时候，她和劳拉没完没了地聊不穿内裤的事儿，不管我怎么抱怨她们都当作耳边风。

老妈还没从她的房间里出来。尽管我想要蜷成一团就这么死了算了——昨天淋雨以后我感冒了，有种快要窒息的感觉——今天早上我还是决定在后花园里的那棵树下吃早餐，因为我知道她会看到我。我把房间里的蓝色羊绒毯子披在身上，拿了点儿水果片，它们吃起来像硬纸板一样。我并不饿，所有的力气都花在引老妈出门这件事上。我尽力让自己看起来轻松自如，用双肘撑着身体往后仰靠着，脚踝交叠在一起，一副对周围的世界毫不关心的样子。我这么努力地想要引她走出房间，可她就是不理我。我只是觉得，如果她呼吸一些新鲜空气，如果她在这周围看一看，到城堡走一走，也许就会看到我所看到的东西，从失魂落魄中清醒过来。她自然不会希望她的人生在她呆坐在房间里的时候流逝掉。只有你走出门外，意识到生活在继续，你才会跟着它走下去。

我不知道为什么罗莎琳和亚瑟不做些什么来帮助她。早餐、中餐、晚餐，丰盛到足以喂饱一头大象，可那些不能治好她。沉默也不能。我应该再跟罗莎琳谈谈这个，也许跟亚瑟谈会更好。他是妈妈的哥哥，他应该帮助她。就我所看到的，除了我们到这儿的那天，他们额头碰额头地打了个古怪的招呼，他没有跟她说过一句话。这不是很奇怪吗？

昨天的那场雨以后……

好了，读到这里我就知道这一切都是胡扯，因为今天是一个晴空万里的大热天，什么雨也没有。我挑起眉毛继续往下读，心里想着自己肯定是被什么人耍了，我等着祖儿和艾什顿·库奇从那些裂痕斑斑的柱子后面跳出来。

……我觉得自己感冒得要死了。罗莎琳几乎快用药棉把我包起来了，她让我坐在壁炉前面，喂我喝鸡汤。大半天时间我都坐在那个吓人的壁炉前面不停出汗，还得努力说服她我不会死。她把一条毛巾盖在我头上，倒了一碗滚烫的加了杀菌剂的热水给我，让我通一通塞住的鼻子。坐在那儿吸鼻子的时候，我好像听到门铃响了。她却跟我说那不是。我应该提一提伊格内修斯修女让我到她屋子里把身上弄干的事情的，一间修女的屋子能有多可怕？

明天我得小心避开巨无霸早餐的攻势，然后找一个安静的地方来写日记。我也许会穿上比基尼去晒太阳，让这些乡巴佬看看我的好身材。这主意不坏。当你闭上眼睛，你就可以去你想去的任何地方。我可以躺在湖边，想象自己身在马贝拉的游泳池旁边，天鹅悠闲地抖着羽毛，水花飞溅，却原来是妈妈。她总是躺着，不是像其他人一样躺在日光浴床上，而是躺在游泳池边上，靠近过滤器的地方，手轻轻地拍着水面，听起来像刚学会走路的小孩光着脚在那儿走来走去。也许是为了凉快，也许是因为她喜欢那声音。我以前也喜欢听她拍水的声音，可是不知为什么我总是叫她停下来。这些事也许我可以说给沉默的她听，这些事也许会让她睁开眼睛，看着我。

谁会知道这些？只有妈妈。

也许我会在草地上晒太阳，就躺在亚瑟的剪草机推出的小道上，等着他会再推着机器过来把我压扁。如果那样我还没死的话，至少我以后不用再做全身蜡疗。

其实亚瑟没那么坏。他话不多，甚至别人说话他也没什么反应，不过我觉得他人不错，大多数时候都不错。罗莎琳人也不坏，我只是搞不懂她。她今天晚餐时候的举动太反常了——今天的晚餐是牧羊人派，好吃极了——我一边吃，一边告诉她我已经见过伊格内修斯修女。她说修女早上来找过她，对碰见我的事情只字未提。那肯定是我在洗澡的时候。我真想变成一只苍蝇贴在墙上听她们讲话。然后她不停地问修女和我讲了些什么，她的问题像连珠炮一样扔过来，就连亚瑟也看起来有些不自在。我的意思是说，她没想过我会撒谎吗？真的，这太奇怪了。但愿我没有告诉她我了解到的跟城堡有关的那些事。现在我知道，不管我想知道什么，都不可能从她那儿听到。我觉得罗莎琳和亚瑟就是怪人，或者也许我才是怪人。我以前从没这么想过，也许一直以来奇怪的都是我。

万一我脱水而死，有人找到这本日记的话，有一件事我想提一下，那就是我每天晚上都哭。所有的白天我都撑过来了，除了看到绿头苍蝇和城堡的残垣断壁的时候，我一直很坚强，直到我爬上床，躺在黑暗与寂静之中，周围的一切像在旋转一样。然后我就哭了。有时哭很久很久，我的枕头都湿了。眼泪从我的眼角滚落，顺着耳朵往下滑过脖子，有时还会打湿我的背心。我就躺在那儿任眼泪尽情地流。我已经哭习惯了，有时候不知不觉就哭了。这么说能说明白吗？以前，如果我哭了，那是因为我摔倒了，受伤了，或是跟老爸吵架了，或是我喝醉了，鸡毛蒜皮的事情都能把我惹哭。可现在，那是因为，不管怎样……我伤心所以我哭。有时我哭一会儿又停下，因为我对自己说一切都会好起来的。有时候我自己也不相信这话，于是又继续哭起来。

我梦到过老爸很多次。不过真正见到他的次数很少，我总是梦到他以不同的脸孔出现。最开始是老爸本人的脸，然后是学校的一个老师，然后是扎克·埃夫隆，还有一些我曾经有过一面之缘的人的脸，比如牧师什么的。我听人说过，当他们梦见去世的亲人时，他们的感觉非常真实，仿佛那个人真的在那儿，向他们传达着某种讯息，给他们拥抱。梦境是阴阳之间的一条模糊的界线，就像是监狱里的会客室。你们都在同一个房间，却被分隔在不同的两边，处在不同的世界。我曾经认为说这样的话的人不是江湖骗子就是宗教疯子。可现在我知道我错了。它跟宗教一点关系也没有，它跟心智也一点关系也没有，可它跟人的心灵的自然本能息息相关。那就是决不放弃希望，除非你是个愤世嫉俗的家伙。它跟爱有关，失去了深爱的某个人，仿佛你的一部分从身上撕裂开来，你会愿意做任何事情，愿意相信任何事情，只要能让他回来。怀抱着有一天你会再见到他的希望，你会感觉到他还在你身边没有走远。这样的希望，不会像我以前认为的那样，让人变得软弱。绝望才会让人软弱。希望让人更坚强，因为它给了你理由。不是他们为什么离开你的理由，而是让你活下去的理由。因为它是一个“也许”，“也许有一天事情不会总是这么糟糕”，而这个“也许”立刻能让一切感觉不那么糟糕。

我想，随着越来越老，我们也会越来越愤世嫉俗。我？我一出娘胎，就小心翼翼地把病房和旁边的人打量了个遍，立马知道这个新环境一团糟，我最好还是钻回老妈肚子里去。我就是这样一路活过来的。不管我到哪里，哪里都是一团糟，都让我恨不得掉头往回走。直到现在，生活的现实狠狠地砸在我头上——死亡——我才开始向外看。搞科学的人认为他们是向外看的，其实并不是。他们觉得搞文艺的人只向内看，其实也不是。我认为最牛的科学家是两边都看。

尽管我之前说过梦见老爸，但我知道他其实从来不在我梦中。没有秘密的讯息或是秘密的拥抱。我感觉不到他跟我在一起，他不在基萨尼。那些只是模糊的没有意义、没有指示的梦境。我记忆里的场景像拼图一样碎成一片片的，杂乱无章地浮现在我的脑海里。昨天晚上我又梦到老爸，他变成了我的英文老师。英文老师是个女人，我们上了一节自由讨论课，课上我要唱歌给全班听，可我张开嘴却一个字也唱不出来，接着学校突然搬到了美国，可那儿没有人说英文，我什么也听不懂，然后我就住到了一艘船上。离奇的梦。最后我被楼下厨房里传来的声音惊醒，罗莎琳打碎了一个罐子还是什么的。

也许伊格内修斯修女是对的，也许这本日记能帮助我。伊格内修斯修女是个有趣的女人。自从前天遇见她以后，我就不停地想起她。

昨天。我昨天才遇见她。

我喜欢她。我到这个地方以后第一次喜欢上什么——好吧，第二次，第一次是那座城堡。昨天我在城堡的时候下大雨了，我看到罗莎琳拿着一件衣服沿路来找我。我觉得很不爽，于是拔腿就朝相反的方向跑。我不想让她知道我待在这儿，我不想让她觉得她猜对了，我不想让她了解我的一切。我不知道自己要跑到哪儿去。雨真的真的很大——简直就像是天上有个强力花洒在喷水，我浑身的衣服都湿透了。可我的身体就像装上了自动导航仪一样，不由自主地往前跑，不知不觉竟然跑到了围墙花园。伊格内修斯修女正站在温室里，等着雨停。她拿了一件多余的养蜂服给我。她说她知道我会再来的。

前一天因为我的打扰，她没来得及回去查看蜂箱。她还有其他的事情要做，比如祷告什么的。所以昨天她带我去参观了她的蜂箱。她在蜂王身上画上了标记，所以我一眼就认出来了。她指给我看雄蜂，还有工蜂，还教我怎么使用喷烟器。看着看着我突然头晕起来。真是怪事，可她没有注意到。我不得不伸手扶着墙，才没有瘫倒在地。就在我头昏眼花的时候，她邀请我下个礼拜去帮她收取蜂蜜，她会把取出来的蜂蜜装到小罐子里放到市场上去卖。我呼吸困难，气都透不过来，所以直接说"不"了。我当时只想赶快离开，要是告诉她我身体不舒服就好了。她看起来很失望，现在回想起来，我真的很抱歉。我也想去市场上转转，这样我可以见到更多的人。我在这儿每天见到的老是那几个人，都快发疯了。我也想知道是不是这儿的人也会像那间酒馆外面的人一样盯着罗莎琳和亚瑟看。他们一定是在那个镇上干了什么才会被人那样盯着，也许办了狂欢派对还是什么的。真讨厌。

我现在正坐在自己的房间里写日记，背靠着门，因为我不想让罗莎琳进来。这本日记，她知道得越少越好。她已经很想打探我的心思了，我不能让她发现我的心里话就在这个房间里。我一定得藏好它。墙角的那把椅子旁边有一块松动的地板，晚上我可以好好研究一下。

老妈今天又是吃过晚饭就睡着了。她这两天睡得太多了，不过这次她坐在椅子上就睡着了。我想叫醒她，让她上床去睡，可罗莎琳不让我这么干。我打算等听到亚瑟的鼾声以后再去看看她。

现在安全地坐在房间里，我只想说说昨天上午在城堡时，我有一种奇怪的感觉。好像有什么人在那儿，好像有人在看着我。昨天上午，直到那朵变态的云把雨挤到我头上之前，太阳一直很好，我坐在台阶上，把日记本搁在膝盖上，我想不出来要写什么，怎么开头，于是我就坐在那儿晒太阳。我闭着眼不知道过了多久，可要是我睁着眼就好了。那儿绝对有人。

我明天再继续写。

读完日记，我抬头看看四周，心跳得怦怦直响，呼吸又急又重。现在，我说的是现在。

一时间我感觉有上千道目光聚在我身上。我站起身，跑下楼梯，却被最后一级台阶绊了一下，砰的一下撞到了墙上。双手和右边肩膀都被擦伤了。日记本又一次掉到了地上。我在地上摸来摸去，抓到本子的同时，手碰到了一个毛茸茸软乎乎的东西。我尖叫着一跳三丈远，冲进了隔壁的房间。那儿没有其他出口，四面墙都完好无损。我感觉到有几滴雨点落在我的皮肤上，然后越落越快。墙上有个洞，那儿原本应该是扇窗户，我走过去，想从洞里爬出去。刚爬上窗台，就看到罗莎琳沿路朝这边走过来，手里拎着一件看起来像是雨衣的东西。她大步大步地走着，阴沉着脸，一只手搭在头上，好像那样就能挡住所有的雨水。

我跑到另一扇朝向城堡后面的窗前，从那儿往外爬。跳起来去爬窗台的时候我的膝盖被墙擦破了。我从另一边跳下，落到水泥地面上，一阵刺痛从脚底传到腿上，这才想起我的人字拖没有防护。眼看罗莎琳离城堡越来越近了，我转身就跑。

我不知道自己要跑到哪儿去，我的身体像是装上了自动导航仪。直到我跑到围墙花园，浑身被淋得透湿，这才想起刚才日记上的内容，一阵恶寒窜过全身，从头到脚都冒起了鸡皮疙瘩。

我站在花园入口，又冷又怕，浑身发抖。这时透过温室的模糊的窗玻璃，我看见一道白色的身影。门开了，伊格内修斯修女出现在门口，手上拿着一套养蜂服。

“我知道你会回来的。”她冲我喊道。她的蓝眼睛在苍白的皮肤上闪着顽皮的光。

# 第十一章 冒烟的地方

我走进温室，走到伊格内修斯修女旁边。我全身又僵硬又紧绷，肩膀耸得都快到头顶了，恨不得像乌龟一样把四肢都缩到身体里。我紧紧抓着日记本，指节都泛白了。

“噢，看看你。”她说，声音听起来很开心，没有一丝烦恼，“你就像是一只湿答答的老鼠，我来帮你擦干吧。”

“别碰我。”我飞快地说，倒退了一步。

“怎么了，塔玛拉？”

“别装作一副不知道的样子。”

我侧过头，看见她的眼睛眯了眯，然后又睁得大大的。她记起了什么？她知道些什么？她看起来就是一副做坏事被逮到的样子。

“承认吧。”

“塔玛拉。”她开口，又停住，想找一个合适的措辞，“塔玛拉，看着我。我是……听我解释……我们应该到别的地方去谈谈。不要在这里，不要在这个温室里，不要在你这样浑身湿透的时候。”

“不。我想先听你承认。”

“塔玛拉，我真的觉得我们应该进屋去，而且……”

“承认吧，就是你写的。”我爆发了。

她的脸瞬间陷入完全的迷惑，“塔玛拉，我不明白。承认我写了什么?”

“日记!”我怒气冲冲地说，把日记本凑到她鼻尖下，飞快地翻动。“看，已经写好了。我把本子藏在卧室里，今天上午带到城堡想要写点儿东西，这还是听了你的话。你看看，你是怎么办到的?”

“塔玛拉，冷静点儿。我什么也看不见，你翻得太快了。”

我翻得更快了。她伸出宽厚有力的双手，紧紧钳住我的手腕，语气坚决地说：“塔玛拉，停。”

我停住了。她从我手上拿过日记本，打开第一页，眼睛扫过头几行。

“这不该给我看，这是你的隐私。”

“这不是我写的。”我这时才知道日记也不是她写的。她那一头雾水的样子不可能是装出来的。

“好吧……那是谁写的?”

“我不知道。你看第一页上的日期。”

“明天。”

“这日记里写的有些是明天的事情。”

雨点重重地打在玻璃上，发出噼里啪啦的响声，听起来好像玻璃都快被砸碎了。

“你怎么知道的，明天的事情还没有发生呢?”她放柔了声音，好像在哄着精神病人放下手里的刀。她也许做得很好，可是刀子不是我自己拿的，是有人把它放到了我手上。日记不是我写的。

“也许是你半夜起来写的，塔玛拉。也许你困得晕晕乎乎的所以不记得自己干了这事儿。我半睡半醒的时候也经常干奇怪的事情。我曾经在屋子里转来转去，翻箱倒柜地找东西，却不知道自己要找什么，早上醒来的时候才发现屋里一片混乱。”

“这不是一回事。”我轻声说，“日记里也写了今天的事，可我不可能知道它们会发生。下雨的事，罗莎琳带着雨衣来找我的事，还有你……”

“我的什么事？”

“我写了你在这里。”

“可我总是在这里，塔玛拉，你知道的。”

伊格内修斯修女不停地说话，努力给它找理由。她告诉我，有天晚上她走到玛丽修女的房间里去找园艺手套，因为她梦到自己在种萝卜，那次她把玛丽修女的魂儿都吓掉了。我有些恍神。我怎么可能自己写了整整五页日记却一点也不记得？我怎么能预先知道会下雨，罗莎琳会带着雨衣来找我，伊格内修斯修女会在温室里拿着一套养蜂服等着？

“我们的心有时候会让我们做出不同寻常的事情，塔玛拉。我们如果要找什么东西，只能让它自己出现。我们能做的就是顺其自然。”

“可我并没有要找什么东西。”

“你没有吗？啊，那就没事了。我跟你说会这样的。你要不要进屋去把身上擦干，再吃点儿热的？我昨天用自己种的蔬菜煮了个汤。它现在应该正好可以喝了，我说，如果玛丽修女没有用吸管把它吸光的话。昨天她的假牙掉到地下，彼得雷吉娜修女刚好一脚踩在上面。那时候起她就只能用吸管吃东西了。”她捂住嘴，“噢，原谅我忍不住笑。”

我本想说不，这时想起了日记里写我会感冒到呼吸困难。也许我可以改变将要发生的事情。于是我跟着她走出了花园，穿过树林朝她家走去。

那屋子一看就是伊格内修斯修女的范儿。没有一片装饰性的砖，屋子里面和外面一样老旧。我们从后门进去，一条狭窄的走廊，摆满了雨靴、雨衣、伞、太阳帽等足以应对一切天气状况的必需品。从走廊通往厨房的地面铺着不平整的石块，已经有了裂缝。厨房完全是上世纪70年代的风格，线条简洁的橱柜，铺着油毡的地板，塑料流理台面，所有地方都被暗绿色和橙红色填满，好像把外面的色彩都搬到了这里。一张长长的松木桌子，两边各摆着一条长凳，长到足够坐下沃尔顿一家。厨房外的一个房间里传出收音机的声音，棕色的漩涡图案的地毯把我的视线吸引到一台笨重的电视机上，它几乎有三十英寸那么厚。乳白色的蕾丝从屏幕前面垂下来，上面摆着一尊圣母玛利亚的雕像。电视机上方的墙上，挂着一只简朴的木头十字架。

这屋子散发着老旧的气息。潮湿的霉味、长年做饭留下的味道和浓腻的油味混合在一起。在这中间，还有伊格内修斯修女身上爽身粉的香气，像刚洗过澡的婴儿一样干净清爽。跟罗莎琳和亚瑟的房子一样，这儿也给人一种曾经有好几代人在里面生活的感觉，孩子们在这里长大，曾经跑着叫着穿过走廊，打碎过一些东西，也种养过一些东西，后来陷入爱河，然后又跳出来。不是住在里面的人拥有这栋房子，而是这栋房子拥有他们的一部分。在我家的房子里，我们从来没有这样的感觉。我爱我家的房子，可那里每天都有清洁工来打扫，把每一点生活的痕迹都收拾得干干净净，一丝过去的香水味也不留，取而代之的是漂白剂的味道。每隔三年房间就会重新装修，旧家具扔出去，新家具搬进来，挂上新油画搭配新沙发。没有经年累月的收藏品，没有充满秘密的旧物堆在家里，一切都是崭新的、昂贵的，不含一丝感情。我们以前的家就是这样。

伊格内修斯修女套着养蜂服急匆匆地走了，那姿态就像一个裹着尿布刚学会走路的小娃娃。我脱下毛衣，搁在暖气片上，我的背心薄得透明，现在紧紧贴在身上。我的人字拖泡了水走起来咕唧咕唧的，可我不敢脱下来，生怕以前那家人的脏东西沾到脚上。这地板上有太多从外面带进来的东西。

伊格内修斯修女拿着一条毛巾和一件T恤回来了。

“抱歉，我只有这个。我们不习惯打扮成十七岁小姑娘的样子。”

“十六岁。”我纠正道，抖开那件女士马拉松T恤。

“我从1961年到1971年每年都跑马拉松，”她解释道，一边走到灶台前面去准备汤，“现在跑不动啦。”

“哇，你那时候身体一定很好。”

“你是什么意思？”她穿着养蜂服摆了一个姿势，作势亲了亲“隆起”的手臂肌肉，“现在我也不错。”

我笑了。我从头上脱下背心，把它也放在暖气片上，然后套上T恤。它垂到了我的大腿中间。我脱下短裤，扎上腰带，长T恤一下子成了连衣裙。

“你觉得怎么样？”我在伊格内修斯修女面前走起台步，末了摆了个姿势。

她大笑，吹了声口哨。“哎呀，真想再要一双那样的腿啊！”她一边啧啧地感叹着，一边摇头。

她端来两碗汤放在桌上。我端起面前的喝了一大口。

外面太阳又出来了，鸟儿又开始唱歌，好像从没下过雨，好像刚才都是我们的想象。

“你妈妈怎么样了？”

“她很好，谢谢。”

沉默。决不要对修女说谎。

“她不好。她整天呆坐在自己的房间里，看着窗外，微笑。”

“她听起来很开心。”

“她听起来很疯狂。”

“罗莎琳怎么想?”

“罗莎琳认为把一辈子的食物在一天内吃掉，人就都能往前走了。”

伊格内修斯修女嘴角抽搐着，她在拼命地忍着笑。

“罗莎琳说那只是悲伤。”

“也许罗莎琳是对的。”

“如果妈妈脱掉衣服，边在泥地里打滚边唱恩雅的歌，那会怎样?那也是悲伤吗?”

伊格内修斯修女微微笑着，脸上的褶子像纸折的一样。“你妈妈那么做了吗?”

“没有。不过看起来也快了。”

“亚瑟怎么想?”

“亚瑟会想事吗?”我一边回答，一边咕噜咕噜地喝着热汤。“不，我收回那句话。亚瑟会想事，是的。亚瑟会想事，可他不说话。我是说，怎么会有这样的哥哥。而且他也很爱罗莎琳，不管她说什么都不会惹恼他。要不就是他很受不了她，烦到他妈的不想理她。我真的搞不懂他们。”

伊格内修斯修女不自在地移开眼神。

“抱歉，我用词太粗俗了。”

“我觉得你对亚瑟有偏见，他很爱罗莎琳。我想他愿意为她做任何事情。”

“甚至娶她?”

她瞪了我一眼，我感觉被她的目光扇了一巴掌。

“好吧，好吧，我道歉。只是因为她太……我不知道怎么说……”我搜寻着合适的词，来表达她给我的感觉，“占有欲太强了。”

“占有欲太强。”伊格内修斯修女沉吟了一会儿。“这个说法很有意思。”

不知道为什么，我觉得很高兴。

“你知道它是什么意思，是吧？”

“当然，就是说她觉得什么都是她的。”

“嗯。”

“我是说，她把我们照顾得太好了，无微不至。她恨不得一天给我们吃三百顿饭，像喂恐龙一样，可我只希望她放轻松，离我远点儿，给我点儿自由。”

“要不要我去跟她说说，塔玛拉？”

我慌了。“不，她会知道我跟你说了这些。我甚至没跟她说我见过你了，你是我不可告人的小秘密。”我开了个玩笑。

“好吧，”她笑起来，脸颊有些泛红，“我从没当过别人的小秘密。”等她的害羞劲儿过了，她跟我保证她不会让罗莎琳知道我在背后谈论她。我们继续聊日记的事情，聊怎么会这样，为什么会这样，她要我别担心，我的精神压力太大了，她认为我一定是在昏睡状态下写了日记，又忘了。跟她聊聊天，我一下子感觉好多了，不过后来又担忧起自己的睡眠习惯。如果我可以在睡觉的时候写篇日记，那我还能做什么呢？伊格内修斯修女有一种力量，能让我觉得一切难以理解的事情都很平常，一切都很美好和奇妙，没有什么事值得我紧张，答案自然会出现，乌云自然会散去，复杂会变简单，怪事会变寻常。我相信她。

“啊呀，你看外头的天气。”她转头看着窗外，“太阳又出来了，我们要赶紧去看看蜜蜂。”

再次回到围墙花园里，我穿上了养蜂服，觉得自己很像米其林轮胎人。

“你养蜜蜂是为了额外的休息时间吗？”我问道。我们全副武装地朝着蜂箱走，“我在学校的时候干过这事儿。如果你参加合唱队，有时候你就可以不上课，去参加唱歌比赛或是到教堂唱歌，比如说老师结婚的时候。如果我是老师，我结婚的时候可不愿意让一些成天找我麻烦的小屁孩在我的婚礼上唱歌。那应该是我人生中最幸福的一天。我要去圣基茨岛或者毛里求斯，或者阿姆斯特丹。在那儿十六岁喝酒是合法的，不过只能喝啤酒。我讨厌啤酒。不过如果是合法的，我也不会拒绝。不是说我十六岁就要结婚。是不是连那个也合法？你应该知道的。”我仰头看向天空。

“所以你参加了合唱队？”她问道，好像我说的一大堆话里她就听到了这一句。

“是啊，不过从来没在校外唱过。我从来没参加过唱歌比赛。第一次我们在韦尔比耶滑雪，第二次的时候我喉头发炎了。”我眨了眨眼，“我妈妈的朋友的老公是个医生，所以什么时候我都可以找他开病假条。我觉得他喜欢我妈。我才不要在那样的比赛上献丑呢。不过我们学校显然很擅长唱歌比赛，我们赢了那个全爱尔兰什么什么奖，两次。”

“噢，你都唱些什么歌呢？《今夜无人入睡》一直是我的最爱。”

“那是谁唱的？”

“《今夜无人入睡》？”她一脸震惊地看着我，“这是普契尼的歌剧《图兰朵》最后一幕中最好听的男高音咏叹调。”她闭上眼睛，轻轻地哼了几句，一边摇摆着身子，“噢，我太爱它了。帕瓦罗蒂唱过，很有名的。”

“噢，是的，他是个大明星，跟波诺一起唱过歌。不晓得为什么，我一直以为他是个有名的厨师，直到我在新闻上看到他，就是他葬礼的那天。我一定是把他跟别人搞混了——你知道，就是那个在美食频道用奇怪的配料，比如巧克力什么的，做披萨的家伙。我让阿梅给我做过一次，可是难吃得让我反胃。不，我们不唱他那种风格的歌，我们唱丁丁乐队的《快闭嘴，让我走》。不过，配上和声以后听起来跟原唱完全不一样了，说真的，倒有些像一段歌剧了。”

“美食频道，现在我完全收不到这个。”

“我知道它是那些卫星频道里的一个，罗莎琳和亚瑟家里也收不到。那可能不是你喜欢的类型，不过还有一个上帝频道，也许这个频道有你喜欢的节目。反正它们一天到晚谈的都是上帝。”

伊格内修斯修女又冲我笑了，伸手搂过我的肩膀，把我拉近她身边，我们就这么朝着花园走去。

“现在我们来干正事吧。”她说。我们到了蜂箱跟前，“那么，说重点。第一个问题，也许我早该问你的，你对蜜蜂过敏吗？”

“我不知道。”

“你以前被蜜蜂蛰过吗？”

“没有。”

“嗯。好吧。就算有这么多的保护措施，你还是有可能被蜜蜂蛰到。噢，别那么看着我，塔玛拉。那好吧，你回去罗莎琳那里吧，我相信她一定准备了香喷喷的烤牛腿给你做晚餐前的零食。”

我不说话。

“你不会因为被蜜蜂蛰了一下就送命的。”她继续说道，“除非你过敏，当然，可那就是我要冒的险了。我很勇敢的。”她的眼睛又一次闪着顽皮的光，“被蛰到的地方会有一点点肿，过一会儿会有点儿痒。”

“像蚊子叮过一样。”

“一点儿也没错。你看，这是一个喷烟器。我要在检查蜂箱之前往里面喷点儿烟。”

烟开始从喷嘴冒出来。我感觉有些奇特，因为一早在日记里读到的事情正在变成现实，像剧本一样在我面前上演。她把喷烟器凑到蜂箱下面。

“蜂窝受到威胁的时候，守卫蜂会释放一种挥发性的激素，叫做乙酸异戊酯，这是一种报警的气味，通知蜂窝里毒性最大的中蜂攻击入侵者。但是，如果先往蜂窝里喷烟，守卫峰会以为蜂窝要毁了，然后会本能地大口大口吞吃蜂蜜，以便把蜂蜜搬到别处重新安家。蜜蜂忙着吃蜜，就没空蜇人了。”

我看着喷出的浓烟飘进它们的家，不由得想到蜂窝里会出现的恐慌。一阵眩晕袭上脑门，我伸出手扶住墙。

“我下个礼拜要取蜜。如果你也来的话，这套衣服就给你穿。有个人陪着真不错，姐妹们对养蜂都不感兴趣。虽然我有时候喜欢一个人，但是你知道的，偶尔有人陪的话，感觉很不错。”

我头晕目眩地想象着蜂窝里浓烟弥漫的景象：蜜蜂们拼命地吃下蜂蜜，彻底惊慌失措。我想大声叫她闭嘴，告诉她我对跟她一起取蜜一点兴趣也没有。可我听出了她声音里的兴奋，她对有人做伴感到那么开心。我想起日记里写的我希望收回自己的拒绝，于是我管住自己的舌头，点了点头。我觉得自己快要晕倒了，太多烟了。

“就算陪着的人是假装对蜜蜂感兴趣，那也挺好的。我老了，不会再计较那么多。不过你主动愿意来真是太好不过了。我想礼拜三是个不错的日子，很适合取蜜。我会查查天气预报，确定那天是不是晴天。可别又像今天这样淋得浑身透湿……”她不停地说啊说，直到我感觉她的眼光投向我。隔着头罩的网膜，她看不见我的脸，我也看不见她的。

“怎么了，亲爱的?”

“没什么。”

“没什么就是有什么，总是有什么问题。你是在担心日记的事吗?”

“嗯，是的，当然。是……不过不是那个。没什么。”

一时之间，我们谁也没再说话，然后，像是要证明她的观点，我问道：“城堡起火的时候，有人在里面吗?”

她犹豫了一下才回答：“是的，很不幸，有人在里面。”

“看着那些……那些浓烟，我能想象当时的恐慌，那些人该有多害怕啊。”我又伸手扶住墙。

伊格内修斯修女担忧地看着我。

“有人丧命吗?”

“是的，有。塔玛拉，当大火吞没那个家，它夺走了太多人的生命，你无法想象。”

那个家——家，那样一栋建筑也能被人称作家，让人感觉愈发神秘起来。曾经，它对一些人有着那么重要的意义，无论他们是谁。

“他们现在住在哪儿？活下来的那些人?”

“你知道，塔玛拉，罗莎琳和亚瑟在这儿的时间比我长得多——你应该去问他们。问我的话，我绝不会说谎，你懂吗？可这个问题你该去问他们，好吗?”

我耸了耸肩。

“你懂我的意思吗?”她伸出手抓住我的手臂，力道直透厚厚的防护手套，“我绝不说谎。”

“是的，是的，我懂的。”

“你会去问他们，是不是？”

我耸耸肩，“无所谓啦。”

“无所谓，无所谓，真是偷懒的说法。现在，我要把这个揭起来了，给你看看这个蜂窝王国的居民们。”

“哇。你是怎么把它们全都弄进去的？”

“那个简单。就像我们一样，塔玛拉，蜜蜂们也是一直在寻找自己的家。现在，你知道我要怎么给你看蜂王吗？”

“你会在它身上画上标记。”

“你怎么知道？”

“显然我梦游的时候在日记里写到这个了。我猜对了，是不？”

“嗯。”

我回到门楼的时候，天已经晚了。我在外头待了一整天。亚瑟也下班回来了，穿着他的格子衬衫，沿路往回走。

“嗨，亚瑟。”

他猛地回头看着我。

“今天过得好吗？”

“啊。”

“很好。亚瑟，进去之前我能跟你说几句话吗？拜托。”

他停下脚步。“一切都还好吗？”脸上浮现出我从没见过的担忧。

“是的。呃，不是。是关于妈妈……”

“啊，你们回来啦。”罗莎琳的声音从门口传来，“你们俩一定饿了吧。晚餐刚刚出炉，热腾腾的，立刻就能吃了。”

我看了亚瑟一眼，他则看着罗莎琳。罗莎琳不肯把我们俩留在这儿，尴尬弥漫在我们之间。亚瑟让步了，沿着花园小径往里走去，罗莎琳站到一边让他进门，然后往回走了几步看了看我，然后就进屋去张罗晚餐了。我们全都在餐桌前坐下来，罗莎琳把老妈的晚餐放在一个托盘里，准备端上楼去。我深吸了一口气。

“难道我们不应该让妈妈下楼跟我们一起吃饭吗？”

一片沉默，亚瑟看着罗莎琳。

“不，孩子。她需要静养。”

我不是孩子了！我不是孩子了！！我不是孩子了！！！

“她整天静养得太多了，让她多出来见人应该会有好处。”

“我确定她宁愿自己一个人待着。”

“你为什么会那么想？”

罗莎琳没有理会我的话，端起餐盘往楼上走。亚瑟和我会有一分钟独处时间。好像能读到我的心思一样，她又折回了厨房，看着亚瑟。

“亚瑟，你能去仓库里拿一瓶水吗？塔玛拉不喜欢喝自来水。”

“噢，不，我不介意。我愿意喝自来水。”我飞快地说，不让亚瑟站起身来。

“不，没关系。去吧，亚瑟。”

他又站了起来。

“我不要！”我语气坚决。

“如果她不想要，罗莎琳……”亚瑟的声音太小，我几乎听不清他的话。

她看看他，又看看我，然后抬腿往楼上走。我感觉这会是她上下楼最快的一次。

亚瑟和我沉默地坐着，我飞快地开口。

“亚瑟，我们得做些什么来帮助妈妈，她这样并不正常。”

“她所经历的没有一件事是正常的，我相信她宁愿一个人吃饭。”

“什么？”我绝望了。“你们俩到底怎么回事？为什么你们这么想要把她一个人锁起来？”

“没有人要把她锁起来。”

“你为什么不去跟她谈谈？”

“我？”

“是的，就是你。你是她哥哥，我相信有些事情你们可以谈谈，可以把她带回到我们身边来。”

他用手捂住嘴，转过头去不看我。

“亚瑟，你必须跟她谈谈。她需要家人。”

“塔玛拉，别说了。”他嘘声叫道，我有些诧异。

他一脸受伤的表情，眼睛里闪过深沉的悲伤。然后，他看向厨房门，又回过头来看着我，好像鼓起了勇气。他朝我凑近，张开嘴，声音放得很低。“塔玛拉，听着……”

“嗨，我回来啦，她精神很好。”罗莎琳像小孩一样快步冲回来，气喘吁吁地。亚瑟看着她一路冲进厨房坐到餐桌前。

“什么？”我问亚瑟，身体挪到了椅子的边上。他刚才要跟我说什么？

罗莎琳的头转来转去，像一根天线在搜寻信号。

“你们俩在说什么？”

这一次，亚瑟鼻子里的呼哧声似乎派上用场了，用这个来回答罗莎琳已经太足够了。

“开动。”她故作活泼地说，手忙脚乱地摆弄着勺子和装蔬菜的碗。

亚瑟过了好一会儿才开动，他吃得很少。

那天晚上，我坐在房间里，盯着日记本好几个小时。我把本子摊开在我的膝盖上，等着字迹出现的那一刻。可我还没等到十二点就睡着了。凌晨一点的时候醒过来，日记本还摊在我的膝头，每一行都写满了我的字迹。昨天的预言已经消失了，取而代之的是另一篇，完全不同的内容，日期是明天。

**7 月 5 日，礼拜天**

我不该把老爸的事告诉韦斯利。

我把这个句子反复读了好几次。韦斯利到底是谁？

# 第十二章
# 不祥之兆

我想，那天晚上我是注定要做那个梦的。

我躺在床上，强迫自己不要睡着，一遍一遍回想着自己在城堡里读到的日记内容。它现在已经消失了，原来的位置上出现了新的一篇。谢天谢地，字迹消失以前我已经读了无数遍，几乎每一行我都记得滚瓜烂熟。我读到的每一件事情都已经成真了。不知道明天会再出现这样的神奇结果，还是发现这不过是某人跟我开了一个过分的玩笑，或者就像伊格内修斯修女说的那样，这只不过是我半夜梦游的时候写下的无关紧要的胡言乱语。

我听说过有人在睡着的时候会做奇怪的事。睡眠癫痫症，奇怪的性行为，或者打扫屋子，甚至杀人梦游症，就是在梦游时杀人。曾经有好几个有名的凶杀案，杀人犯都声称他们是在梦游。有两个犯人被无罪释放，只是被判以后必须独自锁上门睡觉。我不知道这是阿梅看过的某个纪录片，还是《佩里·梅森探案集》里的那集《梦游杀人案》的内容。不管怎样，如果那样的事情都有可能发生的话，那我想我也有可能在自己睡着的时候写下日记，并且，预言未来。

不过，我更相信梦游杀人是真的。

根据“明天的塔玛拉”的预言，我已经知道自己会做什么梦，所以我要想办法改变梦境，我可不要老爸变成我的英文老师，我要把他留下来，这样我们才可以好好谈谈。我要想出一个只有他能明白的特殊暗号，这样我就可以用这个暗号把他唤醒过来跟我说话。我想得太入迷，不知不觉就睡着了，竟然真的梦到了我在日记里写的梦境：我见到了老爸，他的脸换成了英文老师的，然后我的学校搬到了美国，可我完全不会说那里的语言，然后我们住到了一艘船上。唯一的不同是我被反复地要求在同学面前唱歌，那些同学竟然是《歌舞青春》里的那帮人。我张嘴开唱，却因为喉炎一点声音也发不出来。可没人相信我，因为我之前拿它说过谎。

还有一点不同的是那艘船，说起来更让人不安。那是一艘诺亚方舟式的木船，上面挤满了人，就像一只住了几百万蜜蜂的蜂窝。船舱里一直有浓烟飘过，可除了我，没有人注意到。人们坐在长长的餐桌前，不停地往嘴里塞东西，感觉就像是哈利·波特电影里的场景，而且一直都浓烟弥漫。我是唯一看得见烟的人，可是没人能听到我说话，因为喉炎让我发不出声音。这简直就是“狼来了”故事的翻版。

可以说，日记里的预言全是对的。或者抱着怀疑的态度来看，因为我一直反复想着日记里描写的那个梦境的细节，所以自我强迫之下做了同样的梦。可是，我是真的被罐子落地的响声和罗莎琳的尖叫声惊醒的，跟日记预言的一模一样。

我掀开被单，跪到地上。昨晚我照着预言的指示，把日记本藏在地板下面。既然“明天的塔玛拉”认为这很重要，那我就听她的。谁知道她——或者，我——为什么要费这么大工夫来藏这本蠢东西？也许罗莎琳已经进来窥探过，只是她，或者我，没把这个写到日记里。前几个晚上，我都用木头椅子堵着门。它虽然不能把罗莎琳挡在外面，但起码能在她推门进来的时候提醒我。除了刚来那天晚上，她再也没有进我房间看我睡觉了——据我所知。

我坐在门边的地板上，又一次读起昨晚的内容。这时我听到楼梯上传来脚步声。透过钥匙孔，我看见罗莎琳领着妈妈走上楼来。我几乎忍不住要一跃而起，欢歌热舞一番。这时妈妈的房门又关上了，罗莎琳敲了敲我的房门。

“早上好，塔玛拉。一切都还好吗？”她在外面叫道。

“啊，是的，谢谢你，罗莎琳。楼下出什么事了吗？”

“不，没事。我刚摔碎了一个罐子。”

门把手转动起来。

“啊，不要进来！我没穿衣服！”我扑过去，把门推上。

“噢，好吧……”每次说到身体，尤其是没穿衣服的，都让她很难为情，“早餐十分钟就好。”

“好的。”我轻声说，疑惑着她到底为什么说谎。老妈下楼是件大事。对一般家庭来说也许不是，可现在对我来说它就是头等大事。

这时，我才意识到日记里的每一行都是那么的重要，每一行都是我想从老家一路撒到这儿来的面包屑的痕迹，每个字都是一条线索，一个启示，提醒着我就发生在我眼皮底下的事情。在我读到日记里写的我会被罗莎琳打破罐子的响声和尖叫声惊醒时，我就应该更仔细地推敲它的意思。我早该想到那不是她通常会犯的错，一定是发生了什么事才让她失手摔了罐子。老妈下楼的事情她为什么要撒谎呢？为了保护我？为了保护她？

我坐回到地板上，背靠着门，重新读起昨晚我发现的日记内容。

**7月5日，礼拜天**

我不该把老爸的事告诉韦斯利。我讨厌他看我的样子，一脸的同情。如果他不喜欢我，那就不喜欢好了。有个自杀的爸爸又不会让我变成更好的人——虽然看起来好像是这么回事——可他是怎么知道的？我这么说可能有点儿假，可我不想别人只是因为老爸的事就改变对我的看法。我以前一直以为自己想要的与此恰恰相反，你知道，就是想利用别人的同情心。我想要得到所有人的注意，我可以想怎样就怎样。

我以为我喜欢那样。在老爸死后的第一个月，我曾经得到过一些。那是刚刚发现老爸在书房自杀，我在警察面前哭诉的时候，无数的问题、无数的热茶，无数人轻轻拍着我的背给我安慰；还有住在芭芭拉家马房的时候，露露被派来料理我们的一切怪念头，对我来说基本就是每小时送一次热巧克力和果汁软糖——除了这些，我再没有得到任何特别的关注。除了亚瑟和罗莎琳的特别关注，接下来的这个月，我就沦为了灰姑娘。

我真的无法忍受我们班新来的那个叫苏西的女生。不过我发现她的哥哥是伦斯特橄榄球队的球员，所以每节数学课我都坐到她的旁边，每个周末我都去她家玩。可过了一个月她哥哥就被球队开除了，因为他喝了太多的伏特加和红牛，撞烂了别人的车，被警察抓了。那些小报把他批得体无完肤，他也失去了隐形眼镜公司的赞助。大约一周里，没人再对和他有关的任何事有兴趣了。于是，我也溜了。

我真不敢相信我连这个也写了。太丢脸了。

不管怎样，当我告诉韦斯利老爸自杀的事情之后，他完全改变了态度。我要是说些别的就好了，比如他是在战场上丢了性命，或者——我不知道——说些其他的更常见的死法。如果我说，“顺便说一下，那个自杀的事情，我刚刚是开玩笑的。他实际上是因为心脏病发作去世的。哈哈哈。”——这样会不会很奇怪？

不会，也许不会。

到底谁是韦斯利？我看了看日期，又是明天，所以从现在到明天晚上的这段时间我会遇见一个叫韦斯利的人。绝对不可能。难道他会爬过“罗莎琳碉堡”的重重高墙来跟我问好吗？

昨晚做了那个最最古怪的梦以后，我醒来的时候觉得比睡觉之前还累。睡了这么累人的一觉之后我唯一想做的就是在床上躺一整个上午——实际上，我想躺一整天。这当然不可能，这里有个人形闹钟。她在我的门上敲了一下，就直接推门进来了。

“塔玛拉，现在九点半了。我们要去参加十点的弥撒，然后还要去市场转转。”

过了好一会儿我才明白她在说什么，然后咕哝着说自己不习惯去做弥撒什么的，一边等着一桶圣水迎头浇下。可这样的事没有发生。她迅速地扫了一眼我的房间，确定我没有在夜里把墙壁弄得一塌糊涂，然后说，如果我待在家照顾妈妈也挺好的。

哈利路亚。

我听到车子从车道上开走的声音，想象着她穿着一套两件套毛衣，别着胸针，戴一顶缀着小花的帽子，虽然我已经看见她穿的不是这一身。我想象亚瑟戴着高顶大圆礼帽，开着敞篷的凯迪拉克，想象他们这一路去主日弥撒的路上整个世界一片黑漆漆的。我一开始非常开心他们把我留下，过了一会儿，我才想到，也许她不想让别人看见她跟我一起做弥撒或逛市场，这时才感觉有点受伤，不过也只有一点点。我又迷迷糊糊地睡过去，不知道过了多久，我被一阵汽车喇叭声吵醒。我不理它，继续睡，可那声音越来越大，一直不停。我翻身下床，推开窗户，正准备对外面破口大骂，却看到伊格内修斯修女和另外三名修女挤在一辆黄色的菲亚特里。她坐在后座上，车窗摇下来，一半的身体从窗口伸出来，仿佛会突然朝着太阳喷射出去似的。

“罗密欧！”我叫道，把窗户推得更开。

“你怎么蓬头垢面的，像刚被人从灌木丛里倒着拖出来。”她努力想说服我跟她一起去做弥撒。可是白费力气，我没有答应。然后另一个修女又费了好大力气把她拽回车里。她弓着背挤在后座上，车子很快就呼啸而去，转弯的时候也没有减速。车子消失之前，我看到一只手在挥舞着，一个声音传来，“谢谢你的书”。

我又打了几个小时的盹儿，懒洋洋地享受着自己的空间和自由，再没有罐子哐当落地的声音从厨房传来，也没有罗莎琳在门外吸地毯，不停地用吸尘器撞我的门。醒来的时候，我开始琢磨罗莎琳昨天晚上说的话。好像说老妈撒了谎。他们吵架了吗？亚瑟和老妈吵架了吗？不过我们回来的时候，她似乎心情很好地跟他打了招呼。如果有什么改变了，那是什么呢？我需要找个时间跟亚瑟单独谈谈。

我去看了看老妈，上午十一点的时候她还在睡。这对她来说很不寻常。我用手探了探她的鼻息，她还活着。床边摆着一个早餐托盘，是罗莎琳给她准备的。我从厨房拿了点水果，边啃边在房子里走来走去，随手拿起什么看看，又把客厅的几张照片研究了一下。亚瑟跟一只大鱼的照片，罗莎琳穿浅色衣服拿着帽子的照片，然后是罗莎琳和亚瑟的合照，全是肩并肩，身体却从不接触，就像是在圣餐日被强迫并排站在一起拍照的两个小孩：两手垂在身体旁边，或交握在前面，装出一副老实的样子。

我坐在客厅，继续读菲奥娜送给我的那本书。一点的时候，亚瑟和罗莎琳的车子回来了，一种沉重感袭上心头，我的空间没了，又要跟他们共处一个屋檐之下。游戏还要玩下去，秘密还在继续。

我到底在想些什么？

我应该去查探一番的。我应该溜进车库看看他们到底有多少地方，我觉得这件事罗莎琳也说了谎。我应该打电话叫医生来看看老妈，我应该去马路对面那家调查调查，或者至少从后花园里窥视一番。我应该做很多事情，可我却没精打采地坐在这里，而且我得等一个礼拜，才能再有这样的机会。

真是白白浪费的一天。

记住：以后别再白痴了，而且，让窗户开着。

我明天会继续写。

我把日记本放回老地方，重新盖上那块木板。我从柜子里取出一条干净的毛巾和洗发水。洗发水已经快用完了，还没有换，一是为了省事；二是，我有生以来的第一次，为了省钱。正要去冲澡的时候，我想起日记里提到伊格内修斯修女今天上午会到这里来。这是检验日记的绝好机会。我打开花洒让水一直流着，自己站到楼梯平台上等着她来。

门铃响了，就这么点动静也让我吓了一跳。

罗莎琳打开门。她还没开口说话，从那气氛我就知道，门口是伊格内修斯修女。

“修女，早上好。”

我躲在墙角偷看，只看到罗莎琳的背和屁股。今天她的茶裙是水果公司赞助的，上面点缀着一大堆香蕉的图案。她整个人都塞在打开的那道门缝里，好像她不想让伊格内修斯修女看到她背后有什么。如果不是这个时候外头开始下雨的话，我想她会让修女一直站在门廊上。她们俩走到玄关里，修女四下看了看。我们的目光碰上了。我笑了笑，然后继续藏好。

“请进，请到厨房里来。”罗莎琳说，声音急迫，好像玄关的天花板就快掉下来了一样。

“不了，我在这儿就好。我不会待很久。”伊格内修斯修女站着没动，“我只是顺路过来看看你怎么样。好几个礼拜没有见到你，也没有你的消息了。”

“噢，是的，我很抱歉。亚瑟的工作太忙了，而我……要在这边处理事情。请到厨房里坐坐吧，好吗？”她压低了声音，好像屋里有小娃娃在睡觉。

你藏着一位母亲和她的孩子，罗莎琳，现在供出来吧。

我听到老妈的卧室里传来拖动椅子的声音。

伊格内修斯修女抬头往上看，“那是什么声音？”

“没什么。我想你现在一定在为收取蜂蜜作准备吧。到厨房坐坐吧，来吧，来吧。”

她伸手去拉伊格内修斯修女的手臂，领着她穿过玄关。

“我打算礼拜三的时候取蜜，如果天气好的话。”

“愿上帝保佑。”

“你想要我拿几罐过来？”

老妈的房间里又传来什么东西落地的声音。

伊格内修斯修女停下脚步。罗莎琳拉着她，还在不停地说话，都是些无聊的小事。没完没了的絮叨。这个谁死了，那个谁生病了。住在镇上的梅维斯为了她侄儿约翰的三十岁生日派对去都柏林买衣服，却在那儿被车撞了。她死了，在买完衣服什么的之后。悲惨的是她哥哥去年因为肠癌去世了，家里没人了，剩下她父亲一个人孤零零的，不得不搬到一家养老院去住。他前几个礼拜生病了，视力下降得厉害。还有那场三十岁生日派对也成了伤心派对，大家都沉浸在梅维斯噩耗的打击中。滔滔不绝的废话，没有一句提到老妈和我。房间里的大象又来了。

伊格内修斯修女离开以后，罗莎琳把额头抵在门上，叹了口气。然后她站直身体，转过身，抬头看向楼上。我赶忙闪人，低着头转过墙角的时候，看见罗莎琳的房门半开着，一道影子闪过。

我无法忍受跟罗莎琳和亚瑟坐在一起吃早餐。厨房里的油味让我难受，只要不待在那儿，去哪儿我都愿意。不过我当然知道自己接下来要做什么。我走进老妈的房间。

“妈妈，跟我一起出去吧，拜托。”我握住她的手，轻轻地拉了拉。

她还是像石头一样一动不动。

“妈，拜托，出去呼吸呼吸新鲜空气吧。我们可以在树林里散散步，还可以去湖边转转，看看天鹅。我敢打赌你从来没在这片地方转过。来吧。这儿还有一座漂亮的城堡，很多不错的步道，甚至还有一座围墙花园。”

她直直地看着我，我看见她的瞳孔放大了。她说："秘密花园。"然后微笑起来。

"是的，妈妈。你去过那儿吗?"

"玫瑰。"

"是的，那儿有很多玫瑰。"

"嗯。漂亮，"她轻柔地说，好像突然她来自英格兰北部，"比玫瑰还漂亮。"边说边看向窗外，然后又回头看我，伸出食指勾画着我脸颊的轮廓，"比玫瑰还漂亮。"

我笑了，"谢谢，妈妈。"

"她以前在这附近逛过，是不是?"我冲进厨房大声问道，把罗莎琳吓了一跳。

她把手指放到嘴唇上。亚瑟在讲电话，电话机钉在墙上，式样很老旧。

"罗莎琳，"我小声说，"她说话了。"

她停下擀面的动作，转头看向我，"她说什么了?"

"她说围墙花园是座秘密花园，还说我像玫瑰一样漂亮，"我高兴地说，"实际上，是说我比玫瑰还漂亮。"

罗莎琳阴沉着脸，"那很好啊，亲爱的。"

"那很好？那该死的很好?"我爆发了。

罗莎琳和亚瑟都发出嘘声让我安静。

"是的，那是塔玛拉。"亚瑟说。

"谁来的电话?"

"芭芭拉。"罗莎琳说道，一边使劲地擀着面，扎起的头发有几绺散落下来，额头上冒出了汗珠。

"能让我跟她讲话吗?"我问。

他点点头，“好的，好的。我们肯定能找到办法来解决的。是的。好的。的确。好的。再见。”

他挂上电话。

“我说了我想跟她讲话。”

“噢，她说她有急事必须要挂了。”

“她也许要去跟那个游泳池的救生员睡觉吧。忙，忙！”我恶毒地说，自己也不知道怎么会说出这样的话来，“那她打电话来干吗？”

亚瑟看了看罗莎琳，“嗯，很不幸他们不得不卖掉你们之前住过的那栋房子，所以你们存放在那儿的东西不能再留下了。”

“噢，这儿也没有地方放。”罗莎琳立即说道。

这一幕我很熟悉。

“车库怎么样？”我问道，日记里的内容原来是这个意思。

“那儿也没有地方。”

“我们会找到地方的。”亚瑟和气地对我说。

“我们不会，因为没有地方了。”罗莎琳抓起另一团面，扔到流理台上，用手使劲地又推又揉又压，弄出一个形状来。

“车库里还有地方。”亚瑟说。

罗莎琳停下手里的活儿，但是没有转身，“那儿没有。”

我看看她又看看他，这是他们俩第一次在我面前有不同的意见。

“为什么，那儿放了些什么？”我问道。

罗莎琳头也不回地揉她的面。

“我们一定得腾出地方来，罗莎琳，”亚瑟说，语气相当坚决，就在她要张嘴插话时，他提高了声音，“不然就没处可去了。”

这就是定论了。

我有一个可怕的感觉，他们在讨论我跟老妈搬来他们家住的问题的时候，情况跟这次不会相差很多。

他们没有反对我把毛毯和一盘水果拿到花园去。我坐在树下，因为下过阵雨，地上的草湿漉漉的，可我不想换地方。空气很新鲜，太阳又出来了。从我坐的位置可以看到老妈坐在窗前盯着外面。我想引她出来，为了让她也为了让我自己不要发疯。可是，她果然没有下来。

罗莎琳还在厨房里忙来忙去。亚瑟坐在餐桌前听着开到最大音量的收音机广播，一边翻着报纸。我看着罗莎琳端着托盘走出厨房，一分钟以后，她出现在老妈的房间里。我看着她像往常一样收拾来收拾去，窗户，桌子，被单，餐具。

罗莎琳把托盘放在桌上，然后站得直直地看着老妈。我坐直身子。她在做的事情跟平常不一样，她的嘴开开合合的，好像在说些什么。

老妈抬头看着她，说了些什么，然后转开头。

我不由自主地站起来，看着她们俩。

我冲进屋里，几乎把亚瑟撞倒。我三步并作两步爬上楼梯，一把推开老妈的房门，同时听到一声尖叫和什么东西砸碎的声音。推开的门扎扎实实地打到了罗莎琳和她的托盘，所有东西都摔到地上。

“噢，我的天！”罗莎琳蹲下身子，慌乱地捡拾着地上的碎片。她的裙子拉到了大腿，让我惊讶的是，她的腿看起来非常年轻。老妈坐在椅子里扭过身子，面带微笑地看了看我，然后又转过去看向窗外。我想帮罗莎琳收拾，可她不让我帮忙，拍开我的手，抢着捡起每一片我试图伸手去捡的碎片。我像一条小狗一样跟着她走下楼梯，就差咬她的脚后跟了。

“她说了什么？”我努力地压低声音，不让老妈听到我们在说她。

罗莎琳还没从我的“袭击”中回过神来，发着抖，脸色有点发白。她拿着托盘，摇摇晃晃地走回厨房。

“怎么样呢？”我问，跟在她后面。

“嗯，什么？”

“那是什么声音？”亚瑟问。

“她说了什么？”我问。

罗莎琳看了看亚瑟，又看了看我，瞳孔一缩，翠绿的大眼睛闪了闪。

“托盘掉到地上了，”她对亚瑟说，然后转向我，“没什么。”

“你为什么撒谎？”

她的脸色变了，隐隐有些怒火。我立刻就想把那句话收回来：那是我的想象，我无中生有，我想吸引别人的注意……我不知道，我不知所措。

“对不起，”我结结巴巴地说，“我不是故意要说你撒谎，只是她好像说了什么，就这样。”

“她说，谢谢你。我说，不客气。”

我努力去回想老妈的嘴形。“她说的是对不起。”我冲口而出。

她呆住了，亚瑟从报纸上抬起头来。

“她说的是对不起，对不对？”我问，眼睛在他俩之间扫来扫去，“她为什么那么说？”

“我不知道。”她轻声说。

“你一定知道，亚瑟。”我看着他，“你知道她是什么意思吗？她为什么要说对不起？”

“我想她只是觉得自己给我添了麻烦。”罗莎琳插进来，替他回答，“可我不介意给她做饭，这一点也不麻烦。”

“噢。”

亚瑟显然迫不及待要走。他一出门，一切都回到了平常的样子。

我想等罗莎琳出门以后去车库看看。我学乖了，最好的办法是假装你不想要她离开，她从来没有怀疑过。

“我可以跟你一起带些东西去对面的平房吗？”

“不行。”她烦躁不安地说，还在生我的气，“噢，不过还是很谢谢你，塔玛拉。”

我翻了个白眼。

她取出刚烤好的黑面包和苹果派，还有一锅炖菜和几只保鲜盒。够吃一个礼拜了。

“好吧，谁住在那边？”

没有回答。

“别这样嘛，罗莎琳。我不知道你以前发生过什么事，可我又不是盖世太保。我才十六岁，而且我只是因为无所事事才问你这些。也许那所房子里有什么人我可以说说话，不然我都快闷死了。”

“我妈妈。”她终于说了。

我等着她说完这个句子。我妈妈叫我别多管闲事，我妈妈叫我天天穿茶裙，我妈妈叫我永远不要泄露她的苹果派食谱，我妈妈叫我永远不要享受“性”福……可是接下来什么也没有，她妈妈——她妈妈住在路的对面。

“怎么从来没听你们提过？”

她看起来有一点点尴尬。“噢，你知道……”

“不。是她觉得难为情吗？有时候我爸妈也觉得难为情。”

“不，她……她老了。”

“老人家都很可爱。我能见见她吗？”

“不，塔玛拉，还不是时候。”她放柔声音，“她的身体不是很好。她不能出门，她不喜欢见生人，那会让她紧张的。”

“所以你才总是这么来来回回地跑，可怜的你总是要照顾别人。”

她好像被我的话打动了。

“我是她仅有的亲人了，我必须照顾她。”

“你确定不要我帮你吗？我不会跟她说话的。”

“不了，谢谢你，塔玛拉。谢谢你这么问。”

“所以她搬到你附近来住，好让你照顾她？”

“不是。”她把鸡肉和番茄酱舀到一个蒸锅里。

“那是你为了照顾她搬到她附近？”

“不是。”她把两包袋装加热的米放进另一只保鲜盒，“她一直住在那儿。”

这句话让我想了一分钟，我怔怔地看着她。

“等等，所以那是你长大的地方？”

“是的，”她简单地说，把所有东西放到一只托盘上，“我是在那栋房子里长大的。”

“嗯，你没有搬很远，是不是？所以你跟亚瑟结婚后就搬到这儿来了？”

“是的，塔玛拉。你的问题问够了吧，你知道好奇心害死猫的。”

“无聊才会害死猫呢！”我冲着关上的门大喊。

我跑到客厅，跟之前的每个上午一样，看着她急匆匆地穿过马路，像一只担惊受怕的仓鼠，生怕从空中猛扑下来一只老鹰把她抓走。

她掉了一块抹布，我等着她停下去捡。可她没有，她没有注意到。我飞快地冲出门去，跑过花园小径，像乖孩子一样站在栅门前，等着她跑回来。

我勇敢地跨过栅门，朝对面走去，她现在应该已经发现自己掉了抹布了吧。红色警报：有一块苹果派忘了加热。那栋平房由红砖砌成，外表就很无趣。两扇蒙着白色纱帐的窗户，像两只白内障的眼睛，中间是一张鼻涕绿色的门。窗户给人一种阴暗的感觉，玻璃好像刷了颜色，只反射着外面的光，里面黑沉沉的什么也看不到。我在马路中央捡起那条蓝格子的抹布。这条路上几乎总是没什么车，通往前庭的栅门非常矮，我抬腿就可以跨过去。我想跨过去应该是最安全的方式，不然这扇锈迹斑斑的栅门会暴露我的行迹。我慢慢地穿过庭院，从右边的窗户往里看。我把脸贴在玻璃上，努力透过那可怕的纱帐往里看。可其实我并不知道自己到底期待看到什么。某个惊天大秘密，一个疯狂的教派，一堆死人的尸体，嬉皮士公社，一些奇怪的色情的东西，烟灰缸里有一大堆钥匙……我不知道。什么都行，什么都可以，只要不是眼前的景象：壁炉里没有火，只有一个电暖气，里面贴着棕色瓷砖，壁炉架也贴着瓷砖，地上铺着绿色地毯，摆着几张老旧的木头扶手椅和绿色压花丝绒靠垫。这一幕看起来真让人难过，这有点像牙医诊所的候诊室。我心里有些失落，罗莎琳没有隐藏任何东西。好吧，不完全是这样：她隐藏了本世纪最最糟糕的室内装潢。

没有按门铃，我沿着房子旁边的小径走。一转过墙角，就看见一座小小的花园，里面有一间大大的车库，跟门楼后院的那间一样。窗户里有什么东西在闪光，开始我以为那是照相机的闪光灯，随即意识到那是什么东西在反射太阳光。眼看小径就快要走到头，我不禁很想知道绕过这个墙角会发现什么。

突然，罗莎琳出现在我面前，我惊跳起来，尖叫声在狭窄的走廊上回荡。随即我笑了起来。

罗莎琳立刻朝我嘘了一声，一脸紧张的样子。

“对不起，”我笑着说，“希望我没有吓到你妈妈。你把抹布掉在马路上了，我只是想把它拿给你。那光是什么？”

“什么光？”她往右边挪了挪脚步，挡住了那道晃眼的光，也挡住了我的视线。

“谢谢。”我揉了揉眼睛。

“你最好回去。”她低声说。

“噢，别这样，我起码可以去问声好吧？这对我有点儿太‘史酷比’了，你知道，就是神秘。”

“这儿没什么神秘的东西。我妈妈不喜欢跟陌生人在一起，也许我们改天可以请她过来一起吃顿饭，如果她愿意的话。”

“很好。”我认识的人中又多了一位超过五十岁的了。

看到她的态度放软了很多，我想最后再试一次，看能不能说服她。这时我听到一辆车开过来的声音，也许是马卡斯。我对罗莎琳敬了个礼，转身就跑。

如果来的不是马卡斯，那我这五秒钟的期待心情就是这一天最让我激动的事情了。幸运的是，来的是他。他站在房子的门廊上，用手捋着头发，一边看着映在玻璃上的自己的影子。

“你的耳朵上有一根头发跑出来了。”我边跑边大喊。

他微笑着转过身来，“古德温。很高兴见到你。”

“你是来取那本书的吗？”

他笑着说：“啊，是的，那本书，当然。不知怎么总是在想……那本该死的书。”

“实际上，那本书出了点问题。”

“你怎么了？”

“不，我是说，那本书，那本真正的书。”

“你把它弄丢了。”

“没有，我没把它弄丢……”

“不信。你知道弄丢图书馆的书有什么惩罚吗？”

“花一天时间跟你在一起?”

“不是，古德温。你犯了错，就得付出代价。我要吊销你的借书卡。

“不不不，什么都行，但是千万不要吊销我的借书卡。”

“必须的。来吧，把它给我。”他靠近我，伸手在我身上摸索，“放在哪儿了呢？是在这儿吗?”他的手无所不在，从我的牛仔裤口袋，移到我的肚子上。

“我拒绝把它交出来。”我笑着说，“说真的，马卡斯，我没弄丢它，可你不能把它拿走。”

“我想你还是不懂流动图书馆的规矩。你看，你借了本书，你读了它，如果你高兴也可以拿着它跳舞，然后你得把它还给帅气的图书管理员。”

“不，你看，是这样的，有人打开了那把锁，发现它其实不是一本书，而是一本日记本。所有的书页都完全空白。”

完全空白。没劲透了。

“所以，后来，有人在里头写了东西。”

“啊……有人。那个人不会恰好就是你吧?”

“说实话，不是。我不知道是谁写的。”我在笑，可我说得很认真，“只有头几页写了字。我可以把它们撕下来再把书还给你，可是……”

“你可以就说你把它弄丢了，那更容易。”

“等我一会儿。”

我跑进屋里，冲上楼，掀开地上那块木板，取出日记本，把它抱在胸前跑下楼。

“你不能看里面的内容，不过你看我没有把它弄丢。我可以付你钱，或者随便什么都行……我就是不能把它还给你。”

他意识到我是认真的。

“不，没关系。一本书没什么大不了的。能给我看看吗？有写到什么关于我的事情吗？”

我笑了，把日记本高高举起，不让他拿到。可他比我高多了，伸手就抢了过去。我慌了。他打开第一页，眼看就要读到老爸自杀的丢脸事情。

“我不该把老爸的事告诉韦斯利。”他读道，“韦斯利是谁？”他看着我问。

“我不知道。”我收住笑，想把书从他手里抢回来，“还给我，马卡斯。”

他把日记本递给我。“对不起，我不该看的，可你写错日期了。五号是明天。”

我摇了摇头。至少这不是我一个人的想象，日记的事是真真正正地发生了。

“我很抱歉读了它。”

“不，真的没关系。这不是我写的。”

“也许是基萨尼家的某人。”

我浑身一颤，合上日记本。我太想把它重读一遍了。

“噢，顺便说一下，我找到伊格内修斯修女了！”

“我希望她还活着。”

“她住在另一边，我告诉你怎么走。”

“不，古德温，我不相信你。上次你指给我的是一座倒塌的城堡。”

“我亲自带你去。来吧，送书的，上车！”我跑出花园，跳上车。

他笑着跟上来。

我们在修女的房子外面停下车，我按了按喇叭。

“塔玛拉，你不能这样。这里是修道院。”

“说实话，这里不是一般的修道院。”我又按了按喇叭。

一个穿黑裙子、黑套衫和白衬衣，挂着金十字架，戴着黑白条纹面纱的女人打开门，一脸不高兴的样子。她比伊格内修斯修女更老。我跳下车。

“怎么回事？”

“我们要找伊格内修斯修女，她想借书。”

“现在是祷告时间，她不能受打扰。”

“噢，好吧，等一下。”我在巴士后面翻来翻去，“请你帮我把这个给她，告诉她是塔玛拉给她的，好吗？这是特快专递，她上个礼拜订的。”

“我会的。”修女接过书，立刻关上了门。

“塔玛拉，”马卡斯严厉地说，“你给了她什么书？”

“《陪土耳其亿万富翁过夜》，米尔斯布恩出版社的经典名著。”

“塔玛拉！你会让我被炒鱿鱼的。”

“说得好像你多在乎似的。开车吧，送书的！带我离开这儿！”

我们开车去了镇上，把车停在路边让人们来借书。可实际上我们去了摩洛哥，他甚至在吉萨金字塔旁边吻了我。

“所以这几天你在干什么？”罗莎琳高兴地问，一边舀了足有三千卡路里的东西到我的盘子里。日记又一次说对了，牧羊人派。

我几乎一到家就被她抓住了。我刚把日记本藏好下楼，就碰上了她。我没提跟马卡斯出去的事，万一她以后不许我去就糟了。但她应该不会埋怨我跟修女待在一块儿吧，她会吗？

“我大部分时间都跟伊格内修斯修女待在一起。”

她手上的公用汤匙掉到了碗里，她颤抖着手指把它拈起来。

“伊格内修斯修女？”她问。

“是的。”

“可是……你什么时候认识她的？”

“几天以前。你妈妈今天怎么样？她改天会过来这边吃晚饭吗？”

“你从没跟我们说你几天前见过伊格内修斯修女。”

我只是看着她。她的反应跟日记里写的一模一样。我该跟她说对不起吗？我是不是该想办法阻止这件事？我不知道该怎么做，怎么处理我从日记里得到的讯息。它的意义究竟是什么呢？

我说：“我也没提过礼拜二我大姨妈来了，可她的确来了。”

亚瑟叹了口气，罗莎琳的脸沉了下来。

“你说，你是几天以前认识她的？你确定？”

“当然，我确定。”

“也许你今天刚刚认识她。”

“不是。”

“她知道你住在哪儿吗？”

“是的，当然。她知道我住这儿。”

“我明白了，”她屏着气说，“可是……可是她今早来过这儿，她提都没提过你。”

“真的吗？那你跟她说了什么关于我的事情吗？”

有时候你的语调可以改变一句话的意思，我知道这一点。有时在手机短信里，人们看不到语调，或者搞错了发信者想表达的语调，于是误解就产生了。我曾经给祖儿发过一条五个字的短信，就这五个字的意思使我跟她争吵过无数回。可是这回，我说的这句话，带上了明确的语调。而罗莎琳听懂了。她很聪明，马上就知道我肯定听到了她们的对话。她记得她跟伊格内修斯修女讲话的时候，听到浴室里有水声，所以她知道我是偷听的。

“我跟她交朋友有什么问题吗？你觉得她会对我有不良影响？我会加入某种奇怪的教派，每天穿一身黑？噢，不，等等，也许我会！她是个修女！”我笑着看向亚瑟，他正瞪着罗莎琳。

“你们说了些什么？”

我察觉到一丝慌张。

“我们说了什么很重要吗？”

“我的意思是，你还是个小女孩。你跟一位修女有什么可说的呢？”她微笑着，想要隐藏她的慌张。

我想说那座城堡，那场大火，以及那儿荒废的时间比我以为的要短。我想问罗莎琳谁在大火中丢了性命，活下来的人去哪儿了。这时我想起了日记里的内容，但愿我没有告诉她我了解到的跟城堡有关的那些事。我是不是不该跟她说这些？我沉浸在思考中的时候，罗莎琳一直在盯着我。我舀了一勺肉末，给自己更多时间来思考。

“你知道……我们说了很多各种各样的事情……”

“什么样的事情？”

“罗莎琳。”亚瑟低声叫道。

她猛地转头看向他，好像一只鹿听到了远远传来的扣动扳机的声音。

“你的饭菜要凉了。”他看着她的盘子，她还一口都没吃过。

“噢，是的。”她拿起叉子，叉起一块胡萝卜，却没有放进嘴里，“说下去，孩子，你刚才说什么。”

“罗莎琳。”我叹了口气。

“让她吃饭吧。”亚瑟轻轻地说。

我看向亚瑟，想谢谢他帮我解围，可他没抬头，只是不停地叉起食物塞进嘴里。一种令人尴尬的沉默弥漫在餐桌上，厨房里只有咀嚼声和餐具刮在盘子上的声音。

“抱歉，我要去一下洗手间。”我终于出声，我再也受不了了。

不过我只是走出厨房，躲在门口听着。

“你到底是怎么回事?”亚瑟厉声说道。

“嘘，你小声点儿。”

“我为什么要小声点儿。”他回嘴道，可音量降了下来。

“伊格内修斯修女今天早上来过这儿，可没跟我提起塔玛拉。”她用嘘声说。

“所以?”

“所以她表现得像是不认识她。如果塔玛拉见过她，她一定会跟我说，伊格内修斯修女不是会瞒着我的那种人。她有什么理由不告诉我呢?”

“所以你的意思是什么?塔玛拉在撒谎?”

我张大了嘴，几乎忍不住要冲进去，可她的下一句话拦住了我的脚步。她的声音里饱含着痛苦。

“当然她在撒谎，就跟她妈妈一样。”

长长的沉默，亚瑟什么话也没说。

# 第十三章
# 热闹的城堡

我躺在床上，拼命让自己不去想罗莎琳的话，可那几句话一直在我脑海里一遍又一遍地回荡。过去肯定有什么我不知道的事情，可是现在我什么也不能做，无从了解那桩往事，也不知道罗莎琳的话到底是什么意思。昨天是一本合上的书，不过，明天又是一个新的故事。我把昨天的日记内容读了一遍又一遍，心里像有火在烧。有太多的事情要做。我就这么躺着把明天要做的所有事情列了一遍，即使知道罗莎琳和亚瑟一点之前都不会在家，心里也没有丝毫轻松。这是一个 7 月的潮湿的夜晚。或许今晚就会下暴雨，也或许明天还是个大热天。我打开卧室的窗户，希望能有一点风吹进来，被单已经被我踢掉了。我躺在月亮的蓝光之中，看着乌黑油亮的天空中璀璨的点点星光。

正当我沉浸在一片静谧之中，突然听到猫头鹰的叫声，偶尔还有几声牛羊哞哞咩咩的声音。我已经慢慢习惯了乡下夜晚的各种声音了，不时有一点轻柔的微风吹过，树叶沙沙作响，好像它们也在感激这点凉风。过了一会儿我觉得有一点点冷，伸手去关窗户，这时才发现我本以为是鸟叫的声音其实是从很远的地方传过来的。在乡下谁知道这样的声音可以传多远！可我侧耳细听，听到了高低起伏的谈话声和突然爆发的笑声，也许还有音乐吧，不过一会儿又都回复沉寂，风停了。声音是从城堡的方向传来的。

现在是深夜十一点半。我急匆匆地套上运动服和跑鞋，尽管我已经尽量轻手轻脚地动作，脚下的地板还是嘎吱嘎吱作响。每响一声我都会僵住不动，沉睡的巨人随时会醒来。我把堵在门口的椅子移开，轻轻打开门。要下楼走到前门而不惊动这房子的女主人，简直是高难度的挑战。这时我听到罗莎琳咳嗽的声音，立刻收住了正要往外跨的脚步，关上房门。我从没听过她在晚上咳嗽，那应该是她给我的警告。

我不敢再在嘎吱嘎吱的地板上走来走去，赶忙爬上床，从床垫的这头爬到那头去推窗。这是一张很旧的弹簧床垫，爬动的时候也有声响，不过这声音还算在合理范围之内，就算他们听到也会以为是我在翻身。我从床头柜里拿出手电筒，把窗户推得更开。从大小上来看，我要钻出去一点问题也没有。我的卧室就在门廊的正上方。虽然门廊的顶是尖的，但只要我够小心，还是可以在上面站住脚。从那儿可以比较容易地沿着门廊的木头柱子往下爬，直接到达地面。小菜一碟。

突然，罗莎琳和亚瑟的房门打开了，一阵快速的脚步声在过道上响起。我赶紧钻进被子里，把自己从头到脚盖得严严实实的，以防我的运动服、跑鞋和手电筒被他们看见。我紧紧地闭上眼睛，就在这时我的房门被打开了。窗户还大开着，远处传来的声音听起来那么大声，我的意图简直太容易被看破了。

心脏在胸腔里怦怦地跳，有个人进来了。地板的嘎吱声响起，一声接着一声，那个人朝我走过来，是罗莎琳。从她屏住呼吸的方式，从她的香水味，我知道是她。嘎吱声停住了，意味着她站住不动了。她在看，看着我。

我用尽全力才忍住没睁开眼睛。我尽量把眼皮放松，不让眼珠子转得太快，努力让呼吸显得正常，稍微比平时的声音大一点儿，这样我看起来才像是在沉睡。我感觉她的身体悬停在我上方，几乎忍不住要跳起来攻击，听到窗户关上的声音才知道她在倾着身子去够窗户。我想睁开眼睛，逮她个正着，上演一场闹剧，可这样做我能得到什么好处？

"罗莎琳。"我听到门口传来压低的声音，"你在干什么？"

"我只是想确定她好好的。"

"她当然好好的，她不再是小孩子了。回去睡觉吧。"

我感觉到有一只手在我脸颊上抚过，手指轻柔地把我的头发捋到耳朵后面，就像老妈过去常做的那样。我等着她扯开被子，发现我的夜行服，可是她没有。相反，我感觉到她的呼吸拂过我的脸，嘴唇在我的额头上轻轻地掠过，然后她就走了。门关了。

她不再是小孩子了。

她走了以后，我一直等到亚瑟的鼾声再次响起，才爬出被子，把窗户再次推开，不假思索地爬出去，轻轻地踏上门廊的石板拱顶。直到我落到草地上，抬头看着整栋房子，看着我的卧室，看着紧闭的窗户，我才理解我在日记里留给自己的那个提醒：不要关上窗户。

打开手电筒，我循着声音朝城堡走去。我只能看到前面几英尺的路，几英尺之外的世界完全被吞没在黑夜之中。路旁的树在夜里看来更加神秘，黑暗之中它们不时发出"嘘"声，好像不能说的秘密还有很多很多。随着离城堡越来越近，一阵声音传来，我闻到一股烟味，听到音乐，还有酒杯酒瓶交错的叮当声。我可以看到有光从门厅和城堡右边的窗户完好的房间里透出来，左边和后面的房间一片漆黑。我关掉手电筒，绕到城堡后面，经过两间看得到风景的房间，从那儿可以看见一大片湖水和下到湖边的数百级台阶。我走到昨天自己爬窗出来的房间，侧耳细听。

星光在古老的墙上移动，黄色的星星在天空中盘旋。估计这个房间应该没人，我探身进去看了看，透过对面窗户隐约可见的光亮更让人惊讶。我本以为这里只有我一个人，直到我听到啧啧的亲嘴的声音，随即一声尖叫响起。

然后是一大堆跑来跑去的脚步声，一大堆嘘声，一大堆瓶瓶罐罐被碰翻的哐当声。还有一大堆窃窃私语声。然后我感觉有只手一把扯住我的头发，抓住我的后颈，拖着我朝城堡走去。

“喂，放手。”我又踢又叫，“把你该死的手拿开。”

我拍打着箍在我腰上的手，这一定是男人的手，才能这样一路把我半举半拖着。这时我不由得感谢起罗莎琳来，幸亏她给我吃了那么多高热量的东西，让我长胖了好几磅，要不然我一定会被他轻松地扛在肩膀上。进到城堡里面，我双脚落了地，他仍然站在我身后，手臂还勒在我的腰上。我转过头好几次去打量这个下巴毛茸茸的丑家伙，同时也有六个人在打量着我。有的坐在楼梯上，有的坐在地面的箱子上。我想冲他们大叫，叫他们从我的房子里滚出去。

“她在偷看我们。”之前尖叫声的主人走到门口说，声音喘得像受了什么折磨随时会昏厥过去。

“我没有偷看，”我翻了个白眼，“那么恶心。”

“她是个美国人。”一个人说道。

“我不是美国人。”

“你听起来像美国人。”另一个人说。

“嘿，是汉娜·蒙塔娜。”

哄堂大笑。

“我是从都柏林来的。”

“不，她不是。”

“是，我是。”

“这里离都柏林可远着呢。”

“我只是来这儿过夏天。”

“度假。”有人说道，所有人又都笑了起来。

一个人出现在门口，站在那个尖嗓子的背后。他已经站在那儿听了好一会儿。跟他们说话的时候，我的声音丢脸地变得又尖又利，我自己也没法控制。我不知道自己到底怎么了，怎么在这群乡巴佬面前变得这么沉不住气。

“加里，放开她吧。”最后到的这个人终于开口了。

下巴毛茸茸的加里立刻放开我，这下我知道他们的老大是谁了。

一恢复自由，我立刻振作起精神。

“我可以问几个问题吗？你，就是穿抓绒外套和马丁靴的那位先生，你是要问有关枪炮玫瑰乐队爆红时期的问题吗？”

有人傻笑起来，立刻被人拐了一肘，痛得大叫。下巴毛茸茸的加里仍然站在我后面，手戳着我的后背，痛死我了。

“我刚才在我的房间里听到你们的声音，我本来都要睡觉了。”我意识到自己听起来像是地球上最惹人烦的东西，像是在爸妈的派对上捣乱的小孩。

“你住在附近？”

“她在撒谎。”

“好吧，你觉得我住在哪儿？我从洛杉矶飞过来就为了半夜出来溜达？”

“你住在那栋门楼里吗？”

“皇家门楼。”另一个人说，他们又都笑了起来。

好吧，它当然比不上白金汉宫，可也比在我们开车来这儿的一路上看到的其他农舍要好得多。我逐一打量他们的脸，想找句话来回嘴。告诉他们我住在哪儿会不会很蠢？

“噢，不，我跟你们一样，住在牛棚里，跟一群猪睡在一起。”我回嘴道，“我不知道你们是怎么回事，他看起来也不像住在这附近的人。”

我指的是那位深色皮肤的老大，他就站在门口盯着我。擒贼先擒王，这真不是什么聪明的办法。

他们都瞪大了眼睛，你看看我，我看看你，我不停地从他们嘴里听到“种族歧视”这个词。

“那才不是种族歧视，”我翻了个白眼，“他穿着迪塞尔的衣服。上次我在这个鸟不生蛋的地方找过，没有迪塞尔的店。”

我这么说真的很不聪明。我看过《激流四勇士》这部片子，我知道野蛮人会怎样对付得罪他们的人，而我已经骂过他们跟猪一起睡觉，这可真不是什么高明的开场白，或许我该就此道歉。他们的老大微微一笑，我看到他的牙齿闪着白光。然后他用手捂住嘴，其余的人已经陷入激愤，指指点点地说我种族歧视，说了一遍又一遍，即使我已经清清楚楚地跟他们解释为什么他不像附近的人。那位老大叫他们停下，试着跟那个尖嗓子和另外几个醉醺醺的人讲道理，最后一把抓过我，把我拖出门外，绕到城堡的后面，回到了犯罪现场：我被指控偷窥的地方。

“你是不是要假装杀了我，实际上却放我走？”我问，有一点紧张。是很紧张，好吧，我想他可能要痛扁我一顿。

他微笑，“你是塔玛拉，是不是？”

我目瞪口呆。“你怎么……”然后恍然大悟，“你是韦斯利。”

这下轮到他大吃一惊了，“亚瑟跟你提过我？”

“亚瑟？呃，是的，他当然提过，他老是说起你。”

他看起来一脸困惑，“他也跟我说起过你。”

“是吗？”

我根本没想到亚瑟会跟别人提起我，我甚至无法想象他会说些什么。

“抽烟吗?”

我拿了一支，他抽出一根火柴。火柴点燃的时候，我清楚地看到了他的脸。他的皮肤是牛奶巧克力色，不是黝黑的那种，是非常漂亮的深色。他的眼睛大大的，棕色眼珠，睫毛很长，简直让我有些嫉妒。要知道我以前曾经花了很多零用钱在假睫毛上。他的嘴唇又大又厚，牙齿白亮整齐，下巴和颧骨的线条都很完美。他帅得让我嫉妒。他比我高，高一头。直到火柴烧到了他的手指，他甩开手扔掉，我才意识到他一定也把我打量了一番。他又点燃了一根火柴，我吸了一口香烟，长长的一口。

“谢谢。”

“不客气。”

“你到底在做什么，韦斯利？噢，现在你跟她一起抽烟了？她是那家怪人的亲戚，我希望你知道这一点。”尖嗓子突然出现在近处，另一个女孩跟在她身后，摇摇晃晃地朝我们走来，空气里飘来一股美体小铺礼品包的香味。

“冷静点，凯特。”他说。

“不，我才不要冷静……”她又嘟哝了一大段醉话，然后开始用手里的皮包一下又一下地打他，直到她的朋友把她拉开。

“好吧。”她甩开朋友的手，却摇摇晃晃地眼看要跌倒，又赶忙抓住那女孩，几乎把她朋友一起拽倒在地，“我要回家了。”

“哎哟。”我看着他。

“那又不痛。”

“路易·威登的假包包——你在开玩笑吗？我光是看着它就觉得痛。”

“你是个势利眼。”他微笑地说。

“你是个糟糕的男朋友。”

“她不是我的女朋友。”

“无所谓。”

“你想喝点什么吗？”

我拼命地点头。他大笑起来，然后从窗户里跳进城堡。我跟在他后面。

“嘿，韦斯利，你不会给汉娜·蒙塔娜喝我们的酒，是吧？”

韦斯利没有理会加里，递给了我一罐。

“这是什么？”

“钻石白。”

“从没听过。”

“我怎么解释你才会懂呢？”他认真思考，“你就当它是一种香槟，可它是用苹果酿的。”

我翻了个白眼，“如果你以为我喝香槟的话，那你就太不了解我了。”

“嗯，我是不了解，不是吗？这是苹果酒，美国人管它叫硬苹果酒。”

“我不是美国人。”

“你的口音听起来不像爱尔兰人。”

“而你的长相不像爱尔兰人。也许就像众所周知的那样，爱尔兰人已经变化很大了。”

“我妈妈的头发是红色的，她还有雀斑。”

“那她一定是瑞典人。”

他笑了，指着我后面的一只箱子让我坐下，然后自己在我对面坐下来。

“你爸爸是哪儿的人？”

“马达加斯加。”

“酷，就像那部电影里一样？”

“是的，完全跟那部迪斯尼动画片一模一样。”他沉重地说。

“你去过那儿吗?”

“没有。”

“他怎么搬到这儿来了?”

“因为，所以。”

“啊。”我理解地点了点头，“总是有个好理由。”

我们一起笑了起来。

隔壁有人还在说我是个种族歧视分子。

“我只是说你的衣服，”我低声说，“你穿得比这里的那个‘华生’有品位，还有玛丽艾伦，就是那个穿着山寨雪地靴和一大团红色的女的。”

他笑着喷了一口烟，眼睛定定地看着我的，“她不是我的女朋友。”

“随你怎么说，不过我这超级间谍的眼睛看到的可不是这样。”

“呃，好吧，那只是……”他踩熄了香烟，把烟屁股扔进一个罐子里。我很感谢他的这个动作。我觉得自己像是回到家发现孩子把家里糟蹋得一塌糊涂的家长。“巴士，你知道，”他说，“有轮子的东西把人都带到大城市去了。”

“从哪儿出发的?”我的反应就好像他说出来的是治疗癌症的方子，离开这里的办法……

“邓肖林。从这儿开车过去不到三十分钟。”

“你怎么到那儿去?”

“我老爸开车送我去。”

好吧，我已经没有老爸了。

“顺便问一句，这是你的吗?”他在一个袋子里翻来翻去，递给我一支笔。正是我从亚瑟的写字台上偷的那支，我昨天把它弄丢了。

我觉得好像有什么人在那儿，有人在看着我。

“你昨天在这儿吗?”

“嗯……”他想了很久。

“这问题需要想吗?”我怒了。

“我不知道。不，是的。不，我不知道我昨天在不在这儿。我是今晚发现这支笔的，如果你是想问这个的话。”

“我昨天待在这儿的时候你不在这儿?”

“我大部分时间都跟亚瑟在一起。”他还是没有回答我的问题。

“是吗?”

“嗯，我必须，不是吗?”

“真的?”

“我跟他一起工作。”

“噢。”

“我想你说过亚瑟告诉过你。”

“噢……是的。所以罗莎琳知道你跟亚瑟一起干活吗?”

他点了点头。“我想她不喜欢看到我，不过亚瑟背部扭伤了，他需要有人帮忙。”

“你跟他一起工作多久了?”

他又想了很久，眼睛盯着远方，“噢，让我想想。我和亚瑟一起……三个礼拜了。”

我笑了起来。

“我们上个月才搬到这儿来。”他解释说。

“真的?”我的心提了起来，他跟我是一类人，“从哪儿搬过来?”

“都柏林。”

“我也是!”我激动得像小孩一样。“抱歉，”我感觉自己脸红了，“碰到跟我一样的人就有点激动过头了。你怎么这么快就当上老大了? 你下了什么咒吗？你教他们怎么取火种吗？”

“我发现礼貌待人非常有用。如果你想融入这里的话，就最好不要刺探别人隐私或是混进别人的派对，也不要骂人。”

“我不想融入，”我闷闷不乐地说，“我想离开这里。”

然后我们谁都没说话。

“你知道这儿发生过的事吗？在这个城堡里？”我问。

“你是说诺曼人的那些事？”

“不，不是那个。住在这儿的人发生了什么事，最近的那一辈。”

“起了一场大火还是什么的，然后他们就搬走了。”

“哇，你真应该去写历史书。”

“我们刚搬到这儿来。”他微笑着说，“你为什么想知道？”

“我就是想知道。”

他打量了我一会儿，“我们可以问他们，如果你愿意的话。”他指的是隔壁那些人。

隔壁爆发出一阵笑声，我想他们是在玩转瓶子游戏。

“不，没关系。”

“伊格内修斯修女应该知道。你认识她，是不是？”

“你怎么知道？”

“我跟你说过，我在这附近工作。我又不是瞎子。”

“可我从没见过你。”

他耸了耸肩。

“她叫我去问罗莎琳和亚瑟。”我解释道。

“你的确应该去问他们。你知道罗莎琳是在门楼对面的平房里长大的吗？如果有人知道，那个人就是她。她应该可以告诉你过去的两百年内这里发生的一切事情。”

我不能告诉他，日记里写说我不该去问她任何问题。“我不知道……我觉得他们不想谈这些。她太守口如瓶了。他们一定认识那些人，如果有人在火灾中死了的话，我也不想就这么直统统地问出来。我是说，他们也许仍然跟那些人有联系。亚瑟不可能白干活不领工钱。说实在的，”我打了个响指，“谁付你工钱？”

“亚瑟，他付现金给我。”

“噢。”

“所以你为什么会来这儿？”

“我跟你说过，我在自己房间里听到你们的声音。”

“不，我是说为什么来基萨尼。”

“噢。”

沉默。我的脑子飞快地转着。说什么都好，除了真话。我不想要他的同情。

“我想你说过亚瑟跟你说起过我。”

“如果我能从他那儿多知道些什么，我就应该得奖了。他只说你跟你妈妈搬来跟他们一起住。”

“我们只是，你知道，我们只是不得不搬。只是一阵子，也许只有这个夏天。我们卖掉了以前的房子，等着买一栋新的。”

“你爸爸不在这儿？”

“不，不，他，呃……他离开我妈了，外遇。”

“噢，真抱歉。”

“是的，嗯……她是个二十一岁的模特。她很有名，总是上杂志。她带我一起去酒吧。”

他对我皱起眉头，我觉得自己像个白痴。“你还跟他见面吗？”

“不，没再见过了。”

我听从了自己在日记里的告诫，我要是没把老爸的事告诉韦斯利就好了。可我并没有因此感觉好一点。我对马卡斯撒了谎，那还说得过去，因为跟马卡斯的一切都是一个大大的谎言，可我不想对韦斯利说谎。而且，他迟早会从亚瑟那里得知真相，也许十年后？

“韦斯利，对不起，我说谎了。”我揉了揉脸，“我爸爸……他死了。”

他坐直了身体。“什么？怎么死的？”

我要是说些别的就好了，比如他是在战场上丢了性命，或者——我不知道——说些其他的更常见的死法。

“呃，癌症。”我现在想打住这个话题。我不能再说下去了。我没法继续说谎，我希望他别再问了，“睾丸癌。”

“噢。”

这一招很有效。

我该走了。我谢过他的款待，从窗户里爬了出去。走到一半我停下脚步，又转身跑回去。

“韦斯利……”我站在窗口小声说，有点气喘吁吁的。他正在收拾那些瓶瓶罐罐和烟头。

“你忘了什么东西吗？”

“嗯，是的……”我小声说。

“我们为什么要这么小声说话？”他小声说，微笑着朝窗口走来，倾身把胳膊肘撑在窗台上。

“因为，嗯……我不想大声地说这事。”

“好吧……”他的笑容逐渐褪去。

“你会觉得我很奇怪……”

“我已经觉得你很奇怪了。”

"噢。好吧。呃，我爸爸不是死于癌症。"

"不是?"

"不是。我刚才那么说只是因为那样更容易说出口，虽然睾丸的部分不是那么容易。那只是很奇怪。"

他轻轻地笑了，"他怎么去世的?"

"他自杀了。他吞了一瓶药和一瓶威士忌，有意的，而且，是我发现了他。"

我终于说出来了。他的脸色变了，就像日记里写到的一样，充满同情的眼光。那种不吝投给任何烂人的怜悯眼光。他一句话也没说。

"我只是不想说谎。"我开始往后退。

"好的。谢谢你告诉我。"

"我从没告诉过任何人。"

"我不会告诉任何人的。"

"好的，谢谢。我真的要走了。"

真丢脸。

"晚安。"

他从窗口探身出来，提高了声音，"回头见，塔玛拉。"

"嗯，当然。"

我只想赶快离开。

门厅里的那伙人吹着口哨，大笑着，我重新消失在黑暗中。

那天晚上，我学到了一件重要的事情。你不应该去阻止任何事情的发生。有时你就该感到尴尬，有时你就该在别人面前脆弱，有时这是必然的，因为这是今天的你变成明天的你的必经过程。日记并不总是对的。

# 第十四章
# 下午一点

日记告诉我，今天下午一点以前的时间都是属于我的。

这实在感觉很怪异，今天早上的一切都跟我昨天读到的一模一样。罗莎琳走进我的房间，叫我留在家里，很显然——我第二次这么觉得——她不想让我出现在她认识的人面前。告诉别人老妈和我的存在，告诉别人我爸自杀了，这对她是既可怕又羞耻的事情。我很生气，拼命忍着才没跟她说我也要去弥撒，我老老实实地待在被子里面，听着他们的车在暗沉的天色中开走，从这时候起我的今天就跟日记上的不同了。这种感觉很奇怪，好像就要发生的事情是已经发生过的一样，不过我也有些习惯了。

罗莎琳和亚瑟走了以后，我没有再躺回去睡觉，而是穿好衣服，跑下楼。黄色的菲亚特飞驰过来的时候，我正坐在花园的墙上。车窗果然是放下来的。

“啊!”伊格内修斯修女的眼睛亮了，“正是我想见的姑娘。你去做弥撒吗?”

我看着车里挤成一团的四位修女。

“噢，你可以坐在彼得·雷吉娜修女的腿上。”她开玩笑地说，我听到车里传来“哼”的一声。“我们在每天的晨间弥撒时唱歌。你参加过合唱队，应该加入我们，如果你的喉炎不再发作的话。”

我不去，我向她比着手势，抓着自己的喉咙，嘴巴开开合合的。

“用盐水漱漱口，你很快会好的。”她瞪着我，然后又笑了，“顺便说一句，谢谢你的书。”

“不用谢，”我开口打破自己的沉默，“我特别为你挑的。”

“我也是这么想的，”她咯咯地笑着，“你知道一开始的时候，我不喜欢她，玛丽莲·蒙特罗丝曼。她很傲慢，而且什么都想要。不过看到后面我越来越爱她，跟塔里克一样。他们看起来不是很登对的一对，不过他总能明白她的想法，尤其是在她为父亲的留言而哭泣却不能告诉他时。噢，我必须承认，那一段真让我感动。不过他还是把事情弄明白了，他知道她爱他。聪明的男人！我想这也是他为什么赚了那么多钱，还成为石油大亨的原因。我喜欢他们把两人的合照印在封面上，让我可以一边读一边想象他们的样子。他的头发向后梳得油光滑亮，还有那些肌肉……”

“你真的读了它?”

“噢，是的，我当然读了。康赛普塔修女刚刚开始读。”

坐在副驾驶做的修女扭过头来。“不要跟我透露后面的情节，他刚刚包下私人飞机去伊斯坦布尔。”

“噢，你还没读到最精彩的部分，”伊格内修斯修女拍了拍手，“土耳其是重头戏。”她说。

“我说了要你别剧透。”康赛普塔修女火了，“你会把情节都说出来的。”

“我们得走了。”坐在后排边上的玛丽修女大声说，“我们要迟到了。”

“你好好想想，下个礼拜过来，好吗?”伊格内修斯修女对我说，一脸认真。

“好的。”我点了点头，“我上午还想回床上睡一觉。如果你见到罗莎琳，能不能告诉她这个？”

她眯了眯眼睛，“是吗？”

“是的，我真的想再睡一觉。”

“我明白了。你在忙什么呢？”

“我们真的得走了。”玛丽修女发动了引擎。

“等等，”我有点慌，“我需要你给我个东西，一个名字。”

片刻之后，我看着她们飞一般地转过拐角，没有变灯或刹车，不过伊格内修斯修女的手高高地举在空中挥舞着。

十点钟了。

我把自己要做的事情按重要性排好了顺序，老妈的事当然排在首位。我翻开电话簿，找到了伊格内修斯修女给我的那个名字。电话响了一声，两声，三声，眼看就要转到答录机的时候，一位男士接起了电话。

“你好？”他声音嘶哑地说，随即清了清嗓子，“等等。”我听到他呼吸急促，手忙脚乱地关掉答录机。

我清了清嗓子，大女孩塔玛拉有任务在身。

“你好，我打来是想预约戈达德医生。”

“呃，他现在不在。”他听起来还没睡醒，“要我传话吗？”

“嗯……不用了……他一点以前会回来吗？”

“他的诊所礼拜天不开门。”

我停顿了一会儿，仿佛听到什么我熟悉的东西。

“实际上，我想请医生上门看诊。”

“是急诊吗？”

我屏住呼吸，然后：“韦斯利，是你吗？”

“是的，你是谁？”

说谎，塔玛拉，说谎，编个名字。

“我是塔玛拉，很抱歉吵醒你了。”

“塔玛拉。”他听起来清醒了不少，“你还好吗？你要看医生？他是我爸爸。”

“噢……不是我，是我妈。不过不怎么紧急啦。你觉得他会在一点以前回来吗？”

“我不知道。他们去做弥撒了，然后还要去市集。他们一般一点左右会回来。”

“这可恶的弥撒和市集到底是怎么回事？”

“我知道，他们都爱它。”他打了个呵欠，“我想我爸只是去发名片，看到咳嗽的人就发一张。”

我笑起来，“你昨晚在外面待到很晚吗？”

“你走了以后又待了一个小时，你听到我们的声音了吗？”

“我花了半个小时才爬进房间，我不小心把窗户关了，为了把它撬开我的指甲都毁了。”

他大笑，“你应该回来找我，我可以帮你开窗。我知道亚瑟的秘密工具藏在哪儿。要不要我跟我爸讲一声，让他一点左右打电话过去？”

“不用了，没关系。一点以前我才方便。”

“那明天怎么样？”

我得再等一个礼拜罗莎琳和亚瑟才会一起出门。除非……罗莎琳去看她妈妈的时候，我可以抓住这个小小的机会。

“明天十点到十一点之间？”

“我会跟他说的，我会要他打电话给你。”

“不，”我飞快地说，“他不能打电话来这儿。”

“嗯，你有手机吗?”他问。

“没有。”

“好吧，”他叹了口气，“现在太早了，我脑子还不怎么清醒。给我一秒钟。”

我等着。

“好啦，我猜想，你不想让罗莎琳和亚瑟知道，所以等我老爸回来，我问问他那个时间有没有空，然后我们两点在城堡碰面，我把结果告诉你。”

我微微笑了。他可以打电话给我的，他还想跟我见面。

我挂断电话，感觉精神振奋。第一个任务完成得差不多了。

第二个任务是去对面的平房一探究竟。或者至少去它的后花园看一看，我不想吓坏那位老太太。想好借口，我把几只水果倒进碗里，烧了一壶水，烤了几片吐司，炒了几个鸡蛋……炒得很糟，险些把锅底给烧焦了。我把平底锅放进水槽，不由得担心罗莎琳看到它时会有什么表情。我把所有的东西放到一个托盘上，在上面盖上一条茶巾，就像罗莎琳每天早上做的一样。这是我第一次，也许也是最后一次做早餐，我不禁有些骄傲。我出了门，慢慢地往对面走，努力不让杯子里的茶水洒出来。两手端着托盘，又不能斜过身子去靠着柱子，要跨过栅门实在不是一件容易的事。茶巾被杯子里的茶浸湿了，可我没管它，继续端着托盘走。我走过挂着纱帐的窗户，沿着房子旁边的小径往后走。一道亮光直射在我脸上，眼前一片白茫茫的，什么也看不到了。我紧紧地闭上眼睛，把托盘的一边抵在墙上，腾出手来揉了揉眼睛。托盘几乎掉到地上，杯子和盘子撞在一起发出很大的响声。等那道光慢慢移开，我的视力恢复，我继续往前走，低着头只看地面。走到小径的尽头，进入后花园，我做好了大吃一惊的准备，期待看到一位小个子老太太在照顾花园，看到巨大的蘑菇、精灵和独角兽，看到被罗莎琳藏起来的整个魔法世界。可我什么也没看到。除了一片长长的草地，两边都种着树。罗莎琳的妈妈并不是个园艺能手，肯定不是。

平房的后面看起来和前面一样荒凉：两扇窗户和一扇后门。每扇窗户也都挂着纱网窗帘。一扇是厨房的窗户，因为我模模糊糊地看到了水槽的龙头。后门看起来像是最近才装的，棕色的门上镶着黄色磨砂玻璃。而第二扇窗户里什么也看不到。

我把注意力转向车库，窗户里的那个东西还在不停地闪光，似乎在招呼我上前看看。于是我朝它走过去，走到一半突然想到我该把托盘放下，可我还是端着它继续走。走近一看，那个闪光的东西是一块扭曲的玻璃，挂在一条细绳上，慢慢地旋转，形状像一串葡萄，大概有六十英寸那么长。风透过窗缝吹拂着它，它一圈一圈地转着，给人一种错觉，它好像越转越往下，不停地以不同的角度捕捉着光线。盯着它真让人想睡觉。

正盯着玻璃看，我的注意力被引开了。有什么东西一闪而过。感觉是玻璃上的倒影，于是我转头去看背后有谁。可什么也没有，只有在轻风中徐徐摆动的树枝。我以为刚才是我的想象，可是过了一会儿，它又出现了。车库里有人。我慢慢地更靠近了一些，尽量不让手上的托盘发出声音，心里暗暗后悔不该准备这么一盘东西，鸡蛋和茶肯定已经凉了，抹了黄油的吐司应该也软趴趴的了。车库的窗台跟肩膀差不多高。我躲在角落，踮起脚尖往里看。我不敢朝棚里其他地方看，只把目光紧紧盯着罗莎琳的妈妈，以防她看到我，拿起一块尖玻璃就向我扑过来。

我只能看到她的背影。她穿着一件长长的棕色毛衣，躬着身子站在一张工作台前。她的头发长长的，与其说是灰色不如说是褐色，有些蓬乱，像是一个月没梳过头了。我看了她一会儿，一边犹豫着该不该敲敲窗跟她打个招呼。我甚至不知道她的名字。我甚至不知道罗莎琳的娘家的姓，所以不知道怎么称呼她。终于我鼓起了勇气，轻轻地敲了敲窗。

人影惊跳起来。我希望我没有把她吓出心脏病来。她慢慢地、有点僵硬地半转过身子，朝向我的半边脸几乎都被纠结的长发遮住了。她戴着一副超级大的防护眼镜，镜片遮住了她一半的额头，还挤到她的脸颊上。她整张脸就是头发和眼镜，看起来像一位古怪的教授。

我曲起膝盖把托盘平放在上面，一个不稳，杯子和盘子撞到了一起，摇摇晃晃，叮当作响，茶水都泼了出来。我立刻冲她挥了挥手，露出我最大的笑容，让她知道我不是来杀她的。她只是瞪着我，没有说话，没有表情。我把托盘举得高高的，然后又飞快地把它放回到膝盖上做出吃东西的动作。她仍然毫无反应。这下我才知道自己麻烦大了，事情并没有照计划进行。罗莎琳没说谎：她妈妈不喜欢见到陌生人，即使她喜欢，我也该等罗莎琳介绍我们认识。我往后退了几步。

“我把这个留给你！”我大声说，希望她能听到我。我把托盘放到草地上，倒退着往回走，边走边扫视着花园里的其他地方。一看之下，我不禁惊得张大了嘴，腿也往那边迈过去。一排排晾衣绳架在草坪上。至少有十几二十排。每一排都挂着十几块玻璃，每一块都是扭曲变形的，每一块的形状都不一样，有的皱皱的，有的很平滑，悬荡在微风中，捕捉着光线，闪烁着，静静无声地摇摆着，简直就是一块结满玻璃的地。

我走过车库，来到那块草坪上。每块玻璃都有足够的间隔，所以它们不会彼此碰撞。如果它们之间的距离哪怕再缩短一厘米，我想它们一定会撞到一起。晾衣绳绷得很紧，一头系在花园尽头的墙上，一头系在另一端的杆子上。它们比我还高，所以我不得不一直抬着头，透过玻璃看天空的光。它们简直是我所见过的最美的东西，有的饱满流畅，浑然欲滴，像一滴巨大的泪滴垂在细绳上，非但没有滴下来，反而凝结在半空中。有的没什么曲转回旋的线条，呈现尖刺的形状，更凶猛更锋利，像倒挂的冰柱，像凌厉的武器。每当有风吹过，它们便左右摇摆，我沿着中间的一排走，不时停下细看。我从没见过像它们这么清透、这么纯净的东西，有的里面杂有气泡，有的则纯净无暇。我把手举到空中，透过玻璃来看，有的朦朦胧胧，有的却看得一清二楚，真是迷人。有的扭曲变形令人不安，有的漂亮纤巧却脆弱不堪，仿佛轻轻一碰就会粉碎。

我想再多走几排多看看，当我转过身，却看到罗莎琳的妈妈突然站到了一扇面向这片草坪的窗口。她正看着我，手贴在玻璃上。我停下脚步，站在一排晾衣绳下，感觉自己像一个站在结满玻璃的菜地里的椰菜娃娃。我对她露出微笑，心里疑惑她已经这样看了多久。我努力想看清她的脸和表情，可是却没办法。这一次还是只能看到她的轮廓，她的披肩长发不是我之前以为的褐色，而是灰褐中夹着白色。看不出年纪，看不到脸，她甚至比我没看见她之前更让我觉得神秘了。

我走出挂满玻璃的草坪，最后看了它们一眼，仿佛我会因为擅自闯入而受罚，再也不能看到这片美景了。走到另一片花园，我发现她还在看着我，不再站在窗口，而是远远地站在车库里面看着。

我又冲她挥了挥手，指了指放在地上的托盘，做了个吃东西的动作，好像动物园的喂食时间到了。她仍然毫无反应的盯着我。被她盯得极不自在，我转身飞快地走出花园，一次也没有回头看，可是却有一种过去曾经有过的感觉：小时候，每次摸黑从朋友家跑到自己家，我总觉得背后有一个巫婆跟着我。

十二点了。

我在客厅里来来回回、前前后后、左左右右地走来走去。坐下，又站起。往老妈房间走，走走又停下返转回到客厅。我绞着手指，不时看看窗外，等着罗莎琳的妈妈坐在轮椅上从马路对面冲过来，一边表演独轮特技，一边挥着鞭子。我也在等着罗莎琳和亚瑟的车拐过拐角猛冲回来。没准罗莎琳在平房周围设下了陷阱：我刚被电线绊倒过，也许撞歪了一根草，我刚穿过了一道光束，也许就触发了她手提包里的警报器。她会把我绑在床上，拿一把大锤子砸断我的腿，逼我给她写一篇小说。我写不了那个，要我写日记都很难。我不知道——我觉得有什么事情要发生，任何事情都有可能发生。我在家的时候一直为所欲为，可这里不一样。这里一切都那么严格和古板，就像是一个考古挖掘现场，所有人都踮着脚尖走路，只走规定的路线，讲话要小声，不然地基会崩塌。大家都拿着小刷子和工具在表面刮来刮去，吹去尘土，却从不深挖。我一来就在这里狠命跺脚，拿着铁铲到处挖。我把一切都搞砸了。

现在我得回去把托盘拿回来，不然罗莎琳就会知道我干了什么。我希望我没有害她妈妈中毒——噢，如果她真的中毒了怎么办？鸡蛋是很危险的东西，而且那些水果我忘了洗。沙门氏菌会致命吗？我几乎要拿起电话再打给韦斯利，可我忍住了。这么心急火燎地担心了好长一阵子之后，我意识到什么事也不会发生——至少不会马上发生——而且我真的也并没有做错什么事，我只是想对一位老太太表示友善。怎么样，开枪射我啊。我希望她喜欢我炒的鸡蛋。

然后我镇定下来。我的第三个任务是要去这边花园尽头的车库。我打开从厨房通向花园的后门，跑过草坪，穿过草坪边上的罗莎琳的菜圃。我抬头看了看老妈房间的窗户，窗口什么也没有，她还在睡觉。

作为车库，它还算是不错的一间。它是用跟这栋房子一样的石灰石砌的，看起来比老爸开发的每一个住宅区都建得好。我说这话完全没有贬低老爸的意思，他对自己所建的房子非常自豪，我只是觉得他在乎的并不是建筑本身。他更关心怎么把它们分隔成尽可能小的空间卖给别人。这间车库几乎和花园一样宽，二十五米长。房子右边，在一排修剪得整整齐齐的树篱的另一边有一条拖拉机道，不过花园里还有另一条弯弯曲曲的小路。拖拉机道在房子附近的地方有一条岔路通往车库的双开门。我从没见过亚瑟把拖拉机停进去。或许罗莎琳没说谎，或许里面真的没有地方放我们的东西了。我喜欢从这条路进到车库去，因为从房子里头看不到这里。不过走这条路要开的门很大，要开的锁也大。我看遍了每扇窗户，可是什么也看不到，所有窗户都从里面蒙上了黑色垃圾袋。我推了推那扇单开门，可它上了锁，于是我又绕回到双开门前。我又推又拉，又踢又打，甚至搬起一块石头砸锁，还连续砸了好多下，可是一点用也没有，只在金属锁上砸出了深深浅浅的凹痕。

我回到房子里的时候是十二点半，依然对车库一无所知。我洗了手，换下砸门的时候弄脏的衣服。我去看了看老妈，她总算起床了，正在洗澡。知道罗莎琳和亚瑟还要过一会儿才会回来，我不慌不忙地穿戴整齐，坐在自己床上，看向马路对面的平房。有个东西吸引了我的注意。

前门旁边的石墩上，放着那只托盘。我站起来，仔细查看对面花园和房子。没有人在花园里，也没有人站在窗口。我又看了看车道，车子不在，罗莎琳还没回来。

十二点五十了。

我跑下楼，冲出门外，穿过马路。托盘上面盖着茶巾，跟我把它放下的时候一模一样。底下的食物已经没了，茶杯也空了。餐具闪着光，好像刚刚洗过。盘子上放着一块微缩版的玻璃，是我之前细细打量过的一款，它像一颗小小的泪滴，温润光滑，放在我的心里美极了。托盘上再没有其他东西。没有卡片，没有人说这是给我的。我等了一会儿，可是没有人来。就快到一点了，我不能再等下去。我不能冒这个险，如果罗莎琳回来，发现我拿着托盘和一颗玻璃泪滴站在这里，就糟糕了。我把玻璃放进口袋，以尽可能快而又不打碎托盘上东西的速度穿过马路。

刚关上前门，我就听到罗莎琳和亚瑟的车回来了。我抖着手把洗干净的杯子和盘子放回原处，从客厅抓起一本书，跑上楼，冲进老妈的房间，扑到床上。老妈已经从浴室里出来了，一脸震惊地看着我。不一会儿，门开了，罗莎琳探头进来。

“噢，对不起。”她说，老妈正裹紧身上的浴巾。

她往门外退了几步，退到只能看到我的位置。

“塔玛拉，一切都还好吧？”

“是的，谢谢。”

“你这个上午做了些什么？”她这么问不是出于兴趣，而是出于担忧，而且她担忧的也不是我的无聊。

“我一整个上午都跟妈妈待在一起，读书。”

“噢，很好。”她停了一会儿，还是不愿离开，“如果你需要我，我就在楼下。”

她关上门，我看向老妈，她正看着我微笑。然后她笑开了，摇了摇头，我几乎恨不得去取消戈达德医生的预约了。

门又开了，罗莎琳看着老妈的早餐托盘。

“珍妮弗，你又没吃。”

“噢，”老妈抬起头说，一边穿上她的羊绒睡袍，“塔玛拉会帮我吃的。”然后她对着罗莎琳甜甜地微笑。

“不，不，”罗莎琳急忙走进来，端起托盘，“我把这个拿走。”

老妈一直看着她，蓝眼睛闪着光。

“塔玛拉，你的午餐就快准备好了。”罗莎琳紧张地对我说，然后走了出去。

我迷惑不解地看着老妈，等着她解释，可她又消失了，重新躲回了她的壳里。在受到惊吓或是危险临近的时候，海龟也会躲进壳里保护自己。不管怎样，随着龟壳长大，海龟永远也不会丢掉它们，因为壳已经是身体的一部分。

在那个夏天，每当有人想说服我，老妈永远也不会回到我记忆中的她在老爸去世之前的样子——有人这么暗示过——我就会想起那些海龟。她也许会留着她在过去几个月长起来的新壳，她也许会一直带着它度过以后的人生，可那并不意味着她会消失在壳里。这一天我看到了老妈不会永远消失的证据，我从她的眼睛里看到了。我记得我重新见到她的那一刻，那一刻是下午一点。

# 第十五章
# 储藏室里的玄机

罗莎琳今天看起来很不一样。她穿了一条及膝的米色裙子，后面的中间有一道开叉。上身是一件乳白色有点透明的泡泡袖衬衫，脖子上系了个蝴蝶结，我可以隐隐看到衬衣底下的蕾丝内衣。不过我想她未必知道这是透明的，这实际上相当精致。她还穿了一件配套的米色夹克，领子上别了一只孔雀羽毛的胸针。脚上是一双裸色漆皮露跟鱼嘴鞋，鞋跟只有一两寸高，可她穿起来很好看。我跟她这么说了，她面露喜色，双颊微微泛红。

“谢谢。”

“你在哪儿买的？”

“噢，”讲到她自己她有点难为情，“在邓肖林。离这儿半个小时有个我挺喜欢的地方，玛丽人很好，愿上帝保佑她的灵魂……”

我屏住呼吸，等着她讲完玛丽的悲惨遭遇，故事是她老公死了。除此之外就是一大堆的“上帝保佑她”。

我试着找另外一个话题。

“你有兄弟姐妹吗？”

“有个姐姐在科克，叫海伦，她是位老师。我还有个哥哥，布莱恩，他在波士顿。”

“他们会来这儿吗?”

“有时，不过他们有一阵子没来了。一般是妈妈去看他们，海伦住在科克，至少她可以去换个环境，看看不一样的风景，不过现在她去不了了。她有 MS,”她看着我，打开了话匣子，“就是多发性硬化症，你知道那是什么吗?”

“稍微知道一点，有点像是肌肉不听使唤了。”

“差不多。这些年来情况越来越严重，让她很不方便。所以我每天都要去看她。我不能走远，我不想离开她，你知道，她需要我。”

好像有很多人都需要罗莎琳。可我突然想，这么多人需要一个人，倒不如说她需要他们需要她。我从来不想需要罗莎琳。

她妈妈没有过来告我的状。两点的时候我猛地想起自己还跟韦斯利有约，于是趁着罗莎琳不注意偷偷地溜了出去。她正在准备做水果馅饼。我已经知道，她这个礼拜做出来的三千个各种各样的馅饼不光是给我们和她妈妈吃，还带去周日市集，跟她自己做的果酱和自己种的有机蔬菜一起卖。她回来的时候拿出一只装满钞票和硬币的小袋，转身在里头掏了一会儿，然后把二十欧元放到我手上。说实话我很感动，我不肯收，可她非要我收下。

我到达城堡的时候，韦斯利正坐在楼梯——我的楼梯上。他穿着蓝色牛仔裤，黑 T 恤，上面有一个蓝色的骷髅，脚上是蓝色跑鞋。即使在白天，他看来也很酷。

他抬起头，摘下耳机。“他明天上午十点可以出诊。”

他连招呼也没打就直接说了这么一句。我有点不安。

“噢，太好了，谢谢。”我等着他站起来，像只把信送到的鸽子一样拍拍翅膀飞走，可他坐着不动，“实际上，他能十点十五来吗？以防万一罗萨琳推迟出门。”

"好，没问题，我会跟他说的。"

"好的，太好了，谢谢。"我重复道。

他还是不走，所以我走近了几步，靠在他对面的墙上。

"你认识住在那栋平房里的女人吗？"

"罗莎琳的妈妈？我们搬到这儿来的第一个礼拜我见过她，不过之后就再没见过了。她不怎么出门。她年纪很大了，我想她或许得了老年痴呆症还是什么的。"

"你去过她家吗？"

"我帮亚瑟去送过东西。柴、煤、一些家具之类的东西。不过不管在屋里屋外，罗莎琳都一直跟着我。"他微笑着说，"那里实在不像是有东西可偷的样子，如果她担心的是这个的话。"

"嗯，她的确是在担心一些东西。所以亚瑟从没自己到对面去过……"我自言自语，"他们一定合不来。我想知道为什么。"

"瞧你这样子，简直是神探南茜啊。或者可能是这样，我现在在给亚瑟打杂，既然他不花钱就可以让我来干，他干吗要自己给丈母娘搬摇椅。"

"可他从没去看过她。"

"你真的在寻找什么东西，是不是？"

这让我想起伊格内修斯修女说过的话。她说当我的心灵在搜寻的时候，会做出不同寻常的事情。她在我自己都不知道的时候就知道我在寻找某种东西。

"那只是……"我想了想，"说老实话，我在这儿太无聊了。"我笑起来，"如果我有事可做，或者有朋友，或者有人可以说说话，我应该不会这样没事找事。我不在乎罗莎琳和她的秘密。"

"什么秘密？"他笑着问，"罗莎琳没有秘密，她只是不懂跟人谈话的艺术。她太习惯自己一个人待着了。我想她是不知道怎么跟别人说自己的事。”

“这我知道，我也想过这个，可是……”

“可是什么?”

我不知道怎么回事或为什么，可我突然开始跟他说起过去几天发生的所有事情。所有奇怪的交谈，消失不见的相册，亚瑟认为我妈不想见他的奇怪想法，罗莎琳不能忍受我和任何人单独待在一起而没有她在场的种种表现，罗莎琳跟伊格内修斯修女讲话的时候没有提起我，伊格内修斯修女要我去问罗莎琳问题，罗莎琳说我妈说谎，她想让我妈一直待在房间里，她每天都神秘地消失在对面的平房，而且不想让我过去，还有我在后花园里看到的景象，放在围墙上的托盘，他们关于能不能把我们的东西放在车库的争论。

他耐心地听着，一边不停地鼓励我不要犹豫，继续往下说。

“好吧……”我一说完，他就开口道，“这一切听起来有点怪，而且我能理解你为什么觉得可疑，不过它们也都可以解释。只是因为罗莎琳是个怪人——我没有要冒犯的意思，”他飞快地说，“我知道她是你舅妈。”

“我了解。”

“我到这里的时间不长，所以对这里的人还不够了解，不过罗莎琳真的不怎么跟镇上的人说话。每次我妈碰到她，她总是低着头继续走。我不知道她是因为怕生还是什么别的原因。而且，关于你说的她跟你相处的种种，她知道怎么当一个妈妈吗？不过我也不是说你想的不对，塔玛拉，也许有什么事情他们不想让你知道。我不知道那究竟是什么事，不过如果还有别的怪事发生的话，告诉我。”

“还发生了一件天大的怪事。”我说。

我的心怦怦直跳。我简直不相信自己竟然想告诉他日记的事。我只是太想让他相信我了。

“告诉我。”

“你会觉得我是精神病。”

“我不会。”

“只要相信我没撒谎就好。”

“好的，告诉我吧。”他说，开始有点不耐烦了。

于是我把日记的事告诉了他。

他往后一靠，离我远些——这相当可以理解——手臂交叉在胸前，那副姿势简直就像是关机的电脑。噢上帝。他看我的眼神变了。想来上次我向他坦白老爸的事的时候，他的变脸根本不算什么，这次完全是一个全新的境界。这家伙觉得我是个疯子。

“韦斯利。”我开口，可我不知道还能说什么。

“唷嗬，”突然一个声音叫道，韦斯利精神一振，朝门口看去。一个漂亮的金发女人走进来。她眼睛里只有他，没有看到靠在墙边的我。

“艾希莉，”他惊讶地说，“你来早了。”

“我知道，抱歉，只怪我太想见你了。我带来了一条毯子。”她摇了摇手上提的篮子。她冲到他身边，把篮子放在脚下，伸手搂住他的脖子吻他，而且这不是个姐妹式的吻。很奇怪，我竟然感到一丝嫉妒，不过我没把它当回事。她好像感觉到有人对她不屑一顾，睁开眼睛，看见我站在那儿，抱着胳膊，厌烦地看着他们。

“秀恩爱秀得不错，不过我有点无聊了，我可以走了吗？”

韦斯利挣开她的拥抱，微笑着转向我。

“你是谁？”她看我的样子好像我是什么发臭的东西。“她是谁？”她问他。

“我是他的秘密情人。我们喜欢在古老的城堡里不脱衣服办事，我靠在墙上而他坐在另一边的楼梯上。这是有点难，不过我们喜欢挑战。有点儿变态吧。回见，亲爱的。”我冲他抛了个媚眼，朝门口走去。

“她是塔玛拉，”走出去的时候我听到他说，“她只是个朋友。”

她只是个朋友。这几个几乎可以让所有女人伤心欲绝的字，却让我微笑起来。我刚才讲的那么离奇的故事并没有让他拿着火炬冲过来，把我绑在火刑柱上烧，反而让我在这里交到了一个朋友。

而且，这座城堡是我的见证。

“塔玛拉。”我一路往回走，门楼已经出现在视野之中。这时我听到他叫我。我退了几步，靠路边的树更近一些，这样就算罗莎琳在偷看的话，也看不到我们讲话。

他走近的时候，已经上气不接下气了。

“关于日记的事……”

“哦，对不起，你就当没听到吧——”

“我想相信你，可我没办法。”

他同时既捧我又批我。

“不过如果你告诉我明天会发生什么事，而它明天真的发生了，那我就相信你。这说得通吧，对不对？”

我点了点头。

“如果你说的是真的，不管你打算做什么，我都会帮你。”

我笑了。

“不过如果这些都是你编出来的，”他摇摇头，又用奇怪的眼光看着我，“那你知道……”

“我知道，那你就要当我的男朋友。我懂的。”

他笑了，“所以明天会发生什么事？”

“我还没看日记呢。”

我昨晚出门的时候，新的日记还没出现。今天上午我又太忙，一直没有时间去看。

他一脸怀疑的表情。即使是我也不怎么相信我自己，就算我知道自己没有撒谎。

“我回去就看，然后打电话告诉你。你会在家吗？我不想打扰你和那位‘唷嗬’小姐。”

他笑着说：“好的，你打电话给我吧。”他转身要走，“不过顺便说一下，她不是我的女朋友。”

“她当然不是。”我回答道。

回去以后，我跟亚瑟和罗莎琳一起在客厅坐了一会儿，假装在读菲奥娜送给我的那本书。过了一会儿我就等不下去了，打着哈欠，伸着懒腰，走出客厅上了楼。我从地板下面取出日记本，把椅子搬到门口堵住，然后坐下来。我满怀希望地打开日记本，希望今天早上已经有了新的日记。

一翻开封面，我就看见前一天的字字句句正在渐渐消失，好像墨水被排干了一样，然后在原来的地方，一笔接一笔，一个字接一个字，一行接一行，现出了整齐的字迹——我的整齐的字迹，速度快得我都跟不上。

**7月6日，礼拜一**

简直是灾难！今天上午戈达德医生依约来了。如我所料，十点钟动物园的喂食时间一到，罗莎琳就出门了。我一直看着她过去，确定她没有在路上掉什么会导致她提早跑回来的东西。戈达德医生十点十五分准时到的。我祈祷罗莎琳不要站在窗口往外看，看见他的车停在门口，可我对此也无能为力。我能做的只有让他在进门和出门的时候尽可能地快。我站在门口迎接他，他看起来是一个亲切可爱的人。我不该对此感到惊讶的，毕竟他有韦斯利那样的儿子。我们刚进到门厅，前门就开了，罗莎琳走了进来。老实说，她看到戈达德医生时脸上的表情，就像是被警察逮住了一样。医生没有注意到这一点，他非常亲切地跟她自我介绍，因为他们以前没见过。罗莎琳只是呆呆地看着他，好像有个可怕的东西进到了她的宝贝房子里。她开始紧张地大声抱怨起苹果派的事情。她尝过以后发现自己错把盐当糖放进去了，她以前从没犯过这样的错误。她看起来真的很不高兴，好像这是世界上最糟糕的事情。她回来是要拿另一个本来为这边的晚餐准备的苹果派过去给她妈妈吃，她相信我和亚瑟会理解的。那不过是一个苹果派，可她几乎在发抖。我不知道这是因为她搞错了盐和糖，还是因为我背着她找了一个医生来看妈妈。戈达德医生问候了她的母亲，他听说了老太太身体不舒服。而且，事情发生了最最奇异的扭转，他和罗莎琳坐到厨房里谈起来，却不让我坐在一起听。当他们谈完以后，戈达德医生对我说，他确定他的出诊是完全不必要的。他对我的损失感到很抱歉，给了我一本心理辅导的小册子，然后就走了。

现在事情比我开始之前更糟糕了。我再也受不了了，我再也受不了待在这儿。下次马卡斯过来的时候，我要劫持他的巴士，逼他带我回家。不管它在哪里，它都不在这里。

别指望我明天会再写。

我抖着手把日记本放回到地板底下，知道我得阻止这件事发生。我下楼，罗莎琳正在厨房里准备明天的苹果派。

我坐下来看着她，紧张地咬着指甲，一边犹豫着该做什么。如果我阻止她在苹果派里放盐，那就能让她不会回来太早。可如果我改变这一切，韦斯利就再也不会相信我了。我更需要哪个呢，给老妈看病的医生还是一个能帮我的盟友？

“塔玛拉，能不能请你帮我去储藏室把糖拿过来？”她打断了我的思绪。

我呆住了。

她转过头，“塔玛拉？”

“好的，”我如梦初醒，“我这就去拿。”

“你能在那儿把这个装满吗？这样更简单。”她亲切地微笑着，似乎很享受我们之间融洽的气氛。

我从她手中接过量杯，感觉好像灵魂出窍似的走进储藏室。在这个厨房旁边的小间里，我看到好多个从地面到天花板的架子，上面摆满了一个人可能需要的一切东西，而且够用十年了。调味料分装在带螺旋盖的大口玻璃罐里，贴着标签，上面用漂亮的笔迹标着里面装的是什么东西和它的保质期限。一架根茎类蔬菜：洋葱、马铃薯、甘薯、胡萝卜。一架罐头：羹汤、黄豆、罐装番茄。在那下面是谷物，都装在玻璃罐里：米、各种形状和颜色的意大利面、豆子、燕麦片、扁豆、谷类和干果——无核提子干、葡萄干、杏仁。然后是烘焙用品：面粉、糖、盐和发酵粉，还有很多罐油，橄榄油、芝麻油、香醋、蚝油以及一排排香料。蜂蜜和果酱的罐子则更多：草莓酱、树莓酱、黑莓酱，甚至还有李子酱，数也数不清。糖和盐都已经从它们的包装里倒到了罐子里，贴上了标签，用漂亮的笔迹标明了身份。我伸手去拿盐罐子，手不自主地发抖。我想起昨晚得到的经验：我可以改变日记预言的结果，我不需要跟着它的预言走。如果我没有发现这个日记本，生活依然会继续，只是我不知道明天会发生什么。

不过我随即想到了韦斯利。如果我把糖给罗莎琳，那她明天就不会回家，在医生上楼之前就见到他，也不会说服他不去看妈妈。如果我改变日记，把盐给她，那我就完全不知道接下来会发生什么，所以我也没办法告诉韦斯利，他就不会相信我了。我不但会失去这个新朋友，还会使自己看起来像是地球上最怪的怪人。

可如果我告诉他明天会发生的事，那老妈就见不到医生了。她还会像现在这样坐在楼上，醒了睡，睡了醒，不管醒着还是睡着都没有什么差别。我还能等多久？

我做了决定，伸手拿了一个罐子。

# 第十六章
# 完全抽象

这天晚上我几乎没怎么睡。我在床上翻来覆去，觉得太热，踢开了被子，然后又觉得太冷，又把被子盖上，伸出一条腿一只手，怎么也不舒服。我找不到折衷的办法。于是我壮起胆子下楼，想去厨房打电话给韦斯利讲日记的事情。我没有走台阶，而是翻过楼梯扶手，轻轻地落到石头地板上，我的体操老师应该为我骄傲。不管怎样，我没有弄出嘎吱嘎吱的声音，可还是……就在我伸手去拿电话的时候，罗莎琳出现在门口，穿着一件19世纪样式的睡裙，裙子拖到地上，遮住了她的脚。她看起来就像是一个飘浮的幽灵。

“罗莎琳！”我惊跳起来。

“你在做什么?”她小声问。

“我要去倒杯水，我渴死了。”

“我来给你倒吧。”

“不，”我厉声说，“我自己可以倒，谢谢你。你回去睡觉吧。”

“你倒水的时候我可以陪你……”

“不，罗莎琳，”我提高了音量，“你要给我点空间，拜托。我只是要倒一杯水，然后我就回床上睡觉。”

“好的，好的。”她举起双手投降，“晚安。”

我听见楼梯的嘎吱声响起。然后听到她房门关上的声音，她在卧室里走动的声音，然后是她上床的声音。我冲到电话前，拨了韦斯利的号码。电话铃第一声还没响完，他就接起来了。

“嗨，神探南茜。”

“嗨。”我小声说，然后僵住，突然间不确定自己在做什么。

“你看过日记了?”

我竖起耳朵听着电话那头的动静，一边琢磨到底该不该告诉他。我留意着他的语调——他在等着看我笑话吗?他是不是在陷害我?他那边是不是开着免提，旁边围着他的乡巴佬朋友——你知道，这是我以前会做的事，如果有什么傻子搬到我的地盘，不请自来地溜进我的派对，说些预言日记之类的不着边际的话，我一定会这么对付他。

“塔玛拉?”他问道，我听不出他的语调，没有任何迹象可以让我改变主意。

“是的，我在这儿。”我小声说。

“你看过日记了吗?”

“是的。”我绞尽脑汁。我可以告诉他我是开玩笑的，跟之前我说的那个关于我老爸的玩笑一样好笑的玩笑。唉，我们怎么笑得出来。

“然后?说吧，你都让我等到十一点了。”他笑了，“我一直忍不住猜测各种事情，会有地震吗?有提到彩票号码吗?有什么可以让我们赚钱的事?”

“没有，”我笑了，“只是无聊的想法和情绪。”

“啊，”他说，可我能听出他在微笑，“好吧，有什么说什么吧，预言书上说什么了……”

这天晚上，我每隔半小时就醒来一次，白天的事让我心烦意乱。凌晨三点半，我再也受不了了，拿出日记本，想看看白天的事有什么影响，明天又会发生什么事。

我伸手到床边摸出手电筒，心怦怦直跳地翻开日记本。眼前所见让我不禁揉了揉眼睛，以确定我没看错。单词一个个冒出来，然后又消失，句子还没成型就飞快地隐去，根本看不懂是什么意思。字母像是要从纸面上跳出来似的，东倒西歪乱成一团。日记好像跟我的脑子一样混乱，无法理清思绪。我合上本子，数到十，然后又满怀希望地打开。字词还是在纸面上跳来跳去，完全看不出意思。

不管我和韦斯利正在进行什么样的计划，明天的确已经受到了影响。不过，还不清楚到底是什么样的影响，这显然取决于我明天起床以后的行动。日记还没透露未来的事情，它还在我的手中。

在那以后我就睡着了。我梦到破碎的玻璃，梦到我在那片玻璃地里奔跑，在一个大风天，玻璃块都被风吹起，刮伤我的脸、我的手臂和我的身体，扎进我的皮肤。可那片花园怎么也跑不到头，我在一排排玻璃中迷了路，一道人影站在窗口看着我，脸被头发遮着，每次有光闪过的时候我就能看清她的脸，她看起来很像罗莎琳。我好几次大汗淋漓地醒来，心脏在胸膛里咚咚地跳着，不敢睁开眼睛。然后我再次睡着，竟然又回到同样的梦境里。六点十五分，我再也没法强迫自己继续睡下去，于是就起来了。虽然我的整个计划就是为了帮助老妈回到她原来的样子，可我去看她的时候，竟然隐约地希望她还没有恢复。我不知道为什么——我当然是真心真意地想要她康复——可心里总有一部分，隐藏在阴影中，保护着自我毁灭的按钮，永远不想走出黑暗。

六点四十五，我下楼了，这是我来这里后第一次头一个起床。我倒了一杯茶，坐在客厅里，努力让自己静下心来读菲奥娜给我的那本关于一个隐形女孩的书。我以前平均一天读一段，可这次不知不觉地读得入了迷，连邮递员来了也没注意到，直到听见信封落在玄关地垫上的声音才回过神来。这房子里的一切事情都像定了闹钟一样规律地进行，我总是乐意去做一些不一样的事情，于是我跑到玄关去取信。刚刚弯腰要捡，一只手伸过来，把它们捡了起来，就像一只秃鹫从空中俯冲下来，叼走了它的猎物。

“你不必做这个，塔玛拉。”罗莎琳高兴地说，把信封塞进围裙前面的口袋里。

“我不介意。我只是要把它们捡起来，罗莎琳。我不会打开来读的。”

“你当然不会，”她说得好像从来没这么想过一样，“你休息一会儿。”她微笑着，摸了摸我的肩膀。

“谢谢，”我也微笑着，“你知道，你总该让人帮你一次。”我跟着她进了厨房。

“我喜欢做这个，”她边说，边开始准备早餐，“而且，亚瑟擅长很多事情，可他煮一颗鸡蛋可以煮到九月，如果你让他做的话。”她咯咯直笑。

“说到9月，到那时候会怎么样呢？”我终于问道，“我们的计划是在这儿过夏天。现在是7月，没有人跟我说9月会怎么样。”

“嗯，那时候你的生日就快到了，”她的眼睛亮了，“我们需要谈谈你想怎么过生日。办一个派对？还是去都柏林找几个朋友玩？”

“实际上，我可能想约几个朋友到这里来陪我，”我说，“我想让她们看看我现在住的地方，看看我每天都做些什么。”

罗莎琳听完有点震惊，“这儿？噢……”

“这还只是个想法，”我飞快地说，“这儿对劳拉和祖儿来说太远了，而且可能会给你添很多麻烦……”

我期待她说些什么来让我放心，可她没有。

“再说，比起我的生日，我更想谈谈我的未来。”我换了个话题，“如果9月的时候我们还在这里，看起来很有可能会这样，我从这儿怎么去圣玛丽上学呢？没有巴士，起码没有经过这儿的。我想亚瑟应该不会每天开车接送我上下学……”我期待她跟我说亚瑟就是会这么做，可是，她还是没有。

“嗯，我想这样的事你该跟你妈妈商量，我没法给你答案。”

“可是，罗莎琳，我怎么去跟妈妈商量？”

“你是什么意思？”哐啷，哐啷，乒乒乓乓，哗啦。一切就绪。

“你知道我的意思。”我跳起来，站到她旁边，可她还是不看我，“她根本不说话，她完全精神崩溃了，我不懂你为什么不肯承认这一点。”

“她没有精神崩溃，塔玛拉。”她终于停下动作，朝我看过来，“她只是……伤心。我们需要给她空间和时间，让她自己把一切想明白。现在，你能不能做个乖孩子，帮我去冰箱里拿几颗鸡蛋，我来教你怎么做好吃的煎蛋卷，”她微笑着说，“我在里头给你加一点甜椒怎么样？”

“甜椒。”我高兴地说。她也面露喜色，“可爱而多汁的解决问题的甜椒。”我开心地拖着脚步朝冰箱走去，她的脸色沉了下来。我拿出一颗青椒一颗红椒，“噢，看，你好，青椒先生，你能帮我解决这个问题吗？9月我去哪儿上学呢？”我把它凑到耳边听了听，“噢，不，那肯定不行。”我拿着它摇了摇，“也许我该试试红的这颗。你好，红椒先生，看来罗莎琳觉得你可以解决我的人生问题。你认为会发生什么呢？我们该把妈妈送到精神病院去还是永远让她待在楼上？”我又把它凑到耳边听了听，“不，不行。”我把它们扔到流理台上，“看起来甜椒今天不能帮我们解决问题呢，也许我们该试试洋葱，”我说，装出兴奋的样子，“或者芝士粉！”

“塔玛拉！”我听到亚瑟叫道，声音里有一丝警告，我停住了。我拖着重重的步子走到客厅生闷气。尽管平时不让在客厅吃东西，罗莎琳还是把煎蛋卷给我端了过来。大方的人应该在这时候跟她道歉，可我却只管她要了盐。

十点钟，我看着罗莎琳急匆匆地出门，手上托盘里的食物足够喂饱一大家子人了。在所有今天我所担心的事情之中，有一件是她妈妈会把我去过的事情告诉她。日记里没有写这件事，并不代表它就不会发生。十点十五分，戈达德医生的车开到了门外。我深深地吸了一口气，打开门。

"你一定是塔玛拉吧。"他满脸笑容地说，沿着花园小路走进来。我立刻跟着微笑起来。他很高，身材修长，胖瘦适中，灰白的头发紧贴在头上。他的颧骨很高，眼睛很温柔，让他看起来有一点点像女人，不过他仍然很有男人味，很帅。我把他迎进门，跟他握了握手。

"早上好。这个夏天天气很好，是不是?"他的声音从喉咙深处发出来，好像有一片面包卡在那儿，有一点低沉，像在吟唱一样。他的马达加斯加口音跟爱尔兰腔混在一起，听起来很好听很特别。

"要我帮你拿公文包吗?"我很紧张，战战兢兢的，不知道该做什么。我不安地看着门口。

"不用了，谢谢你，塔玛拉。我需要把它带在身边。"他微笑着说。

"噢，是的，当然。"

"我想你是让我来看你母亲的?"

"是的，她在楼上。我带你上去。"

"谢谢你，塔玛拉。听到你父亲的事我很遗憾。韦斯利把这个伤心的消息告诉我了。这段时间对你们俩来说一定非常难过。"

"是的，谢谢你。"我微笑着，努力吞下喉头的哽咽。每次有人提到老爸我都会这样。

我领着戈达德医生上楼，几乎开始相信我就要逃过一劫了，我可以让妈妈回来，同时又对就要失去韦斯利这个朋友感到难过。这时，前门开了。罗莎琳端着一只锡箔纸盖住的盘子走进来。她看到戈达德医生的眼神就好像他是狰狞的死神一样，她的脸一下子变得煞白。

“早上好。”戈达德医生心情愉快地说。

“你是……”她看看楼梯上的陌生人，又看看我，然后眼光又回到他身上。她眯起了眼睛，“你是新来的医生。”

“的确是我。”他高兴地说，走下楼梯。

不！我在心里对他大吼。

“很高兴见到你。”

“罗莎琳，”她飞快地说，眼光扫过我，回到他身上，“叫我罗莎琳就好了。欢迎你搬到这里来。”

他们握了握手。

“非常感谢。我还必须谢谢您和您丈夫给了韦斯利一份工作。”

罗莎琳瞥了我一眼，满脸不快。“嗯，是的，他很能干。”她不领他的情，“医生，”她困惑地问，“怎么……为什么……塔玛拉，你病了吗？”

“不，我很好，谢谢你，罗莎琳。你能跟我来吗，戈达德医生？”我飞快地说，一边往楼上走。

“你们去哪儿？”

“去我妈妈的房间。”我尽可能礼貌地回答。

“噢，你不会是想去打扰她吧，塔玛拉。”她微笑着对我说道，然后对戈达德医生微微皱了皱眉，好像在暗示他我是个怪人，“你知道睡眠对她来说有多重要。”她看着医生说，“她总是睡不好，我们都理解，当然，在这样的情况下。”

“当然，”他沉重地点点头，然后看着我说，“嗯，也许我该让她好好休息。我可以下次再来。”

“不！”我打断他，“罗莎琳，过去的一个礼拜，大多数时候她一直在不停地睡。”我无法控制地尖叫，简直就像是吱吱响的小提琴。

“因为她晚上无法入眠，当然。”罗莎琳斩钉截铁地说，“你要喝杯茶吗，医生？你也许不会相信，可是我在烤东西的时候错把盐当糖放下去了。我妈吃了差点一头栽到地上，”她笑着说，“虽然早餐她不该吃苹果派，我知道。”她有些歉疚地说。

“你母亲还好吗？”他问，“我听说她身体不舒服。”

“喝杯茶吧，我这就告诉你。”她活泼地说。他笑起来，重又走下楼，“很难对你说不啊，罗莎琳。”

我站在楼梯上，目瞪口呆地看着眼前发生的一切。我从日记里已经知道会这样，可我还是不相信医生这么容易就听从了她的话，置楼上的病人于不顾。

“我只是让你妈妈多休息一会儿，塔玛拉，”戈达德医生说，“稍后我会去看她的。”

“好的。”我小声说，拼命忍住眼泪，因为我知道无论罗莎琳会跟他说什么，他不会再走上这道楼梯。尽管已经知道了结局，我还是试图进厨房加入他们，可罗莎琳在门口挡住了我。

“如果你不介意，塔玛拉，我想跟医生单独谈谈我妈的事。只是要确定一切都没问题，这几天她一直有点不舒服。”

我哽住了，开始有些愧疚，是我的冒昧打扰让她的病情恶化了。可是内疚就只有那么一点点，而且很快就消散了，随之而来的，是我的怒气。我真的不在乎她妈妈会怎么样，我生气她把我妈妈的医生抢走了。

“是的，我当然理解，罗莎琳。我刚才正是想为我自己的妈妈做一模一样的事情。”我刻薄地说，然后抢在她回答之前转身愤怒地冲上楼。我听到门关上的声音。我走进老妈的房间，她还在睡，身子蜷成一团，好像躺在子宫里的娃娃一样。

“妈。”我轻轻地叫道，跪在地上，把她的头发往后抚。

她呻吟了一声。

“妈妈，起床了。”

她的眼睛颤动着睁开了。

“妈妈，我需要你起来。我叫了一个医生来看你。他在楼下，可我需要你走下去见他，或者叫他一声。拜托，就当是为了我?”

她呻吟了一声，又闭上了眼睛。

“妈妈，听着，这很重要，他会帮你好起来的。”

她又睁开眼睛。“不。”她声音沙哑地说。

“我知道，妈妈，我知道你想念爸爸超过世界上的任何东西。我知道你很爱他，你可能觉得这整个世界上再没有什么能让你感觉好一些，但是你可以好起来的，你会好起来的。”

她重又闭上了眼睛。

“妈，拜托，”我小声说，眼泪在眼眶里打转，“我需要你为我这么做。”

妈妈的呼吸平缓悠长，好像又沉入了梦乡。我跪在她床边，呜呜地哭起来。

从底下传来戈达德医生和罗莎琳模糊不清的谈话声。然后厨房门开了，我擦掉眼泪，再次把妈妈摇醒。

“好了妈妈，他来了。你要做的就是走到你的门口。就是这样，不用走更远。”

她因为刚被叫醒而一脸惊慌。

“拜托，妈妈。”

她看起来很困惑。我心里暗暗诅咒了一声，从她身边起来，跑下楼去，罗莎琳正打开前门。

“啊，塔玛拉，我跟罗莎琳谈了谈，我觉得最好暂时不去打扰她，如果她需要我，我会再来的。如果你有任何需要就打电话给我，这是我的名片。”

“我已经打了电话请你今天来看她啦。”

“我知道，不过跟罗莎琳谈过以后，我觉得这没有必要。真的没什么需要担心的。你妈妈正在经历一段艰难的时期，你不用这么担忧她的健康。我确定她只想要你放轻松，

“可你甚至连她的面都没见。”我生气地说。

“塔玛拉……”罗莎琳的声音里带着一丝警告。

戈达德医生看起来有些不自在，对自己的决定也有些不确定。他有什么理由不相信罗莎琳呢，我可以看见他在问自己。罗莎琳也发现了，于是她飞快地走上前。

“太谢谢你过来这一趟了，医生，”她柔声说，“请代我问候莫林和您儿子……”

“韦斯利，”他说，“谢谢，谢谢你的茶和点心。在那里头我没尝出一点儿盐味。”

“噢，不，错放盐的是苹果派。”她像小孩子一样笑起来。

然后他就走了。她关上门，转过身来面对我，可我径直从她身边走过，打开门走了出去，再砰的一声把门关上。我冲到马路上。外面的天气暖暖的，空气里飘荡着甜香，混合着青草和牛粪的气味。远处传来亚瑟的剪草机的声音，轰隆作响的马达把现实挡在亚瑟的世界之外。我左边的远处有一道蓝白的人影站在一片绿色的中央，我认出那是伊格内修

斯修女。我向她跑去，怒气在血液里翻滚。她在城堡前面四分之一英里远的草地上摆了一个画架和一张凳子，面前是一湾湖水，湖的形状像一棵巨大的橡树。才上午就已经很热了，靛蓝的天空中一丝云也没有。她太全神贯注了，几乎把脸贴到了画纸上，一边挥动着画笔一边用舌头舔着嘴唇。

“我恨她。”我大叫道，叫声打破了这片静谧，旁边的树上，一群鸟儿被惊起，扑腾着翅膀向天空飞去。我怒气冲冲地趿着人字拖，踏过被太阳晒枯的草地。

伊格内修斯修女头也没抬。“上午好，塔玛拉，”她愉快地说，“又是一个美好的上午。”

“我恨她！”我更大声了，越走近她我的音量越大。

于是她抬起头看着我，眼睛睁得大大的，里面满是惊慌。她飞快地摇了摇头，来回挥舞着手臂，好像她正站在一条铁轨中间，想要停下迎面而来的火车。

“是的，没错，恨她！”我还是不停地嚷嚷着。

她竖起一根手指放在嘴唇前面，轻轻地晃了晃，好像她要上厕所一样。

“她是撒旦的后代！”我叫道。

“噢，塔玛拉！”她终于爆发了，烦躁地举起双手。

“什么？我才不在乎他怎么想，我情愿他劈死我。让我离开这儿吧，上帝，我受够了，我想回家。”我沮丧地嘀咕着，往后倒在草地上。我仰面躺着，看看着天空，“那朵云看起来像小鸡鸡。”

“噢，塔玛拉，你能不能住口。”她厉声说。

“为什么，我冒犯到你了吗？”我用讽刺的口吻抢白着，我就是想伤害我碰到的每一个人，不管他们有多好多温柔。

“不！你把松鼠吓跑了。”她说，我认识她以来还是第一次见她这么沮丧。我震惊地坐起身来，听着她激动地长篇大论，“整个礼拜我都想方设法要逮到它，我在盘子里放了些好吃的，它才终于被引了过来——它不稀罕坚果，所以那么多关于松鼠和坚果的故事得改改了。它也不碰芝士，可是它爱太妃饼干，你相信吗？可现在你看，它跑了，它再也不会回来了，而且康赛普塔修女会生吞了我，因为我拿了她的太妃饼干。我想你和你夸张的表演把它吓出心脏病来了。”她叹了口气，平静下来，然后转向我，“你恨谁？罗莎琳？我猜。”

我看着她的画：“这是松鼠？看起来像一只长着毛茸茸的尾巴的大象。”

伊格内修斯修女一开始有些生气，又仔细看了看以后，她笑了起来，“噢，塔玛拉，你真是一剂良药，你知道的。”

“不，”我怒道，站起身来，“显然不是，不然我不必打电话给妈妈请医生了，我自己就可以把她治好。”我在她面前走来走去。

她闻言收了笑容，“你打电话叫了戈达德医生？”

“是的，他今天早上来了。我计划趁罗莎琳去给她妈妈喂食的时候让他过来——顺便说一下，我已经见过她妈妈了，她根本不可能每天塞下那么多东西，除非她肚子里有蛔虫。戈达德医生还没来得及上楼，罗莎琳就提前回来了，因为——重点来了——她把盐当作糖放进了她的苹果派，是的，你这么看着我是对的，是我干的，我才不在乎，我明天还会这么干，而且我很快就会知道我有没有这么干。”我喘了口气，“不管怎样，她回来拿那个本来要给我和亚瑟吃的苹果派。我不是在乎这个，因为她给的吃的让我一天放五十个屁，而是她竟然说服了医生不去看我妈妈。所以他现在走了，妈妈还待在卧室里，也许在边流口水边往墙上乱画。”

“她怎么跟他说的?”

“我不知道，我不知道她跟他说了什么。他只说现在妈妈需要的只是休息，如果我有紧急情况什么的需要他的时候，就给他打电话。”

“嗯，医生说的应该没错。”她不太肯定的说。

“修女，他甚至没有见到她的面。他只听了罗莎琳说的鬼话。”

“为什么他不该相信罗莎琳?”她问。

“呃，他为什么该?打电话请他来的人是我，不是罗莎琳。如果我发现妈妈想自杀却没告诉过罗莎琳，那怎么办?”

“她想自杀?”

“不是!但那不是重点。”

“嗯。”伊格内修斯修女陷入了沉默，她用画笔轻轻蘸了一点屎褐色，涂到纸上。

“现在它看起来像一只近亲交配的动物，而且刚刚吃了一颗坏掉的坚果。”我说。

她哼了一声，又笑了起来。

“你祷告吗?我只看到你养蜜蜂，或是栽花种草，或是画画。”

“我喜欢创造新东西，塔玛拉。我一直觉得创造的过程是一种精神体验，在那过程中我的灵感跟上帝的创造精神合而为一了。”

我睁大眼睛，看看四周，“那现在上帝的创造精神去午休了吗?”

伊格内修斯修女陷入了沉思，“我可以去见见她，如果你愿意的话?”她轻声地问。

“谢谢，可她需要的不只是修女。我没有冒犯的意思。”

“塔玛拉，你知道实际上我的工作是什么吗?

“呃，你祷告。”

“是的，我祷告。不过我不只祷告。跟所有天主教修女一样，我立誓保持清贫、贞洁和服从，可是更重要的是，我还立誓帮助穷人、病人和无知的人。我可以跟你妈妈谈谈，塔玛拉，我可以帮忙。”

“噢。我想你说的三项中她占了两项。”

“而且我不像你以为的那样只是个修女，我也受过护理助产的训练。”她边说，边又在画纸上涂了几笔。

“可那太可笑了，她又没有怀孕。”慢了两拍我才反应过来，“等等，你是什么？从什么时候起？”

“噢，我可不是只有漂亮脸蛋，”她咯咯地笑，“那是我的第一份工作。可我一直觉得上帝在召唤我追随圣灵和服务他人，所以我加入了修女的队伍，跟着她们走遍世界各地，既当修女也当助产士。我三十到四十岁的大部分时间都在非洲，走遍了非洲的各个地方，亲眼所见的有蛮荒也有美好。我遇见了最特别、最不平凡的人。”

“你在那儿遇见了什么人送了你那个吗？”我微笑着冲她手上的金戒指点了点头，戒指上还镶着一小块绿宝石。“你帮助穷人的誓言也不过就是这样嘛。如果你卖掉它，你可以在非洲打口井了吧。我在广告上看过这样的事。”

“塔玛拉，”她说，一脸震惊，“这是三十年前我当修女满二十五年的时候她们给我的。”

“可它看起来让人觉得你结婚了——她们为什么给你这个？”

“我跟上帝结婚了。”她微笑。

我嫌恶地板起脸。“恶心。好吧，如果你跟一个真实存在的人结婚，我是说，一个看得见、摸得着、从来不洗袜子的人，那你可以得到一颗钻石作为服侍他二十五年的奖励。”

“现在我所拥有的已经让我很开心了，谢谢你。”她微笑着说，“你爸妈从不带你去做弥撒吗？”

我摇了摇头，学起老爸的样子。“‘信教又没有钱赚。’虽然老爸完全错了。我们去过罗马，也去看过梵蒂冈。那些家伙很有钱。”

“听起来的确像他。”她哈哈笑起来。

“你见过我老爸？”

“噢，是的。”

“什么时候？在哪儿？”

“他来这儿的时候。”

“可我不记得他来过这儿。”

“嗯，他来过。事实如此，万事通小姐。”

我微笑着，“你讨厌他吗？”

伊格内修斯修女摇摇头。

“我才不信呢，我准你说讨厌他。大多数人都这么说，有时候我也这么说。以前我们常常吵架。我跟他一点儿也不像，我想他就是因为这个才讨厌我。”

“塔玛拉。”她握住我的手，我觉得有点不好意思。她那么亲切，那么温柔，仿佛一点点现实就能把她击倒，可她去过那么多地方，工作了那么久，她见过的残酷现实应该比我所见的多得多。“你爸爸非常爱你，全心全意地爱你。他对你很好，是他赐予你美好的生命，总是在你身边守护你。你是个非常幸运的女孩。不要那样说他，他是个伟大的人。”

我立刻内疚起来，可我那根深蒂固的老毛病又发作了，我做了自己通常会做的事。“那你真应该嫁给他，”我说，“那样你的每个手指上都会有个金戒指。”

一阵沉默。我应该道歉，可我没有。伊格内修斯修女继续画她的画。她蘸了一点绿色颜料，把笔头压平在纸上，抖动手腕，画出一条抽搐的曲线。就像一个拿着画笔的乐队指挥，画出了一团绿色的像树叶一样的东西。

“你面前又没有树。”

“也没有松鼠啊，我在发挥我的想象力。不过，这不是一棵树，我想画的是我可怜的小松鼠的栖身之处。你可以把它看成是抽象艺术——从现实出发，描绘非现实的意象。”她开始给我上课，“嗯，这是部分抽象，随意变化具体形象的艺术作品，比如说大幅度地改变色彩和形状的，就属于这类。”

“就像你的褐色大象有一条巨大的尾巴，却没有象鼻子。

她没理睬我的打岔。“另一方面，完全抽象，”她继续说道，“没有一丝线索让你看出它是什么东西。”

我更凑近一些，仔细研究她的画作。“是的，我得说，你这画更接近完全抽象，就像我的人生一样。”

她轻笑起来，“噢，十七岁的戏剧人生。”

“十六岁。”我纠正她，“嘿，我昨天去罗莎琳的妈妈那儿了。”

“是吗？她还好吗？”

“嗯，她给了我这个。”我从口袋里掏出那颗玻璃泪滴，在手中转来转去。它冰冰凉凉、温温润润的，让人平静。“她家里有一大堆这样的东西，太古怪了。在她的后花园里有一间车库，那就像是她的工作间，在那后面有一整块地都挂着这样的玻璃。有的形状很诡异，不过大多数都很美。它们挂在一排排的晾衣绳上，大概有十排吧，而且它们会反光。我想它们都是她做出来的。虽然肯定不是她种出来的，可那真像是一片玻璃田。”我笑着说。

伊格内修斯修女停下画笔，我把玻璃泪滴放到她手心里。“她把这个给你了？”

“不是，呃，实际上她并没有亲手把它交给我。我看到她在车库里，她弯着腰，戴着防护眼镜，忙着做玻璃。我想我把她吓了一跳。所以我把托盘留在花园里了，我给她做了些吃的。”

“你真是太好了。”

“其实我没那么好。你真该去现场看看。罗莎琳并不知道我去了，所以我不得不回去把托盘取回来。它就搁在平房外面的围墙上，我以为它还会是满的，可是所有的食物都吃光了，杯子盘子什么的也洗干净了。这块玻璃就放在盘子里。”我把它从修女手上拿回来，又仔细看了看，“她真好，不是吗？”

“塔玛拉……”伊格内修斯修女伸出手，抓住画架。可画架太轻了，没法给她支撑。

“你还好吗？你看起来有点……”我的话没有说完，因为伊格内修斯修女看起来非常虚弱，我立刻伸手抱住她的身体，这才想起，尽管她看起来很有活力，尽管她笑起来像个孩子，她毕竟已经七十多岁了。

“我没事，我没事。”她说，努力想挤出笑容，“别担心，塔玛拉，你说慢一点儿，回到你刚才说的。你回去取托盘的时候，在上面发现了这块玻璃？”

“是的，在前院的围墙上。”我慢慢地说。

“但是那不可能。你看见她把它放上去了？”

“没有，我只是从我房间的窗户看到了托盘。她把托盘拿出来的时候，我一定是在屋子里的其他地方。你为什么要问这么多问题？你在气我去过她那儿吗？我知道我也许不该去，可罗莎琳也太神神秘秘的了。”

“塔玛拉，”伊格内修斯修女闭上眼睛，再次睁开眼睛的时候，她看起来更疲惫了，“罗莎琳的妈妈，海伦，有多发性硬化症，而且很不幸，情况一年比一年糟糕。她已经不能离开轮椅了，所以罗莎琳才成了她的全职看护。所以你看，她不可能坐着轮椅把托盘送到前院。”她边摇头边说，“不可能。”

“她有可能的，”我回答说，“只要她把托盘放在腿上，她的手就可以空出来去转轮子……”

“不，塔玛拉，前院有台阶。”

我朝平房的方向望去。虽然我从这儿根本看不到，我的眼前仿佛浮现出那道台阶。“噢，是的，那太奇怪了。所以还有谁住在那栋房子里？”我问。

伊格内修斯修女沉默着，她想了很久，四下看了看，“没有其他人，塔玛拉，”她低声说，“没有。”

“可我看见了一个人。你再想想，修女，”我大叫，心里发毛。“我在车库里看到的是谁？一个女人弯着腰，戴着眼镜，防护眼镜，头发长长的。那儿遍地都是这样的玻璃。她会是谁呢？”

伊格内修斯修女不停地摇着头。

“罗莎琳有个姐姐——她跟我提起过她。她住在科克，是个老师。也许她来看望妈妈？你觉得呢？”

伊格内修斯修女仍在摇头。“不。不。不会是她。”

我的脊背一阵阵发冷，鸡皮疙瘩爬了满身。我看了看伊格内修斯修女一向平静的脸，这次它却没能让我平静下来。她脸上的表情分明是看到鬼了似的。

# 第十七章
# 着了魔

我没有再继续问伊格内修斯修女任何问题。她的脸已经灰白一片，没有一点血色。

“坐下吧，修女。来吧，坐到凳子上来。你没事的，只是今天天太热了。”我努力保持冷静，帮她找地方休息。我把木凳搬到离树干更近的地方，这样她可以完全躲在树荫底下。“我们就在这儿休息一会儿，然后就回去。”

她没有回答，只是任由我领着她走。我一只手绕过她的腰，另一只手握住她的手。坐下后，我帮她把几缕散落到脸上的头发捋到后面。她并没有觉得热。

我听到远处有人叫我的名字，韦斯利正朝这边跑过来。我用力地挥舞着双手，让他知道我可以看见他。他跑到跟前的时候已经上气不接下气，不得不弓着背，双手撑在膝盖上，让呼吸平复下来。

“嗨，修女，”他终于开口道，冲她挥手示意，即使他就站在她旁边。“塔玛拉，”他转向我，“我全听到了。”

“听到什么了？”我不耐烦地问。他还在气喘吁吁的。

“罗莎琳……”喘气，“在厨房……”喘气，“跟我老爸……”喘气，“你说得没错，全都没错。糖和盐的事还有……”喘气，“她提前回家的事。你怎么知道的?"

"我跟你说过,"我飞快地看了伊格内修斯修女一眼,可她正盯着远处发呆,看起来好像随时都有可能晕倒,"这些都已经写在日记里了。"

他将信将疑地摇了摇头,我发怒了,"我才不在乎你信不信我,只要告诉我……"

"我相信你,塔玛拉。我只是不相信这件事,你懂吗?"

"是的,我懂。我也一样。"

"好,我早上十点的时候跟亚瑟分开。我们分头干活,所以我得照看南边的那片胡桃树。胡桃树枯萎病的问题很棘手,"他看向伊格内修斯修女,"所以我们不得不尽量把土壤酸碱度维持在6.0以上,剪掉所有病枝……"

"韦斯利,闭嘴。"我打断他。

"好,对不起。我忍不住一直想着你说的话,所以我走到门楼,躲在后花园的厨房窗户外面。我全听到了。罗莎琳一开始谈的是她妈妈,说她的病情已经恶化。她妈妈有多发性硬化症。她问了我爸几个问题,要他给些建议。我想她只是在拖延他的时间。

我点点头。这跟伊格内修斯修女所说的吻合,所以罗莎琳至少在她妈妈的事情上没有对我说谎。

"我老爸实在让我恼火。我很想冲他大叫,叫他上楼去。可就在他提出要上楼去看你妈妈时,罗莎琳开始讲她的事情。我爸急着想上楼,可罗莎琳坚持不让。她说……"他顿住了。

"快点,韦斯利,告诉我。"

"只要你答应我,听了我说的话要保持冷静,直到我们找出解决办法。"

"好啦,好啦。"我催他。

“好。”他说得很慢，边说边观察我的表情，“她说这样的事以前也发生过。你妈妈容易抑郁，常常陷入这样的状态，躲着所有的人……”

“胡说八道!”

“塔玛拉，听着。她说你爸爸和你妈妈一直没有告诉你，所以你不知道这件事。她说你妈妈在吃抗抑郁药，最好的办法就是让她一个人在房里待着，直到抑郁过去。她说他们一直以来都是这么做的。”

“胡扯!”我再一次打断他，“这是谎话！这全是该死的谎话！我妈妈以前从没这样过。她，她——呃，她是个撒谎的婊子！她怎么敢说老爸从没告诉我？我会不知道吗？我每天跟他们待在家里。她从来没有这样过，从来没有!”

我在他面前走来走去，大喊大叫着，血液在沸腾。我气极了，我恨不得把天空撕下来。我感觉事情已经完全不在自己的掌握之中，这一切我似乎已经无能为力了。我问我自己是不是真的没注意到老妈的反常？是不是她以前真的这样过而我却不记得了？是不是我就是这么糟糕的女儿，轻易就被他们搪塞过去？我想起我们的周末出游——是不是他们去了别的地方？我想起她在老爸面前的浅浅微笑，她从来不像别人的妈妈那样热情过头，她总是什么也不说。她只是不怎么情绪化，她几乎不哭，她不是多愁善感的人，可这不会使她抑郁。不，不，不，罗莎琳怎么敢说我老爸说了谎，明知他已经无法为自己辩护了。错了，统统错了。

韦斯利想抓住我，让我冷静下来，可我不停地尖叫，我还记得这个。然后我记得伊格内修斯修女站起身走到我身边张开双臂，那张温柔而忧愁的苍老的脸流露出极难过、极怜惜的表情，我几乎不忍卒视。

“塔玛拉，你现在必须听我说……”她在说话，可我不想听。我拼命挣扎，从他们手里挣脱出来。我记得自己冲了出去，一路狂奔，听到他们在呼喊我的名字。我跌倒了好几次，感觉到韦斯利要从后面抓住我。

我尖叫着继续跑，越跑越快，只想把紧跟在后面的他甩开。我不知道他什么时候停下脚步，决定不再管我。虽然心里痛得几乎无法呼吸，我仍然继续往前跑。滚烫的眼泪从眼角流出来，直直地飞到了耳后，我的速度快得眼泪都掉不下来。我跑出树林，直直地冲到马路上，发动机的轰响声、轮胎的急刹车声、长长的喇叭声一齐涌进我的耳朵。我僵住了，完全动不了了。我等着车冲过来，等着保险杆狠狠地撞上我，等着自己被撞飞起来，飞上挡风玻璃，可是这一切没有发生。我腿边感觉到汽车栅格的热度，那么近，太近了，内心阴暗的那个部分却觉得它还不够近。随后，我听到了车门打开的声音，随后是一个男人的叫喊。我双手捂着耳朵，不停地哭着，喘不过气来，我听见有人不停地喊着我的名字。怒气冲冲的，咄咄逼人的，责难的，仿佛都是我的错。

终于，声音柔和下来，有人伸手抱住了我，轻轻地摇着我。周围的噪音渐渐消失了，我发觉自己正在马卡斯的怀抱之中，图书巴士停在我们旁边，我抽抽搭搭地哭着，不受控制的眼泪浸湿了他的衬衫。

我终于抬起头来看他，他的脸上写满了不安和担忧。

“所以我们现在应该去哪儿？巴黎？澳大利亚？”他温柔地微笑着问道。

“不，”我抽泣着，“我要回家。我只要回家。”

巴士开往基里尼的路上，我一直沉默着。马卡斯问了几个问题，但过了一会儿，他就放弃了。我终于停止了抽泣，身体也不再剧烈地抖动，只是微微有些发颤。因为刚才太激动的缘故，我感到有些虚弱，一切都让我疲惫不堪。我用沾满鼻涕的纸巾最后一次擦了擦眼睛，深深地吸了一口气，然后呼出来。

“听起来已经好多了。”马卡斯看着我说，车子停在红灯前，“你现在愿意跟我说话了吗？”

我清了清嗓子，对他露出微笑，“你好，马卡斯。我想大醉一场。”

“你知道吗，我正好也想这么做。”他顽皮地一笑，灯一转绿，就把车开到路边一间卖酒的铺子外面停下来，“你真是个跟我志同道合的女人。”说完，他关上门，跑进了那家酒铺。

我那时候应该告诉他我的年龄的，那样我后来也不至于那么心痛。我离十七岁生日还有三个礼拜，不过对他来说也许还是太小了。我不太清楚自己在想些什么，我其实已经没有能力思考了。我觉得麻木，而且想变得更加麻木。我不想有感觉，我不想思考。我的人生已经完全失控，我自己也想失控。哪怕只有一小会儿也好。

我们离基里尼只有一个小时的车程。一个小时的距离不算什么，但对我来说那却是另一个世界。我的家、我的地方都已经被夺走了，我感觉我自己也随着它们一起被带走了。我想有的人并不了解家被夺走的感觉。当然，你外出时会想家，如果你搬家了也可能会怀念那个地方。可我们是被逼迫着搬走的，银行完全不管什么温情、回忆、家庭那一套，他们追着我老爸，折磨他，逼得他结束了自己的生命。在那之后，他们竟然还要夺走我们充满回忆的房子，我们家的根基。我们被赶出来，不得不跟几乎不认识的亲戚住在一起，而我们的房子还蹲在原地，那么大，却空空如也，边墙上钉着“待售”的牌子，仿佛在向我们比划出胜利的手势，而我们不得不像陌生人一样坐在外面看着它，却无论如何再也回不去。

“你还有这里的钥匙吗?”马卡斯问，车子在弯弯曲曲的马路上穿行。

我点点头，又一个谎言。

“嘿，悠着点儿喝，塔玛拉。”他看着我大口灌着我的第三罐啤酒，“给我留点儿。”他笑着说。

我把它喝完，大声地打了个嗝儿。

“真性感。”他笑着说，一边留神看着路。

如果你现在问我，我会老实说，就是在这一刻，我神智清醒地决定了我要做什么。当然我可以怪他让我有了这样的想法，可说真的，这是我自己的主意。或许从我冲到马路上，他伸手抱住我的那一秒起，我就知道我们会回到这里来，我会跟他一起躺倒在我卧室地板上。或许早在我遇见他的第一天我就决定要这么做，或许我早就都计划好了，或许我比自己以为的更有掌控能力，又或许，只是因为第三罐啤酒让我的情绪陷入了完全的混乱。一路上我给马卡斯指方向，给他讲故事，告诉他住在那儿的人的名字。我并没有期待他回应，他回不回答我都无所谓。我说这些只是因为我想说话，我的声音听起来像是从另一个地方传来的。我感觉我不是我，我不再在乎自己是谁。我放弃假装平时的我，那个和祖儿、劳拉同类的人，那个跟周围所有人无异的人。我一直那么装着，好像这样就能让生活容易许多。可其实，这样装模作样一点用也没有。对劳拉来说没用，对祖儿来说没用，对我自己来说，当然更加没用。

我们在那栋房子外面停下来。我叫马卡斯把巴士停到附近的一条巷子里，以防被别人看到。这个时候，我们最不愿碰到的事就是周围的邻居跑到这儿来借书。我家的房子从马路上看不到。巨大的装着摄像头的黑色大门和十米高的围墙足以让所有小偷望而却步。老爸花了大把的时间在大门上：设计草图画了一份又一份，不停地问我和老妈的意见，带我去门口问我的看法，可我从来没有回答过他，我只告诉他我压根就不在乎。我总是伤害他。

我好像连这个也跟马卡斯说了，可我不怎么确定。

“我的钥匙里没有大门的遥控器，”我听到自己说，“我得爬进去，从里面把门打开。”

我有一套办法。我已经这么干过好多回了。放学回家后老妈老爸经常没收我的钥匙，阻止我偷溜出去。虽然大门这么高，我还是顺利地翻过去好多次。我听到马卡斯在指点我该从哪儿爬，可我没听他的。我的身体仿佛有自己的意识，三下两下就攀了上去，安全地着陆在另一边。我沿着长长的车道往我们的房子走，听到马卡斯在门外鼓掌叫好。他以为他还在我旁边，可其实我已经离他很远了。

我们的房子——玻璃，石块，木头，明亮，浅色调，现代，而又通透，就像是从展品目录里搬出来的一样。石块的装饰是为了跟整栋房子的岩石外墙作搭配。木头家具和房子四周的树木和谐地交融，玻璃则给我们造出绵延的大海般的景致。老爸努力地想要打造出最最完美的让我和老妈永远不想离开的地方，他做到了。我知道前门一定被锁上了，我的身体自动地领着我绕到房子后面。

我看到后花园里静静地躺着一个网球，它一直在那儿，浸了水，湿漉漉的。它是从我们旁边的网球场飞过来的，我一直懒得去捡它。那天我跟老爸在后花园打球。那时候已经是春天了，我们又开始使用室外的网球场，可我打得很烂。整个冬天都没有碰过球拍，我已经生锈了。我总是挥拍落空，或是把球打过围栏，总是要跑去花园里捡球，所以心里越来越厌烦。老爸很耐心，他没有冲我大吼，他什么话也没说。不是他打飞的球他也跑去捡，他甚至故意出错，可那让我更加生气。我记得他穿着他的白色网球短裤和白色的带领子的T恤，他把运动袜拉得很高，即使除了我周围没有别人看见，这也让我觉得丢脸。我可爱的老爸……

花园里的那对雕像也还在，我爷爷，老爸的老爸，在世的时候总是习惯对着它们说话。那是一对胖乎乎的夫妻，手里拿着园艺工具，男的还光着屁股。爷爷给它们取名叫米尔德丽德和特里斯坦，没有什么特别的原因，不过总是逗得还是小孩子的我哈哈大笑。米尔德丽德和特里斯坦已经成为我们家的一份子，可老妈显然没有打算带它们一起搬家，所以现在就剩下它们住在这偌大的房子里。晾衣绳下面的草地上，躺着一只红色的塑料衣夹子，那还是上次晾衣服的时候掉在那儿的。

我爬到游泳池顶上。那架陈旧的木头梯子还在，饱受日晒雨淋。我以前老把它搁在那儿，方便自己半夜开溜。游泳池上搭着蓝色的帆布房子，六张躺椅斜斜地摆在窗户旁边，上面还放着粉色的靠垫，好像在等着我去晨泳。有张躺椅上还留着一个瘪瘪的游泳圈，那是我从马贝拉带回来的，粉红色，火烈鸟的形状。曼纽尔——我去年吻过的一个男孩——把它送给了我，我决心把它带回家来。它平躺在那儿，再没人去用它，就像一个被丢弃的吻。

从游泳池顶上，我又沿着楼梯爬上我房间的露台。露台通往房间的那扇门没有上锁。这么高的地方，没人觉得小偷会爬上来。我好不容易爬上来的时候也不禁头晕目眩。天有点凉，因为我们已经靠近海边了。海边的空气很冷，海风吹散了 7 月的热气，带来海草和盐的味道。我朝海滩方向眺望，一边欣赏着眼底的风景，一边回忆起跟爸妈度过的十六个夏天，以及跟朋友厮混的夜晚。我仿佛看见一家人在沙滩上划着自己的名字，看见那个小女孩把她老爸埋在沙子里。我不知道自己在那儿站了多久，几乎都忘了马卡斯还在门外等我。

一打开露台上的门，警报器就响了起来。我立刻冲进去，只希望他们还没有把密码改了。他们的确没有，当然。有哪个精神正常的业主会溜进自己被收回的房子呢？

第一次按下密码的时候，我的手指颤抖得厉害，不得不重新再按一次，警铃声终于停了。我深深地吸了几口气，等着铃声的回声消失。我按下了大门的按钮，然后走下楼去打开前门。我一边等着马卡斯沿路走上来，一边在房子里走来走去。我伸出手指滑过所有的表面，有的地方积了些灰尘。我听到马卡斯走了进来，他的声音在门厅里回响。他吹了声口哨，显然这房子让他惊叹。

我走进厨房，仿佛看见晚餐摆在餐桌上，简易早点摆在早餐吧台上，还有旁边餐厅里的圣诞大餐，我们在这里开过各种喧闹的派对，生日派对，新年派对。我记得我们曾经在这里吵架，老妈和老爸，我和老爸。我记得我们曾在这里跳舞，我跟老爸一起跳，那是在一个派对上，在大伙儿的面前。我记得老爸在派对上的拿手把戏，他总爱讲一个很长的故事，我从没真正听懂过，不过还是爱听他讲。他总是讲得活灵活现，在他信任的人面前，他喜欢成为别人瞩目的焦点。他的脸因为酒精而涨得通红，碧蓝的眼睛也有些呆滞，不过他会不着痕迹地把故事改了，只是为了快点讲完，好看到大家笑得前俯后仰。我还记得老妈整晚和她的女友们聚在一起，那些贵妇们穿着昂贵的鞋子，展示着纤细的脚踝、晒黑的皮肤和染成各种颜色的头发。

我转过脸，看见老爸在大厅里穿过，冲着我眨了眨眼，手里夹着雪茄，走进唯一那间老妈准他抽烟的房间。我跟着他走进去。我看见他跟里面的朋友打招呼，他们有的坐着聊天，有的打台球。他打开最好的白兰地，所有人都欢呼起来。我看了看四周的墙壁，记起这里曾经挂着的那些照片。他的成就，他的学位，他的运动会奖杯，他的全家福。我第一天去学校时眼泪汪汪的照片，迪斯尼乐园里我穿着米老鼠T恤扎着小辫坐在他肩膀上笑得露出缺口的门牙的照片。我走到隔壁，这里有老爸和他的朋友们在阿斯彭滑雪场顶上的照片，还有老爸和特里克·哈灵顿在一次名人慈善活动时一起打高尔夫球的照片。

我接着走进视听室，看见他坐在他最爱的扶手椅里看电视。老妈坐在另一个角落，双腿蜷起，双手搂着腿，像是自我防护似的，电视里的喜剧节目让他们俩笑出声来。然后，他看着我，又眨了眨眼。他站起来，我继续跟着他走。我们穿过门厅，从马卡斯旁边经过，他正看着我。然后老爸穿过了紧闭的书房的门，消失在门后。那个地方我进不去了……

那次吵架，我们的那次可怕的吵架，我当着他的面摔门冲上楼去。我真应该告诉他我爱他，我真应该跟他说对不起，然后抱住他。

“我再也不想见到你了。我恨你！”

“塔玛拉，回来！”这是他的声音。我多想再听一次他迷人的声音。噢，爸爸，我在这儿，我回来了。拜托你从书房里出来吧。

然后第二天早上，我看到他，我漂亮的老爸，我帅气的老爸，躺在地板上。他不应该是这个样子；他应该长命百岁；他应该永远在我身边；他应该帮我考察我的男朋友，然后牵着我走过红地毯；他应该温柔地劝说妈妈让我做我想做的事；他应该在对上我的目光时朝我眨眼；他应该骄傲地看着我长大。等他老了，我会在他身边保护他，陪着他，报答他。

这是我的错，全是我的错。我拼命地想救他，可我甚至不知道怎么做才是对的。如果我知道救他的方法，如果我在学校好好学习，如果我曾经努力成为一个更关心别人、更善良的人，而不是那个自私的我，我就能救他了。他们说我发现他的时候已经晚了，我做任何事都没法救他回来，可是谁知道呢？我是他女儿——也许凭这个我就可以把他救回来。

那个房间，他的房间，弥漫着他的味道：他的须后水、雪茄、红酒、白兰地，他的书和实木家具。在那间房里，他结束了自己的生命，还有那块地毯——葬礼后的那个晚上，我把喝进肚里的红酒统统吐在了上面。我进不去，那里我根本进不去。

我听到易拉罐的碰撞声和塑料袋的窸窣声。我转过身，马卡斯正看着我。

“不错的房子。”

“谢谢。”

“你还好吗？”

我点了点头。

“回到这儿一定感觉怪怪的吧。”

我又点了点头。

“你今天不怎么爱说话啊。”

“我带你来这儿不是为了说话。”

他看着我。我从他的脸上可以看出来，他跟我想的一样。

告诉他，告诉他。

“来吧，让我带你参观这里最好的房间。”我微笑着说。我拉着他的手，领他往楼上走去。

回到我的卧室，我躺倒在柔软的乳白色长毛绒地毯上。我的配着白色真皮床头的超大号的大床曾经摆在上面。我的头晕乎乎的，因为酒精，也因为接下来即将发生的事情。我想忘记今天的一切——伊格内修斯修女、韦斯利、罗莎琳、戈达德医生、罗莎琳妈妈家的神秘女人。我想忘记妈妈，忘记我要把她软弱无力的身体从床上拖起来，我想忘记基萨尼和那儿的所有人，我想忘记我们曾经离开过这栋房子，想忘记老爸所做的事情。我想回到那个自己偷溜出门、回来后又跟他吵架的晚上。我想改变一切。

然后一切都改变了。

一切。

# 第十八章
# 安息吧

两年以前，我们在基里尼的房子可以卖到八百万欧元的天价，现在挂出的价格却只有当时的一半了。我知道它曾经值多少钱是因为老爸会定期请人给它估价。每次新的估价报告出来，他就会从他八百万欧元豪宅的酒窖里取出一瓶价值六百欧元的拉图堡红酒，跟他完美妻子和青春期荷尔蒙失调的女儿一起分享。

尽管有很多人都对老爸的成功有看法，可是我没有——这并不只因为他的成功不可避免地给我们带来很多好处，讽刺的是，他的失败也把我们拖入了深渊——而是因为他工作很卖力，起早贪黑，连周末也加班加点。他喜欢他所做的事情，他定期捐钱给慈善机构。不管他是穿着晚礼服站在闪光灯前捐款，还是在慈善舞会的拍卖会上举手叫价，那都没关系，重要的是他付出了。有一个昂贵的家并没有错，一点错也没有。通过努力而获得成就是值得骄傲的事情，可那不该源自他随着一次次成功而日益膨胀的面子，那应该出自他的内心。他的成功就像是《奇幻森林历险记》里的那个巫婆：出于一切错误的原因，在一切错误的地点把老爸的雄心滋养得大大的。老爸的成功是他应得的，他只是应该学着谦逊一点儿，那也是我需要学习的东西。坐在老爸的银色阿斯顿·马丁跑车里去上学时，我曾经以为自己多么与众不同。在别人用原价的零头就可以在二手车市场上买下这辆车的现在，我又有多特别？真的，能有多特别呢？

我之所以提起这栋房子的价钱是因为，尽管现在的售价已经减了一半，而且从里面堆积的灰尘来看，恐怕还会减得更多，但这栋房子还是要价很高，所以仍然是房地产中介的心头肉。当我打开露台上的房门，引发警报器的时候，我并不知道它自动拨通房地产中介的电话，那位中介小姐立马从她安静的办公室里冲出来，跳上车直奔这栋房子而来。当我躺倒在三楼我房间的地板上时，我当然听不到半英里以外，车道尽头引擎发动的声音。而当我沉浸在一片混乱之中时，我也没听到她打开前门走进门厅的声音。

可她听到我们了。

于是，我们有了第二位访客—— 一位警察先生。重重的脚步声从一楼响到三楼，至少让我们停下了正在做的事情。可我们并没有足够的时间来穿上衣服。我缩成一团儿躲在马卡斯背后，衣服散落在周围，我就这样跟费茨吉本警官见面了。这位来自康尼马拉的胖大个儿，脸红得比我还厉害。我们以前常常碰面，在我偷溜到海滩跟朋友们喝酒的时候，不过这显然不是叙旧的好时机。

“我给你一分钟穿上衣服，古德温小姐。”他说完，立刻把头转开。

二十二岁的马卡斯被一位十八岁女孩请到她等待出售的房子里。他觉得这整件事情有点儿难堪，可更多的还是觉得有趣。他不知道刚刚跟他在一起的女孩还要再过几个礼拜才过十七岁生日，不光那几罐啤酒是违法的，他们刚刚在地毯上所做的事情也是。他一直看着我，一边快速地套上衣服，一边讥讽地笑着。我却慌张得很，心跳得咚咚地响，几乎无法思考，一股恶心涌上喉头，我拼命忍着才没有在他们面前吐出来。

“塔玛拉，放轻松，”他趾高气扬地说，“他们不能把你怎么样，这是你的房子。”

我看着他，无比痛恨起自己来。他听完以后也会恨我的。

“这不是我的房子，马卡斯。”我低声说，声音哽在喉咙里几乎发不出来。

“好吧，是你父母的，随便啦……”他微笑着，一只脚套进牛仔裤里。

“银行把它收走了，”我一边说，一边坐着穿衣服，“它再也不属于我们了。”

“什么?”一块巨大的多米诺骨牌砰然倒地，地板似乎都在震动，仿佛一座摩天大楼崩塌下来。

“对不起。”我说，然后哭了起来。然后，我很久以来一直想对他说的那句话，终于说出了口，可是用错了方法，时机也不对。“我才十六岁。”我慌乱地说。

幸好，费茨吉本警官一直站在门口，竖起耳朵一字不落地听完了我们的对话。他至少会相信马卡斯并不知情，可是这一点还得由马卡斯自己到法庭上去说明。马卡斯愤怒地朝我冲过来时，警官也不得不过来拦住他。马卡斯没有打我，只是冲我狂吼，我甚至希望他再骂得狠一点，用一切恶毒的词汇来诅咒我，可他只是大叫着。我知道我毁了他的一切。不管他跟他老爸有过什么样的约定，那个流动图书馆也许是他最后的机会了。我们从来没有聊过这个，可我能认出那些紧紧抓住最后机会的人。因为我每天照镜子的时候，都会见到这样的脸。

我们被带到警察局去录口供，丢脸死了。我多希望自己的第一次可以写进日记里，而不是我在警察局里，写下所有劲爆的难为情的细节。塔玛拉·古德温，塔玛拉·混球，一如既往地把事情搞砸了。

罗莎琳和亚瑟不得不开车到都柏林的警察局来接我。马卡斯的老爸一知道这事，便派了辆车来接他。我一遍又一遍地说着对不起，一边哭着紧抓住马卡斯不放，要他听我道歉，可他不理我，他甚至连看也不看我一眼。

走进警察局来跟警官见面的是罗莎琳，而亚瑟留在车里。这是今天最让我难堪的第二件事。罗莎琳似乎更担心马卡斯，担心他会受到怎样的处罚。他们告诉她，跟一个未满十七岁的“孩子”上床，最长会判两年。听到这个，我不禁嚎啕大哭。罗莎琳看起来跟我一样心慌意乱。我不知道那是因为我丢了他们的脸，还是因为她真的喜欢马卡斯。她不停地接二连三地问有关马卡斯的问题，为了让她冷静下来，费茨吉本警官告诉她马卡斯似乎不知道我的真实年纪，而如果他在法庭上拿这个为自己辩护，他应该会没事。这话让罗莎琳冷静下来，却没有止住我的惶恐。他要遭多长的罪？他要上几次庭？他要承受多少羞辱？我毁了他的人生。

罗莎琳连一句话也没跟我说，她甚至看都不看我。她冷漠地告诉我亚瑟在外头等着，然后就自顾自地走出了警察局。我终于还是跟在她后面走了出去。车里的气氛前所未有地紧绷，好像他们刚吵过一架。我想我惹的祸足够引起这样的紧绷。我真的羞愧极了，羞愧得不敢看亚瑟的脸。我坐进车里，他什么也没说就发动了车子，朝基萨尼方向开去。想到要回那个遥远的地方，我其实悄悄松了一口气，因为这样似乎可以把在这里发生的事情抛得远远的。这件事最终斩断了那条把我跟这个地方联在一起的纽带，也许这才是我的目的。

一路上我都在哭，太丢脸，太失望，太生气。所有这些情绪针对的都是我自己。收音机里传出的男声钻进我的耳朵里、脑子里，酒精留下的后遗症让我头痛欲裂。车子大概开了三十分钟，亚瑟把车停在路边的一间商店外面。

“你在做什么？”罗莎琳问。

“你去买几瓶水和一些头痛药好吗？”他轻声地问。

“什么？我？”

长长的沉默。

“你还好吗？”她问他。

“罗丝。”他没再说别的。

我从没听过他这么叫她。这一幕让我觉得熟悉——我在哪儿见过，听过——可我怎么也想不起来了。罗莎琳回头看了看我，又看了看亚瑟，她最不愿的事情就是让我们俩单独待在一起。最后她下了车，飞快地跑进路边的商店里。

“你还好吗？”亚瑟问，从后视镜里看着我。

“我还好，谢谢。”眼泪又开始涌了上来，“我很抱歉，亚瑟，我太丢脸了。”

“不要觉得丢脸，孩子，”他温柔地说，“我们年轻的时候都会犯错，会过去的。”他给了我一个微笑，“只要你……”他又看了我一眼，那是一张像父亲一样担忧的脸。

“是的，我很好，谢谢你。”我翻找着纸巾，“那不是……他不是……我知道我在做什么。”我笨拙地清了清嗓子。我看到罗莎琳排在一条长队的最后，急切地朝我们这边张望。

“亚瑟，妈妈的抑郁症，是家族遗传的吗？”

“什么抑郁症？”他问，从他的座位上转过身来。

“你知道，就是罗莎琳跟戈达德医生说的，说妈妈一直有的抑郁症，她今天上午说的。”

“塔玛拉。”他看着我，知道我在说些什么。他看了看商店里的罗莎琳，在她前面还有三个人，“跟我直说。”

“我约了戈达德医生今天上午来给妈妈看病。她需要帮助，亚瑟。她不对劲儿。”

听了这话，他似乎非常担忧，“可她至少每天都去散步，去呼吸新鲜空气。”

“什么?”我拼命摇头，“亚瑟，她从没出过门，我们到这儿以后她就从没出去过。”

他的下巴线条僵硬了，他飞快地瞥了店里的罗莎琳一眼，“戈达德医生看到她怎么说?”

“他连楼都没上。罗莎琳告诉他，妈妈有抑郁症已经好多年了，爸爸知道这个却从没告诉我，而且……”我哭了起来，话都说不完整，“都是谎话。他甚至不能回来替自己辩解，也不能再告诉我真相……全是谎话。虽然我知道我不是一个好的谈话对象。”我吸了吸鼻子。

“塔玛拉，别哭。罗莎琳只是想尽她所能地照顾你妈妈。”他轻声说，几乎是在耳语，生怕她从店里听到我们讲话。现在排在她前面的只有一个人了。

“我知道，亚瑟，可如果她用错了方法呢？这只是我的想法。我不知道她们俩多年以前是不是发生过什么事情，可如果真有什么事情——如果妈妈对罗莎琳做了什么伤害了她或是惹恼了她，你觉不觉得那会……”

“会怎样?”

“会是她的，我是说也许是，对她的报复？如果妈妈做了对不起她的事，对她说了谎……”

车门开了，我们俩都差点儿惊跳起来。

"哎呀，你们以为我是妖怪吗？"罗莎琳说，生气地坐进来，"这个给你。"她把一只袋子放到亚瑟的腿上。

他看了她一眼，一记长长的冰冷的瞪视。我不禁抖了一下，几乎要把头转开。他把那袋子递过来给我，罗莎琳一脸惊讶。

"给你，也许会让你舒服点儿。"他边说，边发动了车子。

接下来的一个小时，我们谁也没说话。

我们回到门楼的时候，天空中阴云密布，天色暗了下来。空气中有些凉意，好像就要下雨了。我的脑子乱糟糟的，正需要这样的凉风。我深深地吸了几口气，走进屋里。

"你知道接下来的这段时间你哪儿都不能去吧？"罗莎琳说。

我点点头。

"有些事需要你来做。"她补充道。

"当然。"我轻声说。

亚瑟站在旁边听着。

"你出门的时候不能离开这附近。"他补充道，说出这句话仿佛费了他很大劲似的。

罗莎琳惊讶地看着他，亚瑟插嘴让她很不快。他却没有正视她的眼睛。显然她的计划是要把我关在屋子里，以防我到处惹祸，但亚瑟没有那么严格。

"谢谢你。"我说，然后上楼走到妈妈房里。

她正躺在床上睡觉。我爬上去，躺在她旁边，伸手紧紧地搂住她，呼吸着她刚洗过的头发的香气。

楼下一场风暴正在酝酿，罗莎琳和亚瑟的声音从客厅里传来。一开始他们只是在说话，然后声音越来越大。好几次罗莎琳试图劝他小声点儿，可他还是冲她大吼，她便放弃了。我听不清他们在说什么，我也没有去听。我已经不想去插手别人的闲事。我只盼着妈妈快点儿好起来，如果亚瑟的大吼能把她唤醒，那也不错。我紧紧地闭着眼睛，希望今天的一切都不曾发生。为什么日记没有警告我？

罗莎琳和亚瑟的争吵越来越厉害。我再也听不下去，决定出去走走，给他们，也给我自己留点空间。我也恨自己让他们遭受这一切。我们来这儿之前，他们过着快乐的生活，享受着他们平淡的二人世界。我的到来让他们之间有了裂痕，而且这裂痕一天一天越来越大。趁着他们争吵的间隙，我敲了敲门，亚瑟叫我进去。

"不好意思，打扰你们了，"我小声地说，"我只是想出去走走，让脑子清醒一下，就在这附近。行吗？"

亚瑟点了点头。罗莎琳背对着我，我看见她的两手僵硬地放在身体两侧，拳头攥得死死的。我迅速地关上门走了出去。还有一个小时左右才会天黑，足够我到附近溜达一圈，让头脑清醒清醒。我想去城堡，可又听到韦斯利和他的朋友在那边聚会的声音。我没心情应付他们，我只想一个人待着。我转向相反的方向，朝伊格内修斯修女家走去，然而我也不会去见她。这一个小时我不想穿过树林。一直沿着小路走，低着头走过那道阴沉的哥特式大门。它仍然铁链深锁，无人看顾。

直到那座礼拜堂出现在眼前，我才意识到自己一直屏着呼吸。从这儿我可以看到伊格内修斯修女的屋子，于是心安了一些，抬腿走了进去。这座礼拜堂非常小，最多只能容下十个人。一半的房顶已经塌陷下来，不过在那上面，高大的橡树弯下它们的枝条保护着房顶。这里非常古雅，难怪伊格内修斯修女那么喜欢它。这里没有座位，我猜为了最近的仪式它一定被布置过。圣坛上方的石墙上挂着一只简朴却硕大的木头十字架，我猜把它挂在那儿是伊格内修斯修女的意思。礼拜堂里另外一件站着的东西是一个超大的大理石圣水钵，边缘已经有些缺口和裂纹，不过它仍然很结实，牢牢地固定在水泥地板上。现在它成了蜘蛛和灰尘的家，不过我还是想象着一代又一代的基萨尼家族聚集在这儿让他们的孩子受洗。礼拜堂里有一扇木门通往旁边的小小墓地。我没有穿过那扇门，而是从我进来的正门走出去。站在墓地的大门外，我使劲瞪着眼睛去读墓碑上的字，虽然许多已经被时间所侵蚀，爬满了青苔。在一个大大的墓穴里安息着一家人：爱德华·基萨尼，他的太太维多利亚，他们的儿子彼得、威廉、亚瑟，还有他们的女儿，名字开头的字母是B。也许是碧特丽斯，或是贝丽尔、比安卡或芭芭拉，我试图给她一个名字。弗罗丽·基萨尼的碑文是这样的："再见母亲，我们为失去您而哀悼"。罗伯特·基萨尼，逝于1832年9月26日，享年一岁。然后是他的妈妈罗丝玛丽，在他走了的十天后也去世了。海伦·菲茨帕特里克，逝于1882年，"丈夫和孩子把她温柔地放在心里"。有的墓碑上只有名字和日期，使它更加的神秘：格蕾丝和查尔斯·基萨尼，1850－1862。只有十二岁，同日生同日死，留给人太多的疑问。

每块清晰能辨的墓碑上都刻着各种各样的符号。有的是拱门，有的是鸽子、箭、鸟，还有的是长相恐怖的动物，我不知道那是什么，但却很想知道。我打算去问问伊格内修斯修女，等我觉得可以面对她的时候。我又扫了一眼那些墓碑，不再像第一次经过这儿时那么害怕。也许我这段时间至少还是长大了一点点。一座巨大的十字架立得高高的，直指天空，上面刻了许许多多的名字，随着时间的流逝愈见清晰。最新最近的碑铭在最底下，我的眼睛一看到它，都不敢相信我竟然没有早点儿注意到它。十字架的底端有一块大石头，上面刻着最近去世的人的名字。在它前方的地面上，有一束花——鲜花——用长长的野草绑在一起。我忍不住爬上栅栏去读那些铭文："劳伦斯·基萨尼，1967－

1992，安息吧”。

是十七年前的事情，他一定是死于那场城堡大火。才二十五岁就离开了这个世界，多么悲惨。虽然我不认识劳伦斯，也不认识任何他的家人，可我哭了起来。我拾了几支野花，用我的发带绑住。虽然隐隐觉得不妥，我还是翻过了栅栏。我把花束放在墓前，伸手去碰触墓碑，可是，就在我的手指碰到冰冷石碑的那一刹那，我听到身后响起咔哒一声。脖子后面的汗毛全都竖了起来，我猛地转过身，以为自己会和一个陌生人近距离面对面，因为我几乎感觉到他的呼吸就喷在我的颈后。我四下张望，因为太过专注而几乎头晕眼花。除了树，还是树，目所能及的全都是树。我拼命跟自己说这是自己吓自己，因为我站在一座古老的墓地里，环绕四周的是因为瘟疫、战乱、苦难、大火，或是因为年纪大了而去世，世代埋葬在这里的一个大家族。我拼命地跟自己这么说，可这里的确有人，我可以肯定。我听到一根细树枝被踩断的声音，立刻循着声音的方向转过头去。

“伊格内修斯修女，是你吗?”我颤抖着声音叫道，回答我的只有颤抖的回声。然后，树枝摇动起来，窸窣声渐行渐远，好像有人正穿过树林朝反方向走去。

“韦斯利?”我叫道。回答我的还是只有颤抖的回声。

无论刚才是谁，他已经急匆匆地离开了。我使劲咽了一口唾沫，冲出墓地，翻过栅栏，飞快地往回走，一边抖着身子，仿佛刚刚穿过一张巨大的蜘蛛网。

我匆匆地往门楼走，一路上不停地回头看，以确定没人跟踪我。回到门楼的时候天已经暗了。罗莎琳坐在客厅里织毛衣，电视机开着，音量开得小小的。她的脸看起来有些憔悴，大概是因为之前的争吵而略显疲倦吧。亚瑟在后花园的车库里，弄出很响的嘈杂声。我的好奇心已经死了，我不再关心他们在车库里藏了什么。我觉得之前是自己追着一个秘密跑，而现在似乎是那个秘密在追着我跑。我怕了。我只想等着时间过去，等妈妈从悲伤中恢复，我们就可以搬离这儿，离开这个萦绕着过去的幽灵的地方。那段过去，尽管跟我一点关系也没有，却把我卷入其中，越陷越深。

# 第十九章
# 炼狱

接下来的两个礼拜，我被禁足了。上楼、下楼，早餐、午餐、茶点，接受罗莎琳的各种惩罚，比如清扫客厅，擦亮黄铜器具，把书架上的书搬下来掸灰，看着她照料菜园和香草花园，一边听她解说她所做的事情。我觉得她很享受这个过程，唠唠叨叨地讲个不停，仿佛我是个刚学走路的娃娃，她所说的每一件事情我都是第一次听说似的。我忍不住想，这么多没精打采的人环绕在她周围，反倒给她带来了生活的乐趣，她简直就像是只吸血鬼。我们越精疲力竭，她越精神焕发。我甚至没有再打开日记本，我好像对一切都不再抱有任何希望。我一天比一天消沉，和我比起来，老妈反倒越来越有精神。似乎我失去的活力越多，她得到的就越多。我可以听到她在房间里踱来踱去，像一只关在笼子里的母狮子。

我在反抗日记，我觉得我落到现在这般田地大部分都是它造成的。到目前为止，我所做的每一个决定都源自于日记里的内容。我不想再要那样的生活了，我希望我的生活由我来做主。我想躺在床上，任世界如何流转都与我无关。

每天我都在等着马卡斯打电话给我，可他没有。

每天伊格内修斯修女都会到这儿来。我太羞愧，我没脸见她。我相信她知道发生了什么事，我相信整个镇子的人都知道。我不想听她教训我，我不想看她严厉地瞪着我。我答应过要跟她一起取蜜，却没有去，我也没有去市集。她仍然每天都来。我应该去帮她的，可我躺在房间里，躲在被子底下，为自己的所作所为而羞愧。亚瑟好几次想去看老妈，他会趁罗莎琳去后花园的时候去轻敲她的门。如果他以为她会招呼他进去，那他显然会失望。等个一两分钟之后，他就走开了。

一天晚上，罗莎琳和亚瑟又吵架了。我听到亚瑟说，“我不能再这么做了。”然后他冲到妈妈的房间，在那儿待了十五分钟。罗莎琳一直站在门外听着。我听不到他们在说些什么。

好几个礼拜天我都整天躺在床上。我听到修女们在外头猛按喇叭，叫我起床，可我还是一动不动地躺着。我甚至没有往窗外看一眼，我只想躲着她们。我犹豫着是不是应该联系马卡斯，也许我应该给他写信。可我不知道到底该跟他说什么，所有我能想到的只有“对不起”这三个字，可这远远不够。

一天，一辆搬家卡车从芭芭拉老公的仓库里把我们的所有东西都搬了过来。我看着他们把卡车倒进车库，却感觉不到一丝兴奋。那些东西不再是属于我的。它们属于曾经住在那栋大房子里的那个女孩，我不再是她，我不再知道自己是谁，于是我又睡着了。直到一阵门铃声把我惊醒，又是伊格内修斯修女。她真是非常固执。当初我只觉得她很友好，很关心我，但是那天她有点疯狂。我在房间里听着外面的说话声，她们的说话声本来一直喃喃不清，可后来伊格内修斯修女提高了嗓门。

“你就打算……那么躺着，任她以为自己犯了大错，让那个可怜的男孩……”

她的声音含含糊糊的。

“告诉她，她必须来见我。”

喃喃呐呐。

然后门关上了。我躲在窗台下面，朝窗外偷瞄，我看见伊格内修斯修女穿着一件花衬衫和裙子低着头走远。看到她这个样子，我心里说不出的难过，可是很奇怪地，又隐隐有些高兴。她要罗莎琳确定我没有内疚，也许她已经原谅我了。即使只是想到这种可能性，也让我精神大振。它给了我希望，让我觉得自己反应过度了，我只是应该从错误中吸取教训，然后忘掉它。

那天晚上我无法平静下来，怎么也睡不着。我从地板下取出日记，静静地等着预言的出现，祈祷着我之前的不理不睬不会让它从此消失不见。终于，字迹浮现出来，我坐直身子，一一细读。

**7月22日，礼拜三**

今天我给马卡斯打了电话，我在电话簿上找到了他的名字。米斯郡并没有太多姓桑赫斯特的人。我发现他的父亲竟然是一位有名的大律师，在都柏林开了一家有名的事务所。我到底带给马卡斯多少难堪？我本来很害怕接电话的会是他的父母，不过是一位女士接的，语调非常正式，然后直接帮我转接到他。他一听到我的声音就要挂电话，我不停的央求他，好不容易才让他给我几分钟，我却不知道该说些什么。我不停地跟他道歉，一遍又一遍，最后他打断了我，说所有的控告都被撤销了。没有人告诉我吗？

没有。

我问他是不是他爸爸帮他搞定的，他不敢相信我竟然那么问他。他说，如果我自己都不知道的话，那么我的问题比他以为的要多得多。他祝我一切顺利，然后就挂了电话。

他到底在说什么？如果我不知道什么？

第二天我打了个电话给马卡斯，知道他爸爸不会接电话，让我放松不少。一切都跟日记里写的一样，不过我没问是不是他爸爸帮他撤销了控告，我问的是，它们是怎么被撤销的。我想了一整晚，这是我能想出来的最好的问法了。我还是没有得到任何答案。实际上，他也许早就挂了。

**7月23日，礼拜四**

睡觉前我待在妈妈房里陪她，她自顾自地哼着一首曲子。我不知道那是什么曲子，不过她边哼边微笑，显然心情不错。我告诉她我有东西要给她，然后从口袋里掏出那颗玻璃泪滴，放到床头桌旁边的床上。一看到它，她的声音就停住了。她躺在床上，眼睛转过来看着它。她就这么一直盯着它。

“很漂亮，是不是?”我说。

她看了我一眼，狠狠的一眼，我不禁有点被吓到。然后她的目光又回到了玻璃泪滴上。似乎它的存在冒犯了她，于是我伸手想要把它拿开。她的手飞快地抓住了我的，并不痛，可我吓了一跳，我只得把它留在原处。

晚上我很快就睡着了，梦到我去监狱里探望马卡斯，这时突然有一只手搭上了我的肩膀。在梦里，那是个监狱看守，可我立刻醒过来，妈妈的脸凑得很近，她的鼻子几乎碰上我的。我拼命吞下尖叫。她在我的耳边低声说:“你从哪儿弄来的?”

我还在半睡半醒之中，搞不清她在说什么。我不知道她说的是那本日记，还是那盒我藏在衣橱里的香烟。

“那颗泪滴。”她又低声说道，声音里带着一丝急迫。

老实说，我吓坏了。我以为是因为我去了罗莎琳妈妈家而惹上麻烦了。我之前说过，我还在半睡半醒之间，还不十分清醒，而且半夜她出现在我房里跟我说话，实在是吓到我了。我不时地听到亚瑟和罗莎琳的床嘎吱作响，一种莫名的恐惧让我全身冰冷。于是，呃，我说谎了。我告诉她那是我在这房子周围找到的，我觉得它很漂亮于是就留下了。

我的话一出口，我立刻察觉到她的变化。我不是指她跟我说话这件事，而是她眼里突然闪现的光彩，让她的眼睛重新活起来。我之前没有注意到，而让我注意到这抹光彩的唯一原因是，当我说出那些话，那些谎话，那光彩立刻消失了。她的双眼又变得呆滞、空洞、毫无生气。我扼杀了她的兴奋，我往火里泼了一盆冷水。她一言不发地离开了，回到自己的卧室。

罗莎琳的房门打开了，走廊上一阵脚步声。我的房门被推开了，长长的白色睡衣出现在月光之中。她盘问了我好几分钟，说她听到了关门的声音，可我矢口否认。她默不作声地瞪了我好久，似乎在确认我说的是不是实话，然后点了点头，关上门走了。我听到她上床的声音，然后，一片沉寂。

那之后我再也睡不着了。我不停地想着我对妈妈说谎到底是对是错。当清晨的阳光洒满我的房间，我意识到自己犯了个错误。我应该跟她说实话的。

明天我会继续写的。

读完日记，我一整天都在想着该跟妈妈说什么。我一整天都焦虑不已，看着妈妈静静地待着，知道很快这魔咒就快被解除了。我努力把日记的内容一字不落地记下来，我不想搞砸。我想照着日记里写的一模一样地说和做，我想要一模一样的结果。我期待着她半夜来我房间，然后我要跟她说实话，告诉她玻璃泪滴是从哪儿来的。我整整等了一天。

晚餐后，我上楼走进她的房间。她躺在床上，盯着天花板，轻轻地哼着歌。

“我有东西要给你。”我说，声音沙哑得几乎听不清。我又说了一次：“我有东西要给你。”

她还在哼歌。我伸手到口袋里摸到了那块玻璃，它被我的体温捂得暖暖的。我把它放在床头柜上，轻轻的嗒的一声，引得她的眼睛朝这边转过来，头却没有动。当她的目光落在那颗玻璃泪滴上，她立刻停止了哼唱，本来在卷弄发的手指也停了下来。

“很漂亮，是不是?”我问。

然后她看向我，我清楚地看到那簇火花点亮了她的眼睛。她转头盯着玻璃泪滴。虽然不愿意，但我知道我得照着步骤来，就像日记上写的一样我伸出手去，她的手马上抓住了我的，不让我把它拿走。

“不!”她语气坚决地说。

“好的，”我说，微笑着，“好的。”

我坐在床上，知道妈妈会来叫醒我，所以怎么也睡不着。我拿出日记本读了读明天的内容，不确定它是不是准确，因为即将发生的事情也许会改变我的明天。

**7月24日，礼拜五**

祝我生日快乐，我十七岁了。今天早上我决定起床走走，罗莎琳看到我非常惊讶。我走进厨房的时候，她正在储藏室里，我也许把她吓出了心脏病。我觉得她在暗中搞些什么名堂，因为她一脸心虚的表情，急急忙忙地把什么东西塞进她的围裙口袋里。也许是做蛋糕要用的东西，不过我不确定……

她给了我一个笨拙的拥抱和亲吻，然后端起托盘上楼给老妈送早餐，然后从她的卧室里拿来了给我的礼物。礼物包得漂漂亮亮的，粉红色的包装纸上面扎着粉白相间的丝带，那是一套篮草莓味的泡沫沐浴液、香皂和洗发水。我拆开包装的时候，她呼吸急促，紧张僵硬地笑着，看我喜不喜欢。我告诉她我很喜欢。我跟她说这礼物太完美了，我真的非常喜欢。它对我来说很不一样，去年十六岁生日的时候，我得到的是一个路易·威登的手袋和一双吉娜的鞋子。今年，一套沐浴液和洗发水的套装。奇怪的是，我真的很感谢这份礼物，因为我的的确确需要它。我的洗发水快要用完了，而这儿的红松鼠们又不太会欣赏路易·威登的包包。

然后她说了一件不可思议的事："我上个月就看见它了，说出来你也许不信，我在心里对自己说，我甚至跟亚瑟也说了，'那上面写满了塔玛拉的名字'。我一直把它藏在车库里，生怕你会发现它。"说完她神经质地咯咯笑起来。

那一瞬间我几乎浑身冰凉。罗莎琳比我以为的要聪明得多。我怎么可能相信，她不让我去车库，不让我们把东西存放在那儿，只是因为她在那儿藏了一小篮香皂？她要不就是太聪明，要不就是以为我真的很蠢。这下，我想要前往车库一探究竟的欲望更强烈了。

妈妈又睡了一整天。祖儿和劳拉都打来了电话，我让罗莎琳跟她们说我出门了。

伊格内修斯修女又来了一趟，还带了个礼物给我。罗莎琳要帮她把它转交给我，可她不让。我不理她越久，情况就变得越糟糕。现在我要道歉的事情太多了。她是我所有的朋友中最好的一个，可我现在只想躲开全世界。我无法面对她。

晚餐过后，罗莎琳从储藏室里端出来一个点着蜡烛的巧克力蛋糕，边走边唱着生日快乐歌。今天早上我看到她在储藏室里做的也许就是这个，但现在再来检查她的围裙口袋也许已经太迟了。

我明天还会继续写的。

我得说，这几个礼拜以来，我几乎没怎么想生日的事情。每当我想到它，都会因为想到可怜的马卡斯而心情沉重。要是我们再等几个礼拜多好，要是我告诉他实话多好。我压根没去想这个生日要怎么过，没去想以前的生日都是怎么过的，也没去想这一整天从起床到睡觉我会收到什么样的礼物。不过读完今天和昨天的日记内容以后，我又兴奋起来。

似乎过去几天我一直在一片雾蒙蒙的峡谷中徘徊，连眼前的东西都看不清。不过现在雾散了。这几天我的脑子一直被什么东西占据着，无暇顾及其他事情。现在它的混沌状态似乎已经结束了，因为我从床上坐了起来，高度清醒着，心狂跳不止，像是跑了好几英里一样喘不过气来。我下定决心要搞清楚罗莎琳到底在做什么，更确切地说，明天早上她要在储藏室里做什么。

正琢磨着明早的计划，我听到妈妈的门开了。我立刻躺下，闭上眼睛。她轻手轻脚地把门关上，她知道她得静悄悄的。她坐到我的床边，我等着她的手放到我的肩膀上。来了，她紧紧地抓住了我。

我睁开眼睛，丝毫没有日记里写的恐慌，反而有一种准备了好久终于来了的感觉。

“你从哪儿弄来的？”她低声说，脸跟我的凑得极近。

我坐起身来。

“从马路对面，那栋平房。”我低声回答她。

“罗莎琳的房子。”她低声说，立刻朝窗外看去。“光。”她说，我这才注意到房间里正对着窗户的墙上有光在闪烁，看起来就像是月光透过婆娑的树影，在房间里时隐时现。不过那不是树影，因为这光更灵动，而像是玻璃，流转出七色的光，映照着妈妈苍白而出神的脸。我立刻往外看向对面的平房，一块玻璃挂在前窗，捕捉着月光，反射出一道道光线，几乎就像是一座灯塔。

“对面有成百上千的这样的东西，”我低声说，“我不该去那儿，只是，她……”我们听到罗莎琳和亚瑟的床吱嘎作响，一齐望向墙壁，“她太神秘了。我只是想跟她妈妈打个招呼，就这样而已。几个礼拜以前，我给她带了一些早餐过去，我看到有人在后花园的车库里，不是她妈妈。”

“是谁?”

“我不知道。一个女人，一个老婆婆，头发长长的。她在那儿干活，做这些东西。这些玻璃玩意儿一定是她自己吹出来的。你觉得她可以做这个吗？合法吗?”我看着她手里的泪滴，“那边有成百上千的玻璃，一排排挂着。我可以带你过去看。我回去取托盘的时候，它就搁在外面的围墙上，这个东西就在托盘里。”

我们都看着那颗泪滴。

“它有什么含义?”我打破了沉默。

“她知道吗?”妈妈问道，没有回答我的问题。

我想“她”应该是指罗莎琳。“不，怎么了?”

她紧紧地闭上眼睛，用手捂住。她狂乱地揉着眼睛，然后使劲扯着自己的头发，好像要把自己叫醒。

“对不起，我觉得太模糊了。我似乎没办法……清醒。”她说道，又揉起眼睛来，然后直直地看着我，眼光闪烁着。她倾身过来，吻了吻我的额头，“我爱你，亲爱的。对不起。”

“为什么说对不起？”

可是她已经站起身来，她的背影没有回答我，就这么静静地离开了我的房间。我又看向窗外那道光，凹凸不平的玻璃旋来转去，仿佛有风把它吹起。正当我聚精会神地看的时候，那边的窗帘动了动，我突然意识到有人一直在看着我，或者说，一直看着我们。

然后我听到罗莎琳的房门打开了，脚步声在走廊上响起。我的门被推开了，她穿着一身白睡衣站在门口。

“怎么了？”她问。

“没什么。”我照着日记上写的回答。

“我听到关门的声音。”

“没事。”

她瞪了我半天才离开，留下我一个人默默地琢磨着跟老妈说实话会有什么结果。一定会有好事的，而且我肯定它很快就会出现。我打开日记，想看看有没有新的内容。我的呼吸都停滞了。

我刚翻开头一页，所有的书页开始慢慢地由边缘朝里卷曲，颜色也渐渐变成褐色，甚至炭黑色，仿佛就在我眼前燃烧起来。最后它们停止了卷缩，布满焦痕的纸页冷冷地瞪视着我，把明天的世界深深地隐藏起来。

# 第二十章
# 储藏室里拿可可粉的主妇

凌晨的那段“惊魂事件”之后，我怎么也睡不着了。我把被单拉到下巴，一股冰凉的恐惧摄住了我，每次听到一点点细微的声响我都会从床上惊跳起来。我非常确定，平房里的那个女人就是上上个礼拜跟着我去墓地的人。随着时间慢慢过去，曙光渐渐透了进来，我对她的恐惧也渐渐褪去了。也许她并不危险，也许只是有一点怪癖。从她的头发和衣着可以判断，她不常见人。而且，她送给我一颗小小的玻璃泪滴做礼物，显然她是在示好。

不过，焦痕遍布的日记本给我一种山雨欲来的感觉。

当我终于睡着，我梦到了火：着火的城堡，着火的书本。我梦到有人在做玻璃，一团团熔化的玻璃正在成形，滚烫的玻璃液在往下滴。醒来的时候，房间里一片昏暗，我的心脏在胸膛里狂跳不止。我拼命让自己保持清醒，看着日记本，期待着卷缩的纸页会自己舒展开来，重新显现出流畅工整的字迹，可是它们还是老样子。

我早早地起了床，打算去看看罗莎琳到底在做什么。逮到主妇到储藏室里拿可可粉并不是世界上最令人兴奋的事情，不过我已经发现，那本日记想把我引向某处，想让我看某些东西，它给我指了一条出路，就像我曾经想给绿头苍蝇指路一样。如果我不去理会正在发生的奇迹，那我就是个傻子了。每个字都是一条线索，每句话都是一道箭头，一个指引我摆脱困境的路标。

收音机在厨房里聒噪着。亚瑟在洗澡，罗莎琳以为这个早上只有她一个人。她转身走进储藏室，我飞快地闪到门后。从门缝里我可以清楚地看到她在储藏室里的一举一动。

她把妈妈的早餐托盘放在台子上，伸手从一个盒子里拿出一瓶药丸，我的心像被一把重重的大锤子猛击了一下。我不得不用手捂住嘴才没有尖叫出来。我看着她倒了两颗胶囊到手心里，打开，把药粉洒进麦片粥里，搅了搅。跳出去跟她对质！我逮到她了！我知道她在搞鬼，可我必须忍住不要马上揭穿她。也许那只是普通的头痛药丸，我就这么冲出去，反而会引火烧身。也许问题更严重，就是那些药丸让妈妈越病越重。我又朝门缝更凑近了一些，不想脚下的地板突然嘎吱一声。罗莎琳立刻把药瓶扔到围裙口袋里，端起托盘转过身来，好像什么也没发生过。我迅速从门后走出来。

“噢，早上好！”她说，露出一个明朗的笑容，“今天的小寿星怎么样啊?”我也许有些多疑，不过她的眼睛的确在我脸上搜寻着，探究着，她想知道我是否目睹了她的动作。

“老了。”我回以笑容，尽量让自己恢复镇定。

“噢，你一点儿也不老，孩子，”她笑起来，“我想起自己还在你这么大的时候。”她两眼望天，“你还有大把的好时光呢。现在我得先把这个给你妈妈端上去，然后下来给你做一顿特别的生日早餐。”

“谢谢，罗莎琳。”我乖巧地说，看着她急匆匆地上了楼。

她进了妈妈的房间，房门在她背后关上了。这时几封信件掉落在前门的垫子上。我顿了一会儿，等着罗莎琳骑着长柄扫帚飞冲下来抓起它们，可她没有。她没听见。我伸手捡起它们冲进厨房——只有两个白色的信封，也许是账单。我不知道该做什么。我飞快地四下张望，想找地方把它们藏起来。我现在没有时间读它们。罗莎琳的脚步声在楼梯上响起，我的心怦地一震。紧急关头，我决定把它们塞进我的运动裤里，用松松垮垮的大毛衫遮住。我站在厨房中央，双手在背后捣腾着，看起来一副在干坏事的样子。

她一看见我就慢下了脚步，脖子上的肌肉突了出来。

“你在干什么？”她问。

“没干什么。”

“你肯定不是没干什么。你的手上是什么，塔玛拉？”她的语调生硬而强势。

“丁字裤真不舒服。”我说道，手在裤子后面拉扯着。

“给我看看你的手。”她加重了语气。

我从背后抽出双手，在她面前得意地摇晃着。

“转身。”她的声音都在发抖。

“不。”我挑衅地说。

门铃响了。罗莎琳纹丝不动，我也不动。

“转过身去。”她重复道。

“不。”我也重复道，语气更强硬、更坚决。

门铃又响了一次。

“罗丝！”亚瑟怒喊着跑下楼梯。罗莎琳没有回答，我们听着他的靴子蹬在楼梯上的声音。“算了，我来开。”他看了我一眼，无奈地说。他打开门。

“韦斯利。”

“我没法把货车再倒进去一点儿，那样是不是有问题？不知道倒得够不够？噢，嗨，塔玛拉。”他跟我们打招呼，视线穿过亚瑟。

罗莎琳的眼睛眯得更厉害了。

我微笑着。是的，我交了个朋友，而她毫不知情。

我拼命睁大眼睛看向韦斯利，希望他能看出事情不对劲。我不希望他和亚瑟离开。

“那我们一会儿见。”亚瑟说。

门在他们俩身后关上了，只剩下我们俩在厨房里大眼瞪小眼。

“塔玛拉，”罗莎琳轻声地说，“不管你在藏什么，我想我知道那是什么，把它拿出来吧。”

“我什么也没藏，罗莎琳。你藏了什么吗?”

她浑身一震。

就在这时，我们听到楼上传来砰的一声巨响，盘盘碟碟被砸碎的声音，接着脚步声在楼板上响起。我们立刻抬头，不再互瞪着较劲。

“他在哪儿?”我听到妈妈尖叫道。

我看了看罗莎琳，从她身边跑过去。

“不，孩子。”她拉住我。

“罗莎琳，放手，她是我妈妈。”

“她不对劲儿。”她紧张地说。

“是的，而我想知道这是为什么!”我冲她大吼，然后跑上楼去。

我没有跑多远，妈妈已经猛地把门推开。她的眼睛瞪得大大的，满是惊恐，在走廊上来回扫视。

“他在哪儿?”她说，眼睛并没有看我。

“谁? 罗莎琳?”我开口问道，可她一把把我推开。

“他在哪儿?”她穿着睡袍站在楼梯顶端，厉声问道。

罗莎琳瞠目结舌，两只手绞扭着她的围裙。我还能从她的口袋里辨认出那只药瓶的轮廓。我看看她，又看看妈妈，不懂发生了什么事情。

“妈妈，他不在这儿。”我边说，边试图握住她的手。可她手一扬把我的手挡开。

“他在，我知道的。我感觉得到他在这儿。”

“妈妈，他不在这儿。”眼泪涌上了我的眼眶，“他已经走了。”

她立刻扭头看着我，她的声音低了下来，“他没走，塔玛拉，他们都说他走了，可他没有。我感觉得到他。”

我哭了起来，“妈妈，别这样，拜托。那只是……那只是……你的感觉，他的心在你身边。他总是想和你在一起，可他已经走了……他真的走了。拜托……”

“我想见他。”她对着罗莎琳说道。

“珍妮弗，”她说着，伸出手来，尽管她离妈妈很远，根本碰不到她，“珍妮弗，放松点儿，回房去躺下休息吧。”

“不!”妈妈大叫，声音里有一丝颤抖，“我要见他！我知道他在这儿。你把他藏起来了!”

“妈妈，”我哭着，“她没有。爸爸死了，他真的死了。”

妈妈看向我，有那么一瞬间，她看起来悲伤极了。然后她怒气冲冲地跑下楼梯，罗莎琳朝门口冲去。

“亚瑟!”她朝门外大吼。

亚瑟跟韦斯利正在车道上，把一些器械往路虎车上搬，听到叫声立刻站直了身体。

妈妈朝花园跑去，一边大叫：“他在哪儿?”叫了一遍又一遍。

“珍，停下来。放松，没事的。”亚瑟一遍一遍平静地朝她喊道。

“亚瑟，”妈妈冲过去，双手搂住他，哭叫着，“他在哪儿?他在这儿，是不是?”

亚瑟一脸震惊地看向罗莎琳。

“妈妈！”我哭着说，“亚瑟，帮帮她。拜托你做些什么，帮帮她。她以为爸爸还活着。”

亚瑟看着她，脸上的表情似乎伤心极了。他把她搂在怀里，安慰地揉着她的背。

“我知道，珍，我知道。珍，没事的。没事的……”

“拜托你帮帮她。”我哭着说，站在花园中间，看看罗莎琳，又看看扶着妈妈的亚瑟，“送她去有人可以帮忙的地方。”

“我爸爸现在在家，”韦斯利轻轻地说，“我可以给他打电话，叫他过来。”

内心深处有什么东西纠结起来：一股冰冷的恐惧，某种直觉。我想起了烧毁的日记，想起我梦中的大火。我必须让妈妈离开这房子。

“带她去见他吧！”我对亚瑟说。

亚瑟迷惑不解地看着我。

“带她去戈达德医生那儿。”我用妈妈听不到的音量说道。

亚瑟的双臂搂着妈妈，妈妈挣扎着倒了下去，极度的悲伤将她吞噬了。

亚瑟严肃地对我点了点头，然后他看向罗莎琳。

“我很快就回来。”

“可你……”

“我要去。”他语气坚决地说。

“我也去，”她急忙说，飞快地脱下围裙，冲进屋里，“我去拿她的外套。”

“韦斯利，你留在这儿陪着塔玛拉。”亚瑟吩咐道。

韦斯利点了点头，朝我靠近了几步。

不一会儿，他们都坐进了路虎，妈妈坐在后座哭着，看起来是那么的无助。

韦斯利关切地把手搭在我的肩膀上。

“会没事的。”他轻轻地说。

我们刚到这儿的时候，我觉得我和妈妈就像船沉后被大浪冲到岸边的两个人，精疲力竭，又咳又呛，浑身一团糟。我们一无所有，没有归宿，没有目标，仿佛被关在了一间没有门的等候室里。

我现在明白了，有些东西被冲上岸边的时候，它们不仅仅是破碎不堪——它们毕竟活了下来。这样的想法是直到我看了某部亚瑟喜欢的自然类纪录片后才有的。那是一部关于南太平洋群岛的片子，它们彼此距离遥远，很难解释生命是怎样从一个岛蔓延到另一个岛的，当然鸟类除外。然后我看到海面上沉浮的椰子。一切都荡涤殆尽，纪录片的解说人这么说。可是它们毫无方向地在海上漂流了许久，最终还是到达了岸边。它们做了什么？它们把自己的根深深地扎进了沙地，逐渐长成大树，并排立在海滩之上。有时候，你的结束就是你的开始。你真的可以成长。

虽然妈妈刚刚大闹了一通，虽然她以为爸爸还活着，虽然她看起来完全崩溃了，我却感觉有什么新的事情正要开始——更好的事情。当我和韦斯利目送他们的车子开走，罗莎琳回过头来忧心忡忡地看着我们。她不想把我们留在这里，也不想让亚瑟和妈妈单独待在一起。我实在忍不住得意，微笑着朝他们挥起手来。

# 第二十一章
# K代表……袋鼠

他们一走，我就冲进屋里。罗莎琳刚才太着急出门，把围裙胡乱搭在衣帽架顶上。我一把抓下它，把手伸进口袋里。

“塔玛拉，你在做什么？”韦斯利站在我身后，“或许我该给你泡杯茶什么的，让你冷静下来……那是什么？”

他问的是我手里拿着的药瓶。

“我还想要你来告诉我呢，”我把药丸递给他，“我看到罗莎琳在我妈的早餐里加了这个。”

“什么？哇，塔玛拉，”韦斯利说，“罗莎琳在她的食物中下药？”

“我看见她打开胶囊，把药粉倒进麦片粥里，还搅拌了几下。她不知道我看见了。”

“也许这些是医生开的药。”

“你这么想？我们看看吧，好吗？虽然罗莎琳喜欢谎称我对自己妈妈的病史一无所知，我确实知道她的名字不叫……”我大声读药瓶上的标签，“海伦·莱利。”

“那是罗莎琳的妈妈。让我看看，”他从我手上接过药瓶，“这些是安眠药。”

“你怎么知道？”

“标签上写着呢：去甲羟基安定。这是一种安眠药，她把这个放到你妈妈的早餐里？”

我用力咽了一口气，可眼泪还是夺眶而出。

“你确定你看到她这么做了？”

“是的，我确定。而且妈妈自从到这儿以后就没日没夜地睡，时时刻刻。”

“你妈妈是不是平时也会吃安眠药？也许罗莎琳只是在帮她？”

“韦斯利，我妈妈被药物麻痹得太严重了，几乎连自己的名字都想不起来。这不是帮她，罗莎琳似乎是想害她。这的确让她的情况越来越糟糕了。

“我们得告诉别人。”

听到“我们”两个字，一股如释重负的感觉像海潮一般冲刷过我的全身。

“我必须告诉我爸爸。再让他告诉别人，行不行？”

“行。”

感到自己不再是独自一个人，我不由得松了一口气。他去打电话给他爸爸，我就在楼梯上坐着。

“好了？”他一挂上电话我就跳起来。

他们在他那里，所以他没办法回应。他只说他会看着办。同时我们必须把这些药丸保管好。”

“好。”我深深地吸了一口气。尽人事，听天命。“那么你能帮我拿亚瑟的工具箱来吗？拜托。”

“你要那个干什么？”他问。我的要求把他彻底弄糊涂了。

“去砸开车库的锁。”

“什么？”

“就是……”我搜肠刮肚地找合适的说法，“帮帮我，拜托。我们没有多少时间，以后我会把一切都解释给你听的。可是现在，能不能请你，拜托你，帮帮我？他们很少出门。这是我唯一的机会。”

他默不作声地想了好一会儿，手里不停地转着那个药瓶，“好吧。”

韦斯利跑去房子旁边的工棚取工具箱，我则在花园里走来走去。希望他们在我好好打探一番之前不会回来。我停下脚步，望向马路对面的平房，想看看昨晚在床上看见的那块反光的玻璃还在不在。它已经不见了。不过花园围墙上有个东西引起了我的注意……一个盒子。我走近了一些。

“韦斯利。”

他立刻听出了我声音里的警示意味，转身看向我手指的方向。

“那是什么？”他问。

我穿过马路，仔细地打量它。韦斯利跟在我后面。那个盒子用褐色的纸包着，上面写着我的名字，还有一句“生日快乐。”

我拿起它，朝四周看了看。窗口的白纱帘子后面没有人。我打开褐色的包装纸，里面是一个褐色的鞋盒。我打开盖子，里面是我所见过的最美的玻璃作品，一串大大小小的泪滴和桃心，用金属丝串在一起。我把它举起来，对着光看。太阳下，它在闪闪发光，微风吹过，它轻轻地旋转。我笑着朝平房挥了挥手，对某人表达我的感谢之意。

没有回应。

“这到底是……”韦斯利一边说一边认真打量着它。

“是个礼物，给我的。”

“我不知道今天是你的生日。”他拿着它仔细地察看。

“嗯，她知道。”

“谁？罗莎琳的妈妈？”

“不是。”我又看向平房，“是那个女人。”

他摇了摇头。“我觉得我的生活中真是怪事连连。她是谁？我爸妈说除了莱利太太没有别人住在那儿。”

“我不知道。”

“我们进去见见她吧，去跟她说声谢谢。”

“你觉得我该去？”

他翻了个白眼。“她送了你一件礼物——这是进去那儿的绝好机会。”

我咬住下唇，看向平房。

“除非，你害怕。”

我确实是在害怕。

“不，我们现在还有更重要的事要做。”我说。我穿过马路，急匆匆地走到后花园，来到车库门口。

“你知道吗，伊格内修斯修女找你找得快疯了。你那天就那么跑了，把她吓坏了。你把我们都吓坏了。”

我生气地瞪着韦斯利，他正低头在工具箱里东翻西翻，想找一个合适的工具来砸锁。

“我听说你的事了，你还好吧？”

“是的，我很好。我不想说这个，”我恶声恶气地说，“谢谢你。”我随即又放柔了语气补充道。

“听说你的男朋友有一点小麻烦。”

“我说了我不想说这个，”我恶狠狠地说，“而且他不是我的男朋友。”

他笑了起来，“你这下知道我的感受了吧。”

尽管一早上发生了这么多事，我还是笑了起来。

韦斯利没费多大工夫就撬开了锁。一踏进车库，我立刻陷入了过去生活的包围之中，所有的东西堆放在一起，混乱无序，厨房的东西跟客厅的放在一起，我卧室里的东西堆在游戏室的东西上面，客房用具和浴室毛巾堆在一起，简直跟我的脑袋瓜一样乱糟糟的。皮沙发、等离子电视机，还有各种奇形怪状的家具，现在看起来廉价而没有生气。

我更感兴趣的是罗莎琳和亚瑟藏在这儿的东西。韦斯利把车库另一头的防尘罩揭开，却没有引起我丝毫的兴趣。只是更多的旧家具，在时光中破损，被尘螨啃噬，散发出樟脑丸的味道。我不知道自己想看到什么—— 一两具死尸？一台印钞机？成箱的枪支武器？或是通往罗莎琳的蝙蝠洞的秘密入口？什么都好，只要是这些臭烘烘的家具以外的东西。

我走到我的东西跟前。韦斯利跟过来，在一大堆箱子里翻来翻去，不时发出“噢”，“啊”的惊叹声。翻找的间隙，我们坐在曾经摆在我家客厅的沙发上休息，翻看我家以前的相册。韦斯利看着不同时期的我的照片，笑得乐不可支。

“那是你爸爸吗？”

“是的。”我微笑地看着爸爸眉飞色舞的脸，那是在他朋友婚礼的舞会上。他喜欢跳舞，不过他跳得很烂。

“他好年轻啊。”

“是的。”

“发生了什么事？”

我叹了口气。

“如果你不想说，就别说了。”

“我不介意。”我吞咽了一下，“他只是……借了太多钱，还不起了。他是个开发商，非常成功。世界各地都有他建的房子。我们不知道他碰上了大麻烦，他开始变卖所有的财产还债。”

“他没告诉你们他遇到了难题？”

我摇了摇头。“他太骄傲了。他一定觉得他让我们失望了。”我的眼眶湿了，“可我又不会在乎，我真的不在乎。”我的语气变得像是在抗议。我本该想到爸爸曾经想要告诉我他在变卖一切。我当然会在乎——我会不停地抱怨，我会不理解他，我会因为害怕别人的眼光而觉得丢脸；我会想念夏天马贝拉和新年的韦尔比耶；我会冲他大吼大叫，用世界上最难听的话骂他；我会怒气冲冲地冲到卧室，摔上房门。我就是这么个贪得无厌的猪。可我多希望他能给我机会去理解他，多希望他坐下来跟我谈心，我们可以一起想办法解决问题。我愿意住在任何地方—— 一间房也好，城堡的废墟也好——只要我们能在一起。

“现在失去任何东西我都不在乎，我只想要他回来。”我吸了吸鼻子，“我们现在什么都失去了，也失去了他。我的意思是，这到底是为了什么呢？当他们收回房子的时候，我觉得那是他的错。”我看着他跟妈妈一起打高尔夫的照片，他望着远处球飞出去的方向，脸上一片严肃，“他们可以拿走一切，但那个不行。”

我翻到下一页，我们都笑了起来。缺了两颗门牙的我抱着米老鼠，站在迪斯尼乐园里。

“你是不是……我不知道……很生他的气？如果我爸爸这么做，我会……”韦斯利摇摇头，无法想象那样的情形。

“我是，”我回答道，“我气了他很久。可是过去的几个礼拜里，我一直在想他所经历的一切。即使在我最消沉的时候，我也不会像他那么做。他一定承受了太多太多的压力，他一定非常非常痛苦，他一定是觉得走投无路，他一定很不愿意这么做，而且……哎，他死了以后他们就不能再拿走任何东西，这样可以保护妈妈和我。”

“你觉得他那么做是为了你？”

“我觉得他有很多原因，都是错误的原因，可对他来说，都是对的。”

“我觉得你很勇敢。”韦斯利说。我抬起头来看着他，拼命忍住眼泪。

“我并不勇敢。”

“你很勇敢。”他说。我们的目光交织在一起。

“我犯了最愚蠢最丢脸的错误。”我小声地说。

“没关系，我们都会犯错。”他苦笑道。

“好吧，我承认我犯的错不如你多。”我说，想缓和一下气氛，“看来你几乎每天晚上都跟不同的人犯不同的错呀。”

他笑起来，“好吧，让我们看看罗莎琳在这儿藏了些什么。”

我的眼睛没法从那些相册上移开。我翻开另一本，里面都是我婴儿时期的照片。我迷失在另一个世界里，忘记了时间。我听到韦斯利边找边对他看到的东西评头论足，可我没理会他。我盯着我帅气的老爸，跟妈妈在一起，幸福而又英俊的老爸。然后我翻到一张我受洗日的照片，只有我和妈妈。小小的我躺在她的臂弯里，裹着白色的羊毛毯子，露出一颗粉嫩的小脑袋。

“天啊，塔玛拉，快来看这个。”

我没有理会他，继续看一张我和妈妈在教堂里的照片。她抱着我，脸上露出大大的笑容。不论是谁照的这张照片——我猜是老爸——他的手指遮住了镜头的一角，挡住了神父的脸。以我对老爸的了解，他也许是故意的。我抚着他因为闪光灯而泛亮的手指，笑起来。

“塔玛拉，看看这些。”

照片拍到了一半的神父、妈妈、被她抱到受洗盆旁边的我，右边还有个人被切掉了一半，这照相技术真是“高明”。不过在我头上还有一只手，女人的手。从手指上的戒指我可以看出来，也许是罗莎琳。她是我的教母，虽然她从不像我朋友的教母那样，经常给我寄夹着零用钱的卡片。不，我的教母喜欢花时间陪我。我呸！

“塔玛拉，”韦斯利抓住我，我惊跳起来，“看这个。”他的眼睛瞪得大大的。他抓着我的手，我的手臂一阵刺痛。

我把受洗日的照片塞进口袋里，跟随着他。

我打量着被他揭开的盖布下面的东西，被他吊起来的胃口一下子就掉了下去。

“这有什么大不了的？”我无动于衷地问。这些东西完全不值得他大惊小怪地激动。没有任何新意的陈旧家具、书本、纸牌、陶器、遮盖起来的画、布、毯子、斜靠在墙上的壁炉，还有各种小摆设。

“有什么大不了的？”他瞪着眼睛，在那里跳来跳去，捡东捡西，把油画上遮着的布揭开，有的画上画着长相凶狠的小孩，衣领竖到了耳朵上面，有的画着又胖又丑的女人，大胸脯，粗手腕，薄嘴唇。“你看这些，塔玛拉，看，你没注意到什么吗？”

他放倒一卷毯子，用脚踢了踢。毯子在脏兮兮的地面上摊开来。

“韦斯利，别弄得乱七八糟的，”我叫道，“我们没有多少时间，他们就快回来了。”

“塔玛拉，张开你的眼睛，看看这些大写字母。”

我仔细研究着，这是一张积满灰尘的毯子，本该挂在墙上而不是地上，上面印满了无数个字母 K。

“再看看这个。”韦斯利打开一箱瓷器。所有的盘子、茶杯和刀叉上都印了 K。一把剑上盘着一条从火中升腾而起的龙。我想起来了，门楼客厅里的壁炉上，也有跟这一模一样的纹章。

“K，”我默默地读着，“我不明白，我不……”我摇着头，在车库里四下张望，之前我还觉得这里像是垃圾堆，现在却成了宝库。

“K 代表的是……”韦斯利说得很慢，好像在对着小孩子说话。他看着我，屏着呼吸。

“袋鼠（Kangaroo），”我说，“我不懂，韦斯利，我糊涂了，我不……”

“基萨尼（Kilsaney）。”他说，一股寒气窜过我的全身。

“什么？可那不可能，”我环顾四周，“他们怎么会有这些东西？”

“呃，要么是他们偷的……”

“对！”对我来说一切都说得通了。他们是贼——不是亚瑟，是罗莎琳，我相信是这样。

“要么就是他们在替基萨尼家保管这些东西，”韦斯利打断了我的思路，“要么……”他朝我咧嘴一笑，挤眉弄眼。

“要么怎样？”

“要么他们就是基萨尼。”

我哼了一声，完全没把这话放在心上，随即被一卷地毯下露出的一点红色吸引了目光。“相册！”我说，这正是我刚来的那个礼拜看到的那本红色相册，“我就知道它不是我想象出来的。”

我们坐下来，冒着也许亚瑟和罗莎琳就快回来的危险，翻开相册。里面全是小孩的黑白照片，有的还是深褐色的。

“你对它们有印象吗？”韦斯利问。

我摇了摇头，他加快速度往后翻。

“等等。”一张照片引起了我的注意。“往回翻。”

那是一张两个孩子的合照，他们被树环绕着，一个小女孩，一个比她大几岁的小男孩，面对面，手拉手，额头碰着额头。我的脑海里闪过一个画面，我们到这儿的第一天，亚瑟和妈妈就是这么奇怪地打招呼的。

“那是我妈妈和亚瑟，”我微笑着说，“她那时顶多五岁。”

“看看亚瑟，他还是小孩子的时候就不帅。”韦斯利开玩笑地说，眯着眼又凑近了一些。

“啊，别那么不厚道，”我笑了，“看看他们，我还从没见过妈妈小时候的样子。”

翻到下一页，是一张妈妈、亚瑟、罗莎琳和另一个男孩的合照。

我倒抽了一口气。

“你妈妈和罗莎琳小时候就认识，”韦斯利说，“你知道吗？”

“不知道，”我几乎无法呼吸，头昏脑胀，“一点都不知道。没人跟我提过。”

“最后面的那家伙是谁？”

“我不知道。”

“你妈妈还有其他哥哥吗？他看起来年纪最大。”

“没有，她没有。反正从没听她提起过。”

韦斯利把手伸到塑料膜下面，抽出了那张照片。

“韦斯利！”

“我们已经走到这一步了——你想不想找出真相？”

我使劲咽下一口唾沫，点了点头。

韦斯利把照片翻过来。

上面写着：“亚迪（亚瑟 Arthur 的昵称 Artie）、珍、罗丝、劳里（劳伦斯 Laurence 的昵称 Laurie）。1979。”

“显然他叫劳里，”韦斯利说，“让你想起什么了吗？塔玛拉，你的样子像是看到鬼了。”

墓碑上刻着“劳伦斯·基萨尼，安息吧”。

我们从都柏林开车回来的路上，亚瑟叫了罗莎琳一声“罗丝”。

苹果树上刻着“劳里和罗丝”。

“他是在那场城堡大火中丧生的人，劳伦斯·基萨尼。基萨尼家族墓地的一块墓碑上刻着他的名字。”

“噢。”

我盯着他们四个人的照片。他们都在笑着，脸上一派天真，前面还有大把的好时光，未来充满了无限可能。妈妈和亚瑟紧紧地拉着手，劳伦斯一只手随意地绕过罗莎琳的脖子，软软地垂在她胸前。他一条腿站直，另一条腿交叉在后面，摆出照相的姿势。他看起来自信满满，甚至有点儿骄傲。他的下巴抬得高高的，冲着相机笑，嘴咧得像是刚对摄影师喊了什么话还没来得及合上。

“所以，妈妈、亚瑟、罗莎琳和一位基萨尼是朋友，”我自言自语地说，“我甚至不知道她以前住在这儿。”

“也许她不住这儿，也许她只是来度假。”韦斯利继续往后翻。所有的照片都是这四个人的，都是他们在不同年纪的合照。有的照片里他们各自站着，有的则成双成对，不过大多数都是他们凑在一起。妈妈是年纪最小的一个，罗莎琳和亚瑟年纪相仿，劳伦斯最大，他脸上总有灿烂的笑容，眼睛里带着一抹顽皮的光。罗莎琳即使在小女孩时期看起来也很老成，眼睛总是冷冷的，脸上的笑容也不像其他人那么爽朗。

“看，这是他们在门楼前面拍的。”韦斯利指给我看，他们四个坐在花园围墙上。

“这张是妈妈在客厅里，那个壁炉跟现在一模一样。”我专心地研究着照片，“书架也完全一样。看看卧室什么样子，”我倒抽了一口气，“这是我现在住的房间。可我不明白。她以前住在这儿，她是在这儿长大的。”

“你真的一点也不知道?”

“不。”我摇头，感到有些头疼。我的脑袋里塞了太多的信息，却没有足够的答案，“我是说，我知道她住在乡下，可是……我记得小时候我们来拜访亚瑟和罗莎琳的时候，我外公总是在这儿。外婆在妈妈小时候就去世了。我以为他也是来亚瑟和罗莎琳家做客的，可是……我的天，到底是怎么了？为什么他们都不说实话？”

“可他们并没有说谎，不是吗？”韦斯利试图安抚我，“他们只是没有告诉你他们住在这儿。这又不是什么值得激动的惊天大秘密。”

“他们也没有告诉我他们从小就认识罗莎琳，没告诉我他们住在门楼里，还认识基萨尼家的人。这本来没什么大不了的，可如果你把它当成秘密瞒着人，那就严重了。可他们为什么要瞒呢？除此之外他们还瞒了我什么？”

韦斯利转过头不看我，继续翻着相册，像是在帮我找答案。“嘿，如果你外公住在门楼里，他应该就是这里的园丁，跟亚瑟一样。”

一副惊人的画面闪过我的脑海：我还是个小娃娃，外公两膝跪在地上，双手没在淤泥里。我记得他指甲底下的污垢。一条小虫在泥土里左右扭动，外公抓住它，在我眼前晃来晃去，我大哭，他大笑，双手搂住我。他身上总有一股泥土和青草的味道，他的指甲总是黑黑的。

“不知道会不会有那个女人的照片。”我继续往后翻。

“什么女人？”

“住在平房里做玻璃的女人。”

我们研究着后面的照片，我的心怦怦地跳得很厉害。我想我要晕倒了。我看到了另一张罗莎琳和劳伦斯的照片。“罗丝和劳里，1987”。

“我觉得罗莎琳爱劳伦斯。”我说，手指抚过他们的脸部轮廓。

“噢喔，”韦斯利说，翻过一页，“可劳伦斯不爱罗莎琳。”

我翻过一页，瞪大了眼睛。那是一张妈妈的照片，美丽的少女，长长的金发，大大的笑容，洁白整齐的牙齿。劳伦斯的手臂环抱着她，亲吻着她的脸颊，就在那棵刻了字的苹果树下。

我翻过照片的背面，“珍和劳里，1989”。

“他们可能只是朋友……”韦斯利慢慢地说。

“韦斯利，看看他们。”

我要说的只有这么多。事实一目了然，就摆在我们眼前——他们相爱。

我想起我第一次遇见伊格内修斯修女的那天，从玫瑰园回来以后，妈妈对我说过的话。我那时以为她说话稀里糊涂的，我以为她跟我说我比玫瑰漂亮，也许她的意思是“你比罗丝漂亮”？

而在照片的边缘，离他俩远远的地方，罗莎琳坐在一张格子地毯上，冷冷地瞪着镜头，她的身边是一个野餐篮。

# 第二十二章
# 昏暗的房间

我不知道还有多久罗莎琳和亚瑟就会带着妈妈回来，也不知道他们到底会不会带她回来，可我已经不在乎被他们逮到了。我找到了他们的秘密，我厌倦了小心翼翼地四处打探，趁无人注意的时候偷窥表面之下隐藏的真相。韦斯利全力支持我的下一步行动，带着我朝马路对面的平房走去。我们都想找到答案。在我的人生中，从来没有碰到过任何人像韦斯利这样愿意冒着风险帮助我。我想起伊格内修斯修女，我的心揪了起来，我把她抛下了，我也得去见见她。我记起我们当初认识的时候，她曾经抓着我的手臂对我说她永远也不会对我说谎，她会永远跟我说实话。她知道些什么。那时候她的确是在告诉我，她知道些什么。现在回想起来，她显然是在叫我去问她，而我直到现在才明白过来。

韦斯利领着我走在平房旁边的小径上。我的膝盖在发抖，几乎随时都会像纸糊的房子一样瘫倒在地。天色阴沉沉的，风也渐渐大了起来。才到中午，天空中已经阴云密布，仿佛老天的眼睛被遮在又粗又浓的眉毛下面，眉头紧锁忧心忡忡地看着我。

“那是什么声音?”韦斯利问道。我们就快走到小径的尽头。

我们停下脚步，侧耳细听。一阵叮叮当当的声音。

“是玻璃，”我低声说，“风吹玻璃摆动的声音。”

这声音让人有点心慌。跟锴锴的钟声不一样，它听起来像是玻璃被砸碎，那些小小的碎片，圆润的、参差的，在风中碰撞在一起。数以百计的这种声音重叠在一起，听起来真让人发毛。

“我要过去看看。”我们一走进后花园，韦斯利就说，“没问题的，塔玛拉。只要告诉那个女人你过来谢谢她，然后再看着办。她也许会跟你讲更多的事情。”

我紧张地看着他穿过草坪，走过车库，消失在那一片玻璃地里。

我转身往窗户里看，厨房里空无一人。我轻轻地敲了敲后门。没人回答。我伸出手，扳下门把手，手抖得厉害。我暗暗告诫自己别这么夸张。门没锁，我拉开一道门缝往里觑。里面是一条狭窄的走道，在尽头的地方向右拐弯。走道上有三扇门，都紧闭着，右边一扇，左边两扇。左边的第一扇门通往厨房——我已经知道里面没有人。我走进去，把门开着，不让自己有被困在里面的感觉，也让自己看起来不像是非法闯入。可风太大，门砰的一下被吹得关上了。我吓得跳起来，又拼命告诫自己别再一副蠢样子，一个老太太和一个送我礼物的女人不会伤害我的。我轻轻地敲了敲右边的门，没人回应。于是我轻轻地转动把手，慢慢地推开门。这是一间卧室，而且显然是一个老太太的卧室。房间里很潮湿，弥漫着爽身粉和磷酸三钙的味道。一张陈旧的深色木床，铺着花纹图案的床单被套，床下是一双拖鞋和青灰色地毯。还有一个衣橱，可能她所有的老气衣服都放在这里面。靠着门边的墙是一个小小的梳妆台，上面立着一面已经失去光泽的镜子，还有梳子、药瓶、念珠和圣经整齐地摆在台面上。正对着木床有一扇窗户，可以看到后花园。再没有其他东西了，也没有人。

我轻轻关上门，继续沿着走道往前。走道的地毯上铺着一种特殊的塑料垫子，好像是为了要保持瓷砖的干净。每走一步垫子都会发出摩擦的声音，我很惊讶竟然都没人听到我进来了。除非那个女人又到车库去了，也就是说她会碰上韦斯利。我僵住了，几乎想要拔腿往外走。可我已经走到了这一步，没有退路可走了。我来到走道拐弯的地方，那里还有一扇门，通向视听室。那个房间我早就在屋外从窗户里看过。电视机开着，声音很大，我仿佛听见倒计时钟滴答作响的声音。我猜想罗莎琳的妈妈就在那儿，虽然我对她有很多疑问，但现在实在不是跟她自我介绍的好时机。我要找的不是她。我走到前门的小门厅，在我的左边有另一扇门，我猜这扇门后就是第二间卧室。

我敲了敲门，声音轻得我自己都几乎听不见。我的指节轻轻地在暗色木门上刷过，仿佛那是一片羽毛。第二次，我敲得稍微用力了些，等得也更久，可还是没有回音。

我转动门把。门没锁，开了。

过分活跃的想象力，过去的几个礼拜，甚至过去的几年中，我一直在想象罗莎琳的秘密。可是现实总是让我失望。门楼车库里发现的东西让我既好奇又受伤，因为我压根不知道亚瑟和妈妈从小时候起就跟罗莎琳是朋友。可那还是跟我脑海中想象过的情节相差太远。最初的谜团解开来是罗莎琳体弱的老妈妈，车库里存放的也不是什么尸体而是城堡里的旧物。虽然有意思，但也让我有点失望，因为跟我从罗莎琳身上感觉到的紧张相比，这样的秘密还太弱了。她藏起来的应该是更大的秘密。

可是这一次，我没有失望。

这一次，我情愿迎接我的是70年代的地毯、深色的木头、潮湿的气味和一间装潢得非常糟糕的卧室。因为我眼前的一切彻彻底底地把我吓到了。我就站在那儿，浑身僵硬，目瞪口呆，几乎无法顺畅地呼吸。

我眼前的三面墙上，从地面到天花板，贴得满满的，全是我的照片。小婴儿的我，领圣餐的我，三岁、四岁和六岁时到门楼作客的我，在校剧社表演的我，我在自己的生日派对和别的派对上，我在妈妈朋友的婚礼上当花童、穿得像个万圣节的女巫，还有我上小学一年级时画的第一幅涂鸦。有一张照片就是上个礼拜拍的，我坐在门楼大门口的围墙上，双脚荡来荡去，仰头看着太阳。有一张照片是我和马卡斯，那是他第一次来这里的时候，还有一张是我们坐在巴士里去旅行。有一张照片拍的是妈妈、芭芭拉和我，那是我们搬来这里的第一天早上。还有八岁左右的我无聊地站在门楼旁的路中间，而妈妈在跟亚瑟、罗莎琳边聊天边吃鸡蛋三明治喝茶。有一张是两个礼拜以前拍的，照片上的我正把野花摆在劳伦斯·基萨尼的坟头，然后是我走在去往城堡的路上，还有我跟伊格内修斯修女的合照，我们走路，说话，躺在草地上。还有我坐在城堡里的台阶上，闭着眼睛面朝太阳，那是我第一次发现了日记里的预言的那天。我早知道有人在看着我，日记里这么写了。数不清的照片，就像我全部人生的完整记录，我已经遗忘很久的场景一一浮现在眼前，有的我甚至从来不知道它们被胶片记录了下来。

墙角摆着一张单人床，乱糟糟的没有整理。床边有一只上了锁的小柜子，台面上摆满了药瓶。我正要转身离开，我的眼睛突然瞥见一幅熟悉的画面。我走到对面的墙边，从口袋里掏出那张已经皱皱巴巴的照片。我把它举到墙上，它们几乎一模一样，虽然墙上挂着的那张更清晰一点儿。而且，挡在镜头前的手指不见了，所以神父的脸露了出来，妈妈站在他旁边，我躺在她的臂弯里。在我粉嫩的小脑袋上有一只戴着戒指的手。墙上的照片比我在车库里找到的这张要大得多。它被放大了好多倍，所以那枚戒指可以看得非常清楚、非常明白，一眼就知道谁是它的主人。

伊格内修斯修女。

在这张照片下面的一张，是妈妈把我抱到受洗盆上，神父把水滴到我头上。我认得那只盆，它就在这附近的礼拜堂里，现在爬满了蜘蛛和灰尘。旁边的照片是妈妈红着脸躺在床上，头发贴在她汗湿的额头上，刚出生的我包得严严实实的躺在她怀里。还有一张是伊格内修斯修女抱着我，刚刚出生的我。

“我不只是个修女，我也受过助产的训练。”她几天以前刚说过这话。

“噢，我的老天。”我浑身发抖，两膝瘫软。我伸出手想扶住墙，可除了我自己的照片，那里没有任何东西可以让我抓住。我倒在地上，手指扫过墙面，扯下了好几张照片。我没有昏倒，我只是站不住了。我想离开这儿。我把头埋在两腿之间，深深地吸气，再慢慢呼出。

“今天你真走运，”我听到身后有个声音说，立刻惊跳起来。“平时这扇门都会锁上的，连我都没有进来看过。他很忙。”

罗莎琳站在门口，靠着门框，双手背在身后。非常冷静。

“罗莎琳，”我的声音嘶哑，“这是怎么回事？”

她咯咯地笑起来，“噢，孩子，你知道这是怎么回事。别给我装作一副你没有偷听偷看的样子。”她冷冷地看着我。

我紧张地耸了耸肩，心里立刻知道自己显出了心虚的样子。

她把一些东西扔到我身上，它们掉到了地上。

是我早上拿过的那几封信，我找到她围裙口袋里的药瓶以后就把它们落在了厨房里。然后她又扔了个东西过来，更重，砰的一声掉在地毯上。我立刻知道那是什么——日记本。我伸手把它捡起来，笨拙地摸索着想把锁打开看看那些烧坏的纸页有没有恢复。也许我已经改变了事情发展的方向，可是，有人抢在我前面帮我回答了这个问题。

“你把它们都烧了，真让我扫兴。”她挤出一个扭曲的笑容，“亚瑟和你妈妈在家里，我也许不该留下他们……”她转头看向门楼，牙齿在嘴里咬着脸颊。她看起来那么脆弱，努力要一肩扛下全世界重担的舅妈。我几乎要伸出手去安慰她，可当她回过头来，眼底又是一片冰寒，“可我不得不把他们留下。我知道你会在这儿，我约了墨菲警官今天晚些时候见面。我猜你并不知道是为了什么事情？”

我勉强咽下一口唾沫，摇了摇头。

“差劲的骗子，”她静静地说，“就跟你妈妈一样。”

“你怎么敢这么说我妈妈。”我的声音在颤抖。

“我只是想帮她，塔玛拉，”她说，“她不是在睡觉。她在折磨她自己。一直沉溺在过去之中无法自拔，每次我端饭上去都不停地问东问西……”她开始自言自语，好像在试图说服自己，“我是为了她好，不是为了我，而且她几乎什么也不吃，所以那个——她说的是药——她也没有吃太多。我是为她好。”

我皱起眉头，不知道是该打断她还是让她这么自言自语下去。趁着她陷入沉思，我弯腰捡起地上的信。信封上写着收件人。

亚瑟·基萨尼

门楼

基萨尼领地

基萨尼

米斯郡

另一个信封上也写着同样的地址，不过收信人是亚瑟和罗莎琳。

“可是……”我的目光在两个信封上转来转去，“可是……我不……”

“可是，可是，可是。”罗莎琳学着我的样子说话，一股战栗窜过我的脊背。

“亚瑟的姓是拜恩，跟妈妈一样。”我的声音尖得刺耳。

罗莎琳瞪大了眼睛，然后笑了，“好吧，好吧，好吧。小猫不像我想的那么好奇啊。”

我拼命让自己站住不摔倒。罗莎琳看来像是在准备些什么，一只手仍然背在身后。

我又看了一眼那些信封，想弄明白这到底是怎么回事。

“妈妈不姓基萨尼，她姓拜恩。”

“没错。她不姓基萨尼，从来不姓基萨尼，可她一直想要得到这个姓。”她的眼睛里透着寒光，“她只想要这个名字。她总是想要不属于她的东西，爱偷东西的贱人，”她啐了一口，“她跟你有点像，总是在别人不想见她的时候出现。”

我吃惊地张大了嘴，“罗莎琳，”我抽了一口气，“你……你这是怎么回事？”

“我怎么回事？我什么事也没有。我只是花了好几个礼拜的时间做饭，打扫，做这做那，照顾所有的人，处理所有的事，就跟平常一样，为了两个忘恩负义的小……”她瞪大了眼，张大了嘴，怒气冲冲地吼道，“……骗子！”我忍不住捂住了耳朵。

“罗莎琳！”我叫道，“住嘴！这是怎么了？”我开始哭起来，“我不懂这是怎么了！”

“不，你懂的，孩子。”她嘘声叫道。

“我不是孩子，我不是孩子，我不是孩子！”这句在我脑子里回荡了无数次的话终于冲口而出，声音一次比一次大。

“不，你是。你本该是我的孩子！”她大叫道，“她把你抢走了！你本来应该是我的。他也一样，他是我的。她把他从我身边抢走了！”仿佛这句话花光了她所有的力气，她似乎崩溃了。

我一声不吭，脑子里转得飞快。她说的不可能是劳伦斯·基萨尼——那是很多年以前，我出生之前的事了，她说的一定是……

“我爸爸，”我轻声说，“你爱我爸爸。”

她抬起头来看着我，满脸受伤的表情，我几乎要同情起她来了。

“所以爸爸从来不跟妈妈一起回来这儿，所以他总是待在都柏林。多年以前你们之间发生过什么？”

罗莎琳的脸色柔和下来，她开始笑。起初是安静地轻笑，随即她仰起头大声笑起来。

“乔治·古德温？你是当真的吗？乔治·古德温是个彻头彻尾的输家，从他开着那辆装腔作势的车跟他装腔作势的老爹一起来这儿提出要买这块地的时候起。‘要盖一座了不起的酒店，要建一所了不起的温泉浴场，’”她学着爸爸讲话的样子，我仿佛真的见到他在说这些话，我能想象他穿着条纹西服跟蒂莫西爷爷一起来这儿的样子。只差按下红色按钮召来推土机把城堡拆了，对想要保护城堡和他们的土地的人来说，他一定像魔鬼一样可怕。“他一定要拥有所有的东西，包括你妈妈，就算她已经有个孩子。他做过的最大的好事就是把你妈妈和你从这里带走。不！实际上他做过的最大的好事是自杀，那些西装革履的人再也不能打这块地的主意。那是乔治·古德温做过的最大的也是唯一的好事，他自己也知道。我敢打赌他一直知道这一点，直到他喝下第一口威士忌……”

“住嘴！”我尖叫，“住嘴！”我冲过去打她，扇她，拳打脚踢，只要她停止这些谎言——这些可怕、阴险、下流的邪恶的谎言——可她的动作快我一步。她的胳膊非常强壮，经过整天和面做苹果派、辛苦照看她的有机蔬菜园、每天早上端着餐盘上上下下而锻炼出来的胳膊像钳子一样有力。只用了一只手，她一把把我推开，我立刻觉得喘不过气来，仿佛我的胸被压碎了一样。我向后飞出去，头撞到了小柜子的一角，倒在地上大口大口地喘气。我哭了起来。我的视线模糊了，我的嘴里尝到了血腥味，却不知道为什么会这样。我的头已经撞晕了。我分不清方向，站不起来，也找不到门在哪里。

过了一会儿，也不知道是多久，我终于模模糊糊地看见了站在门口的罗莎琳。我头昏眼花地坐起来，摸了摸头，颤抖的手指上赫然沾上了血迹。

“好了，好了，”罗莎琳轻轻地说，“你为什么要那么做，孩子？你为什么要让我那么做？我们得想想我们该说些什么。”她说，“在你看到这所有的东西以后，我们不能让你就这样回去。不，不，我得想想，我现在得好好想想。”

我语无伦次地咕哝着，自己也不知道到底想说什么。我的脑子里塞满了她刚刚说的话。爸爸从这儿把我和妈妈带走，妈妈已经有了我？不可能，这太荒谬了。他们是在一场豪华宴会上认识的，宴会来了很多人，可他见到她第一眼就知道自己必须得到她——他自己是这么说的，他一直是这么说的。他们立刻坠入了爱河，他们有了我。他们的故事就是这样，爸爸告诉我的故事就是这样。也许我听错了，也许罗莎琳自己编了个故事。我头痛欲裂，我太累了，眼皮重得直往下搭，我只想闭上眼好好休息。随即我发现罗莎琳在说话，可并不是对我。我又睁开眼睛。她正看着走道的方向，脸上的表情有点阴森可怕。

“噢，”她的声音又弱了下来，“我没听到你进来，我以为你在工作间里。”

是做玻璃的女人。我该大叫让她来救我，可我听到了一个男人的声音。我顿时紧张起来。不是亚瑟，不是韦斯利——噢，他现在在哪儿？受伤了吗？他去了那片玻璃地，满满都是玻璃的地方。我几乎每天晚上都会做恶梦，梦到那些玻璃。它们在风中摆荡着，我在其中穿行，寻找着出口。无数玻璃擦过我的四肢，扎进我的皮肤，而那个女人就在那儿望着我。那个女人现在在哪儿？

“你要不要去厨房坐坐，我给你泡杯茶？那样不好吗？你是什么意思？你在那儿站了多久了？是她先冲过来打我的，我只是想自卫。我把她整理好了以后就带她回去。”

他说了些什么，我只听到地上塑料垫子的声音。一个脚步，然后一阵拖曳声，又一个脚步，又一阵拖曳声。

我奋力支着身体坐起来，然后扶着床想要站起来。罗莎琳忙着跟门外的男人说话，并没有发现我的动作。我听不清那男人说了些什么，可是罗莎琳的声音越来越尖，紧张、温柔的语气都不见了，又回到了几分钟前的罗莎琳——疯狂的罗莎琳。

“占有欲太强，”几个礼拜前，伊格内修斯修女还曾经琢磨着我对罗莎琳的评语，“这个说法很有意思。”

“这就是为什么你从来不让我进来这个房间吗？你就是想要我这样发现吗？这样不对，你知道的。”

他又开始说话，然后是一声重重的脚步声，然后是拖曳声。

“这又是什么？”

终于，她一直背在背后的手伸了出来，手里是他送给我的那串玻璃作品。我想冲她大吼那是我的，可走道里已经一片混乱。

“我们说好的可不包括这个，你知道的，劳里。我答应让你玩玻璃是因为看你那么想要它，我以为火和玻璃可以治疗你的……呃，一切，可你玩得太过火了。你把一切都搞砸了，你毁了一切。不能再这样下去了，绝对不能再让你们这样了。”

劳里。劳伦斯·基萨尼安息吧。

我浑身冰凉。她在跟想象中的他说话，或者她看见的是幽灵。不，不对。我也能听到他的声音。

那男人生气地说了些什么，罗莎琳扬手把那串玻璃扔到了出去。我听到一声惊叫，然后她扑向他。我看见一支手杖挥来挥去，打到了她，她砰的一声倒到了墙上。她惊恐地望着他，我又缩回角落里，头紧紧地埋在腿间。我只想离开这儿，去哪儿都好，可我就是动弹不得。

“罗丝？”我听到一个声音叫道。

“是的，妈妈，”她说，扶着墙站起来，声音抖得厉害，“我这就来了，妈妈。”她最后看了那个男人一眼，然后跑过走道去视听室了。

那男人走到了门口。尽管我已经做好了心理准备，可一看到他，还是忍不住尖叫起来。长长的干枯的头发下面，盯着我的是一张扭曲变形的脸。脸的一边像是被火烧熔了然后被拉扯下来又重新安上去，皮肤都好像安错了地方。他飞快地抬起手来用头发遮住脸。他穿着一件长袖衣，抬手的时候露出累累的伤痕。他的左半边完全被火烧毁了。他的肩膀无力地耷拉着，好像有蜡油顺着他的左半边身体滑落下来。他的眼睛又大又蓝，一只完美地镶嵌在平整光滑的皮肤里，一只却被伤得那么严重，仿佛随时都会掉出来，只留下白眼球在眼眶里。他开始朝我走过来，我大哭起来。

我听到后门被打开了，风灌了进来。我听到塑料垫子上的脚步声，被罗莎琳唤作劳里的男人惊恐地转过身去。

“放开她！”我听到韦斯利大叫。劳里把双手高举到空中，一脸震惊、悲伤，颤抖不已。韦斯利跑进来，看到了我。我一定看起来一团糟，因为他的脸色变了，怒气腾腾。他一把将劳里推到墙上，手掐着他的脖子。

“你对她做了什么？”他冲他怒吼。

“放开他，”我听到自己这么说，可是，我的声音一点儿也发不出来。

“塔玛拉，我们离开这儿。”韦斯利说，因为拼命地按住劳里，他的脸涨得通红，脖子上青筋暴突。

我不知道自己是怎么办到的，可我终于站了起来，抓起日记本，朝前走了几步。我伸出一只手搭在韦斯利身上，示意他停下来。他放开了劳里，拖着我跑出了房间，把劳里推到一边，摔上门，上了锁。他取下钥匙放进自己的口袋里，我听到那男人在门里大吼，请求让他出来。

# 第二十三章
# 面包屑

眼看我就要跑到走道的尽头，拐角处罗莎琳走了出来。显然她是从前门穿过来的。她伸出手抓住我的手臂，可我没有停下脚步，她仍然紧紧地掐着我不放开，指甲陷进了我的肉里。我尖叫起来。

“跟着我。”韦斯利说，转过弯继续跑。

我跟着跑，可是突然后颈一阵刺痛，罗莎琳揪住了我的头发，把我往后猛拽。我一肘狠狠地击向她的肚子，她松开了我。尽管之前她那么对我，我还是替她难过，停下脚步想看她是不是还好。她佝偻着直不起腰，呼吸急促。

“塔玛拉，快!”韦斯利大叫。

可我动不了。这太荒谬了。我不懂为什么我们会这样，为什么她会跟我翻脸。我必须看看她是不是还好。我靠近她，她抬起头来，抡起右手狠狠地扇了我一耳光。她的手挥过去好久以后，我的脸还在火辣辣地痛。韦斯利用力把我一拉，我只好跟着他跑。

我们跑过后花园，跑过车库，直到跑进玻璃地里我才发现风有多大。现在可以称得上是狂风了。我的头发在风中凌乱地飞舞，有时飘到我的脸上遮住我的眼睛，有时甚至有几缕飞到我的嘴里。韦斯利紧紧地抓着我的一只手，穿过一排排高低不平的玻璃时，我不得不大张着另一只手来保持平衡，所以没法把脸上的头发抚开。玻璃在风中剧烈地来回摆荡，毫无节奏可言，所以很难判断它会不会在我们飞奔而过的时候撞上我们的脸。我们狼狈地左避右闪，不让自己被玻璃尖锐的边缘刮伤。

我紧紧地抓着韦斯利的手，当时脑子里只有一个念头，不能放开，千万不能放开。他不时回过头来确认我还在，虽然他的手那么紧地握着我的手，我的手指几乎都要被握碎了。我看得到他脸上的担忧，他眼里的惊慌。我们在一起，而我从来没有如此感激有这么一个朋友。我们从一排排玻璃底下钻到花园边上。韦斯利找到一条路，我们可以翻墙出去。我站在那儿望风，冰凉的风吹过，手臂上一阵灼痛，刚才被刮破的伤口开始流血，或许脸上也有。我看到罗莎琳出现在车库旁边，四下张望地找我们。我们的目光对上了，她朝这边奔过来。

韦斯利动作迅速地找来一些板条箱和水泥块，把它们堆叠在一起，好让我们踏在上面翻过围墙。他踩上去，终于可以够到墙顶了。

“来，塔玛拉，我托你上去。”

我放下日记本，他扶住我的腰往上托。我手脚并用地往墙顶上爬，光裸的手肘在水泥墙面上刮过，膝盖也重重地磕了好几次，不过，我终于爬上去了。韦斯利把日记本递给我，我往墙的另一边跳下去。落地的时候，一股疼痛从脚踝直冲大腿。韦斯利很快也跳了下来，再次抓起我的手向前跑。

穿过马路，我们直直地跑进门楼。我一边急促地呼吸，一边尖声大叫亚瑟和妈妈。没人回答我，房子里一片沉寂，楼下空无一人。只有门厅里的落地钟滴滴答答地响着。我们一起冲到楼上，用力打开每扇门，冲每间房里大喊。起先我还只是担忧，渐渐开始恐慌起来。我坐在自己的床上，手里抱着日记本，不知道如何是好。我把它抱得更紧，哭了起来，这时却发现日记本上的污痕开始渐渐消退。

我打开日记本，焦痕密布的纸页慢慢地在我眼前舒展开来，伸直，拉长，上面的字迹不再工整流畅，反而参差不齐、凌乱不堪，仿佛是在极度的恐慌中写下来的。

“韦斯利。”我叫道。

“是!”他的声音在楼梯上响起。

“我们得赶紧走。”我大叫。

“去哪儿?”他叫着说，“我们是不是该打电话叫警察？你觉得呢？那个家伙是谁？我的老天，你看见他的脸了吗?”

我飞快地站起身来。太快了，所有的血冲上头顶，我一阵眩晕，眼前现出一片黑点。我硬撑着往前走，希望它们赶快消失。我走到门厅，扶着墙，拼命地深呼吸。额头上的脉搏疯狂地跳动着，我的皮肤感觉又热又黏。

“塔玛拉，怎么了?”我只听到了这一句。

我感觉到日记本从我的手中掉出来，砰的一声落到地上。在那之后，我就失去了知觉。

醒来的时候，我的眼前是一幅圣母玛利亚的画像，她戴着淡蓝色的面纱，微笑地看着我。她薄薄的嘴唇微微向上翘，仿佛在跟我说一切都会好起来的。她向我伸出手，好像要送我一份隐形的礼物。然后我想起了在平房里发生的事情，猛的一惊，坐了起来。我的头感觉像是被什么东西碾过，而且周围的空气都在朝我压过来。

“哎哟。”我呻吟道。

“嘘，塔玛拉，你得躺下。来，慢慢躺下。”伊格内修斯修女冷静地说，一只手握住我的手，另一只手扶住我的肩膀帮我慢慢躺下。

“我的头。”我沙哑地说，躺着看向她的脸。

“你撞到头了，撞得不轻。”她说，拿过一条毛巾浸到盆里，然后小心翼翼地在我额头上擦着。

痛。我浑身紧绷着。

“韦斯利，”我慌张地朝四周看，推开她的手，“他在哪儿?”

“他跟康赛普塔修女在一起。他没事，是他把你带到这儿来的。”她微笑着。

“塔玛拉。”我听到另一个声音，妈妈冲了过来，跪倒在我的窗前。她看起来不一样了。首先，她穿戴整齐了。她的头发往后梳成一只马尾辫，她的脸看起来清瘦了不少，可是更重要的是她的眼睛……虽然布满了血丝，肿得像刚刚哭过，她的眼睛重新恢复了灵动的光彩。“你还好吗?”

我不敢相信她竟然下床了，我就这么盯着她，打量着她，等着她重又陷入恍惚中去。她倾身过来，在我的额头上重重吻了一下，重得几乎让我感觉到痛了。她伸手抚着我的头发，又吻了我一下，跟我说，她很抱歉。

“哎哟。”我皱了皱眉，她抓到了我的伤口。

“噢，亲爱的，对不起。”她立刻松开手，凑过来检查我的伤口，一脸担忧，“韦斯利说他在一间卧室里找到你，那儿有个男人，满脸疤痕……”

“他没有伤害我。”我立刻为他辩护，虽然我自己也不知道为什么，“罗莎琳在那儿。她很生气，她滔滔不绝地说了一大堆荒谬的谎话，关于你和爸爸的谎话。我冲过去让她住嘴，她推了我一下……”我把手放到伤口上，“很严重吗?”

“不会留疤的，跟我说说那个男人。”妈妈的声音颤抖着。

“他们大吵了一架，她叫他劳里。”我猛然想了起来。

伊格内修斯修女紧紧地抓着沙发，仿佛地板在她脚下旋转。妈妈看着她，下颌紧绷着，然后又转过头来看我，“所以这是真的了，亚瑟说的是实话。”

“可这不可能，”伊格内修斯修女低声说，“我们把他葬了，珍妮弗。他死在那场大火里。”

“他没死，修女。我见到他了。我见到了他的卧室，他有很多照片，数不清的照片挂满了他的房间。”

“他喜欢拍照。”她说，声音轻得像是在自言自语。

“那些照片上全都是我。”我说，看看妈妈，又看看修女，“跟我说说他吧，他是谁？”

“照片？韦斯利没有提起这个。”伊格内修斯修女边说边发着抖，脸色苍白。

“他没有看见，可我什么都看见了。我的整个人生都挂在那几面墙上。”要说的话哽住了我的喉头，可我还是继续说下去，“我出生的那天，受洗的那天，”我看着她，一股怒气腾地窜了上来，“照片上还有你。”

“噢。”她布满皱纹的瘦骨嶙峋的手指飞快地捂住了嘴，“噢，塔玛拉。”

“你为什么不告诉我？为什么你们都要说谎？”

“我真的很想告诉你，”伊格内修斯修女插进来说，“我跟你说过我不会说谎，你可以问我任何事情，可是你从没问过。我等啊等啊等。我觉得不该是我来告诉你，可我应该告诉你的。我现在才明白过来。”

“我们不该让你通过这样的方式知道。”妈妈颤声说道。

“好吧，你们谁也没有勇气做罗莎琳做的事情。她告诉我了。”我推开妈妈的手，转过头不看她，“她跟我讲了一个荒唐的故事，她说爸爸跟爷爷一起来这儿，想要买下这块地开发成一个温泉疗养浴场。她说爸爸在这儿遇见了妈妈，还有，遇见了我。”然后我看向妈妈，等着她告诉我这一切都是谎话。

她沉默不语。

“告诉我这不是真的。”我的眼眶湿了，声音颤抖着。我想表现得坚强些，但我没有办法。这一切太让人受不了了。伊格内修斯修女在胸口划着十字，我看得出来她在发抖。

“告诉我他就是我爸爸。”

妈妈哭了起来，然后又停下，深深地吸了一口气，似乎从某处鼓起了一点勇气。当她开口，她的声音坚定而又低沉。“好吧，听我说，塔玛拉。你必须相信我们之前没有告诉你是因为我们觉得多年前这么做是对的，而乔治……”她踌躇了一下，“乔治是那么爱你，全心全意，就像你是他亲生的……”

我忍不住大叫起来，无法相信自己听到的事情。

“他不想我告诉你，我们为这事争吵了好多次。可这是我的错，全是我的错，我太抱歉了。”她的眼泪涌了出来，顺着脸颊往下淌。虽然我想要表现得无动于衷，想凶狠地瞪着她让她知道她对我的伤害有多深，可我没办法。我没办法无动于衷。我的世界变化得太诡异，我的生活已经脱离了常轨。

伊格内修斯修女站起来，把一只手放到妈妈的头上。妈妈竭力停止哭泣，擦干脸颊上的泪，开始安慰我。我没法看着妈妈的脸，于是我的目光围着伊格内修斯修女打转。她走到房间的另一头，打开一只小柜子，取出什么东西，又朝我走过来。

“给，我一直想把这个给你。”她说，眼睛里充满了泪水。那是一份包好的礼物。

“修女，我现在真的没有心情收什么生日礼物，因为我妈妈刚跟我说这一辈子她一直在对我说谎。”我语带怨恨地说。妈妈抿了抿嘴，眉头皱了起来。她慢慢地点点头，默默地接受了我对她的挖苦，那让我更想对她咆哮。我想趁这个机会用世界上一切的恶毒话来形容我对她的感觉，就像我曾经对老爸做过的一样，可我控制住了自己，因为后果、影响——这是日记教给我的东西。

“打开它。”伊格内修斯修女严肃地说。

我撕开包装纸，是一个盒子，盒子里面有一卷纸。我看向她找寻答案，可她在我身旁跪了下来，双手紧握，垂着头，仿佛在祷告。

我展开那卷纸，是一张受洗证书。

> 本受洗证书证明塔玛拉·基萨尼于1991年7月24日出生于米斯郡基萨尼城堡，母亲珍妮弗·拜恩，父亲劳伦斯·基萨尼。受洗日，1992年1月1日。

我盯着这张纸，读了一遍又一遍，希望是我的眼睛在骗我。我不知道要如何开口。

“好吧，重要的事情先来：他们把日期搞错了。”我努力让自己听起来很自信，可我知道我听起来很可悲——这不是我用挖苦讽刺就能反击的事情。

“对不起，塔玛拉。”伊格内修斯修女又道了一次歉。

“所以你一直说我十七岁了……”我回想起我们所有的对话，“可如果这个没错的话，那我今天就十八岁了……马卡斯。”我抬起头来看着她，“你打算让他坐牢?”

“什么?”妈妈看了看我，又看了看修女，“马卡斯是谁?”

“不关你的事，”我爆发了，“二十年后我会告诉你的。”

“塔玛拉，拜托。”她央求道。

“他可能会去坐牢。”我愤怒地对伊格内修斯修女说。

修女猛摇头，“不，我跟罗莎琳说了一次又一次，要她告诉你。就算不告诉你，也请她告诉警官。她一直坚持说他会没事的。可我自己去了，我跟警官说了，塔玛拉。我去了都柏林，跟费茨吉本警官见了面，亲手把这份证书交给他看了。本来还有一条非法侵入民宅的控告，不过考虑到你的情况，那条也一起撤销了。”

“什么撤销了？发生了什么事？”妈妈问，忧心忡忡地看着伊格内修斯修女。

“老天，塔玛拉，如果你现在还不知道的话，那你的问题比我以为的要多得多。听着，我祝你一切好运，可是……不要再打电话找我了。”

那就是我们最后的对话，他已经知道为什么控告会被撤销。我是多么差劲的人，才会连自己的年龄都不知道。马卡斯的事让我松了一口气，我的怒火也暂时平息了下来。可没过多久，怒气又冒了上来。我头痛得厉害，忍不住伸手去摸伤口。他们一直在对我说谎，一路撒下面包屑，我不得不一路跟随着这些细微的印记，自己找寻真相。

“所以让我把话说明白了吧，罗莎琳没有说谎。劳里是我爸爸，那个拍照片的……怪人？”我大叫，“为什么没有一个人告诉我？为什么每个人都对我说谎？为什么你们都要让我以为我失去了爸爸？”

“噢，塔玛拉，乔治是你爸爸。他爱你胜过世界上的一切，他把你当亲生女儿一样养大，他……”

“死了，”我吼道，“而你们每个人都让我以为我失去了爸爸。他对我说谎，你也对我说谎。我简直不敢相信。”我一骨碌坐起来，头晕目眩。

“你妈妈以为劳里死了，塔玛拉。你当时才一岁。她有一个机会开始新的生活。乔治爱她，他也爱你。她想要重新开始，她只是不想让这件事带给你伤害。”

“可这样就没问题了吗？”虽然伊格内修斯修女替她说话，我还是继续问妈妈。

“不，不，我不同意这么做，可她应该得到幸福。劳里去世的时候她是那么心碎。”

“可他没死，”我又吼起来，“他住在那栋平房里，每天都吃该死的三明治和苹果派。罗莎琳知道他活着。”

妈妈听到这儿，失声痛哭起来。伊格内修斯修女把她紧紧地拥在怀里，她的脸上写满了心碎。我不做声了，明白过来被谎话蒙在鼓里的不止我一个人。妈妈也是刚刚才发现她爱的那个人没有死。他们开了一个多么残忍的玩笑。

“妈妈，对不起。”我轻轻地说。

“噢，亲爱的，”她吸了吸鼻子，“也许这是我的报应，对你做了这种事的报应。”

“不，不，你不该受这样的报应。可他也配不上你，只有脑子有毛病的人才会装死吧？”

“他是想保护她，我想，”伊格内修斯修女说，“他想让你们俩过上更好的生活，一种他给不起的生活。”

“亚瑟说他毁容得很严重？”妈妈看着我，“他看起来怎……怎样？他对你好吗？”

“亚瑟？”我又一次惊跳起来，“亚瑟·基萨尼？他是劳里的弟弟？”

妈妈点点头，又一滴眼泪落了下来。

“你们的秘密真是一桩接着一桩啊。”我说，不过这一次不再有怒气。我已经无力生气了。

“他一直不同意我们的做法，”妈妈现在也精疲力竭了，“现在我明白了为什么他当初那么反对。我们从没说过他是我哥哥，直到你自己这么以为，然后我们才……”她摆了摆手，也觉得这一切荒谬极了。

这时韦斯利进来了。“警察正在过来这儿的路上。你还好吗？”他看着我，“他有没有伤害你？”

“不，不，他没有。”我揉了揉眼睛，“他把我从罗莎琳手里救了出来。”

“可我以为他……”

“没有。”我摇了摇头。

“我把他锁在他卧室里了，”韦斯利内疚地说，从口袋里掏出钥匙，“我以为他要伤害你。”

“噢，不。”我的怒气已经消散，我觉得对不起他。他在保护我，他送给我礼物，他记得我的生日，我的十八岁生日。当然他记得，而我是怎么感谢他的？我把他关起来了。

“亚瑟在哪儿？”伊格内修斯修女问道。

“他去平房了，去找罗莎琳。”

随即我想起来了——日记。“不！”我又一骨碌坐了起来。

“宝贝你应该放松点儿。”妈妈说，想哄我再躺下，可我跳了起来。

“他得离开那儿，”我惊慌地说，“我怎么一直待在这儿呢？韦斯利，打电话给消防队，快！”

“为什么？”

“宝贝，放松些，”妈妈担忧地说，“躺下吧……”

“不，听我说。韦斯利，这是日记告诉我的。我必须阻止它。打电话给消防队。”

“塔玛拉，那只是一本书，只不过……”

“到今天为止，每一天它都说对了。”我说。

他点了点头。

“那是什么?”妈妈走到窗前，突然问道。

远处的树顶上，一团团的浓烟涌起，升向天空。

“罗莎琳,”修女恶狠狠地说，我不禁打了个冷战，“打电话给消防队!”她对韦斯利说。

“把钥匙给我,”我说，从韦斯利手上一把抓过钥匙，冲了出去，“我得去救他。我不要再失去他了。”

我往前冲，听到他们在后面喊我的名字，可我不理会他们，继续往前冲。我穿过树林，循着烟味，直直地冲向那栋平房。我已经失去了养我的爸爸，我不想再失去另一个。

# 第二十四章 梦见逝去的人

我跑到平房的时候，一辆警车停在门外。我看到罗莎琳跟她妈妈一起站在草坪里。跟她说话的是一位不耐烦的警官，一遍又一遍地问她还有没有人在里面。罗莎琳两手捂着脸，大声地恸哭着，又回头看了看房子，仿佛她无法决定。亚瑟站在警官旁边，对着罗莎琳大吼，抓着她的肩膀一阵猛摇，想要得到她的回答。

"他在工作间里！"她终于尖声叫道。

"他不在，我看过了！"亚瑟吼道。

"他必须在那儿！"她尖叫，"他必须在那儿。他去工作间的时候总会锁上卧室的门。"

"谁？"警官一遍又一遍地问，"谁在里面？"

"他不在那儿。"亚瑟声音都嘶哑了，"我的天，女人，你到底干了什么？"

"噢，我的天。"罗莎琳不停地尖叫，她妈妈轻声地哭泣着。

警笛在远处呼号着。

我没有理会他们。我一声不吭地跑过他们身边，沿着房子旁边的小径跑到后门冲了进去。到处都是烟，又黑又浓，弥漫了整条走道。我一吸气就被呛得几乎透不过气来，双膝软倒在地，干呕，喘息，眼睛刺痛。

我不停地揉眼，可是却越来越痛。我把毛衫蒙到脸上，进来之前我在外面的水龙头底下把它用凉水浸湿了，我用它遮住嘴巴和鼻子，好让自己能够呼吸。只睁着一只眼，我摸着墙往前走。脚下的塑料垫子又烫又黏，我的运动鞋上的橡胶总是粘到上面。于是我只得靠着走道的边缘走，那儿铺的是瓷砖。我摸着墙朝他的卧室而去。当我摸上他门上的金属门把，立刻被狠狠地烫了一下。我弯下腰，捧着手，拼命地咳嗽，眼睛刺痛，干呕，手像被火烧了一样疼。走道尽头开着的门疏散了一些烟，我知道它离我不远，我总是可以跑出去的。

我把钥匙插进锁孔，只希望门锁还没被烧熔。我转动钥匙，后退一步，用脚压下门把，门开了。更多的烟跟着我灌进了房间，我反手推上了门。墙上的那些照片，边缘已经因为过高的温度而卷曲。我看不到火，只有烟，厚厚的黑黑的浓浓的烟，我觉得自己的肺都快要爆裂了。我想大喊，但却喊不出来，只能不停地咳嗽，希望他能听到我的咳嗽声，知道我在这儿。

我沿着床摸索着前进，摸到了他的身体，摸到了他的脸。他美丽的、疤痕密布的脸，就像那座城堡一样毁于大火，一样背负着让我无法抗拒的故事。他的眼睛闭着，我摸到了他的眼皮。我摇晃着他，双手在他浑身上下按压，想要把他弄醒。没有用，他已经不省人事。我感觉到身后一片灼热，是火。它很快就会围住我，把我困在这间挂满照片的房间里。我东摸西摸想要打开窗户，可它们锁上了，找不到任何钥匙。我抡起一把椅子朝窗户一次一次地砸过去，却砸不破。我用力去拉他，可他太重了。我想扶他站起来。我累了，筋疲力尽，头晕眼花。我躺到他旁边，想叫醒他。我抓起他的手，我们俩的手握在一起搭在床上。我不会离开他。

突然，我梦到了城堡，那里正在举办一场宴会，长长的餐桌上摆满了野鸡和乳猪，滴着油和酱汁；红酒和香槟；还有美味的鸭肉和蔬菜。然后我梦到跟伊格内修斯修女在一起，她冲我大叫，叫我用力推，可我不知道要推什么。我看不见她，可我听得到她的声音。然后黑暗散去，房间充满了美妙的光线，而我躺在伊格内修斯修女的臂弯里。然后我梦到了那片玻璃地，我在里面跑啊跑啊，罗莎琳紧跟着我。我抓着韦斯利的手，就像之前一样，可他不是韦斯利，他是劳里。不是我今天遇见的他，而是我从照片里看到的他，英俊、年轻、顽皮。他转过头来冲我微笑，洁白无瑕的牙齿随着笑容一开一合，我才发现我们俩是如此相像。我一直疑惑自己为什么长得不像妈妈也不像爸爸，现在一切都水落石出了。他的鼻子，他的嘴唇，他的脸颊和眼镜——全都跟我一样。他抓着我的手，告诉我，我们会没事的。我们一起奔跑一起笑，一点儿也不担心罗莎琳，因为她追不上我们。我们在一起甚至能逃出这个世界。然后我看见了爸爸，站在草地的另一头，为我们鼓掌加油，好像我又回到了小时候橄榄球俱乐部的运动会上。这时劳里不见了，只有我和妈妈，我们的腿绑在一起参加二人三足赛跑，就像我小时候我们常玩的那样。她看起来心神不宁，没有笑，一脸担忧。然后她不见了，劳里又回来了。我们跑着跑着跌倒了，爸爸出现了，笑着为我们加油，招手叫我们往前，站在终点线前张开双臂迎接我们。

然后所有的玻璃在我们周围爆炸开来，碎成无数片，我松开了劳里的手。我听到爸爸在叫我的名字，我睁开了眼睛。房间里全是玻璃，铺满了我们的身体，铺满了地板，浓烟从窗户飘散出去。我看见了一只爪子，一只巨大的黄色爪子，消失在玻璃之间。浓烟散去。可火还在烧，它烧着了那些照片，迅猛地蔓延开来，吞噬了我们周围的一切，最后只剩下我们。下一个就轮到我们了。然后我看到了亚瑟，我看到了伊格内修斯修女，我看到了妈妈的脸，她吓坏了。她在外面，走动，说话，尽管她那么惊慌，我还是松了一口气。然后我被好多双手抱住，我到了外面，不停地咳嗽。我无法呼吸，我被放到草地上。闭上眼睛之前，我看到了妈妈，她亲了亲我的头。然后我看到她抱着劳里，不停地哭啊哭，她的眼泪滴到他的头上，仿佛他们这么单独待着就可以扑灭他们之间的火苗。

自从我发现爸爸倒在他书房地板上以来，第一次，我舒了口气。

# 第二十五章
# 小女孩

从前有一个小女孩，住在一栋平房里。她是家里最小的孩子，有一个聪明的姐姐和一个帅气的哥哥，她哥哥帅到每次在大街上回头都会招来陌生人搭讪，而这个小女孩就是被有些人称作“意外”的孩子。对她的父母来说，已经很久没有生儿育女了，这个小女孩不仅是个意外，而且是个不受欢迎的意外，她自己也清楚这一点。当时她妈妈四十七岁，离她上一次生孩子已经有二十二年，所以对于第三个孩子的出生她没有任何准备。她的前两个孩子都已经长大了，离家了，女儿海伦去了科克当小学老师，儿子布莱恩去了波士顿，成了一名计算机分析师。他们很少回家。对布莱恩来说路费太贵，而她妈妈更喜欢去科克度假。小女孩不认识这两个她从没见过面的哥哥姐姐。他们的孩子都比她大，他们对她几乎一无所知。她出生得太晚，错过了跟他们一起成长的亲情天伦。

她爸爸是基萨尼城堡的猎人，那里跟她家只隔了一条马路。她妈妈是那儿的厨师。小女孩喜欢她家的位置，离那座雄伟的城堡那么近，学校里的孩子都以为她也是里头的一份子。她喜欢他们知道一些别人不知道的内幕消息。他们总是慷慨地送给她家圣诞红包、剩余的食物，还有房子翻修或清理后的多余布匹和墙纸。这块地是完全私有的，可他们让这小女孩到围墙里面玩耍。这对她来说是莫大的荣幸，而为了讨得那家人的欢心，她什么都愿意做，比如做一些家务零活儿，或是跑跑腿，从她爸爸那儿跑到园丁帕蒂那儿，捎上她妈妈的口信，告诉他们为了当天的晚餐要捕猎哪种动物，摘哪种蔬菜。

她喜欢可以到城堡里玩耍的日子。如果她生病不能去上学，她妈妈也不好把她一个人留在家里。基萨尼先生和太太人都很好，他们让她妈妈带着孩子去工作，因为他们知道没有别人可以帮她照顾孩子，也没有别人可以把他们的一日三餐料理得那么好——钱一年一年在缩减，可她还是让他们吃得那么满意。小女孩可以安静地待在大厨房的角落里，看着她妈妈整天在绕着热气腾腾的锅碗灶台挥汗如雨。她非常安静，从不惹祸，可她把一切都看在眼里。她看着她妈妈做饭，同时，她也看着房子里发生的事情。

她注意到，每当基萨尼先生有事要做决定的时候，他会躲进橡树室，背着手站在屋子中央，看着他的祖先们镶着精细金框的大幅油画像。他走出橡树室的时候总是昂着头，精神振作，就像一位刚刚被军士长狠批了一顿的士兵。

她还看到，沉溺于养狗的基萨尼太太为了抓住她的九条狗是怎样疯狂地绕着房子跑，却对周围其他事情毫不关心。她更关心她的狗，尤其是那条名叫梅西的淘气的查理士王小猎犬，她认为它可以理解她的大部分想法和大部分对话。她没有注意到她的两个儿子为了引起她的注意在走道里玩角色扮演游戏，没有注意到她老公喜欢上了毫无魅力的麦德琳——那位一笑就露出一颗黑牙的女仆。每当基萨尼太太出门遛狗的时候，麦德琳就会花更长的时间来打扫主卧室。

小女孩注意到枯萎的花会让基萨尼太太生气。她会检查她经过的每个花瓶，简直就像是一种强迫症。当修女每隔两天早上从她的围墙花园送来新鲜的花束，她都会露出开心的笑脸。然后，门一关上，她便开始挑毛病，一边发牢骚一边拣出她觉得不完美的花枝。小女孩喜欢基萨尼太太，喜欢她的粗花呢套装和她即使不骑马也总是穿着的褐色马靴。可是，小女孩决定，决不允许在自己的家里有这么多自己不知道的事情。小女孩非常喜欢基萨尼太太，可也觉得她是个笨蛋。

小女孩不喜欢基萨尼先生毫不避讳地跟那个丑女仆嬉闹，用鸡毛掸子挠她后背，一举一动比她这个小女孩还要幼稚。他觉得她太小，不会注意到他，不会懂他在做什么。她不怎么喜欢他，而他以为她是个笨蛋。

她把一切看在眼里。她跟自己约定，她一定要知道一切发生在自己家里的事情。

她喜欢看着那两个小男孩。他们总是在捣乱，总是在走廊上乱跑，撞翻这个，打碎那个，惹得女仆大声尖叫，引发一场混乱。她一直在看着的是年纪稍长的那个男孩，发起恶作剧的总是他。年纪小的那个却显得更理智一些，每次参与恶作剧只是因为他想照顾哥哥。劳伦斯是哥哥，他们都叫他劳里。他从来没有注意过这个小女孩，可她一直远远地看着他，即使没被邀请一起玩，也觉得自己是他们中的一分子。在她的想象里，她一直跟他们一起玩耍。

年纪小的那个男孩，亚瑟，也叫亚迪，他注意到她了。他没有邀请她一起玩，他没有主动做过任何事情，他只跟着哥哥的想法行事；可如果劳里做了什么蠢事，他会看向小女孩，翻个白眼，为她讲个笑话。她宁愿他不这么做，她想要的是劳里的注意。他越不看她，她越想要。有时他一个人乱跑的时候，她会故意挡在他的路中间。她想要他至少看她一眼，或者停下来，或者冲她大吼，可他从来没有，他绕过她跑开。如果他跟亚迪玩捉迷藏，她会帮他指出亚迪的藏身之处，可他不理会她，跑去其他地方找，然后大叫着告诉亚迪他放弃了。他不想从她那里得到任何东西。

小女孩很多时候都待在家里不去学校，这样她才可以去城堡里待着。暑假是最好的时光，她每天不用装咳嗽或肚子痛就可以去那儿。小女孩七岁，亚迪八岁，劳里九岁的那个夏天，有一天她像以前一样一个人在庭园里玩耍时，她妈妈把她叫到了城堡里。那天基萨尼夫妇都出门了，到他们巴尔布里根的亲戚家去猎狐。基萨尼太太叫她叫去房间帮忙挑衣服，最后挑了一条橄榄色的真丝及地长裙，搭配珍珠首饰和皮毛大衣。小女孩的妈妈这天负责掌管城堡上下。当她来到城堡前面，从男孩们的脸上看出他们遇到了麻烦。

“今天天气很好，所以到外面来玩，呼吸呼吸新鲜空气，不要捣乱。”她妈妈说，“罗莎琳会跟你们一起玩。”

“我不想跟她一起玩。”劳里生气地说，仍然不看她。可至少她知道了她对他而言不是隐形的，他毕竟看得见她。

“对她友好点儿，孩子们。来打个招呼，罗莎琳。”

男孩们紧闭着嘴巴，然后小女孩的妈妈冲他们吼了起来。

“你好，罗莎琳。”他们俩咕哝着。劳里看着地面，亚迪害羞地冲她微笑。

在那之前，小女孩没有名字。当她听到她的名字从他的嘴里说出来，她有一种受洗的感觉，仿佛这名字是他取的。

“好了，你们去玩吧。”她妈妈说道。男孩们立刻跑开了。罗莎琳跟在他们后面。

他们跑进树林深处，劳里停下来研究一个蚂蚁洞。

“我叫亚迪。”两兄弟中的弟弟说。

“不要跟她说话。”劳里气鼓鼓地说，从地上捡起一根树枝，挥舞着，好像他在跟人打仗。

劳里不理他们，专心地把树枝插进树干上的洞里。突然他们听到了什么声音，劳里竖起耳朵寻找着声音传来的方向。他举起一只手，于是他们都停住不动。透过树与树的缝隙，他们看到了园丁帕蒂跪在地上整理黑莓植株。在他旁边，有一辆手推车，里面躺着一个两岁上下的金发小女孩。

“那是谁?”劳里说，他声音里的警告信号明明白白地传到了罗莎琳的心里。可是，一想到他们可以有第一次对话，她兴奋地回答了他。她的心砰砰直跳，一边注意着自己的声音，希望在他面前表现得完美。

“那是珍妮弗·拜恩，”她说，语气像基萨尼太太一样古板和一本正经，“帕蒂是她爸爸。”

“我们叫她一起玩吧。”劳里说。

“她还是个婴儿。”罗莎琳抗议道。

“她很有意思。”劳里走了过去，看着悠闲地躺在手推车里的她。

从那天起，他们四个就凑到一起了。劳里、亚迪、罗莎琳和珍妮弗每天都在一起玩。珍妮弗是被他们邀请的，罗莎琳是他们被迫接受的，罗莎琳一直记得这一点。即使当劳里在树丛里吻她的时候，即使在她和劳里作为男女朋友交往的那短短几个礼拜中，罗莎琳一直知道小珍妮弗是他的最爱。她一直都是，她迷住了他。不管她说了什么，做了什么，劳里都为她而倾倒，总是想待在她的身边。

珍妮弗一年比一年出落得更加漂亮，可她对自己的美丽浑然不觉。她丰满的胸部，她纤细的腰肢，她一个夏天之间凸起的浑圆臀部。从三岁起她就没了妈妈，她简直就是个假小子，爬树，跟亚迪和劳里赛跑，脱得光溜溜地跳进湖里游泳，无忧无虑。她总想邀请罗莎琳一起玩，不明白为什么她不肯。罗莎琳却在等待时机。她知道假小子一样的性格会让男孩们渐渐失去兴趣，他们总有一天会想要找一个真正的女人，而她就要做那个女人。她会像基萨尼太太一样，掌管城堡，准备一日三餐，养狗，让修女给她拿来最好的鲜花。她梦想着有一天劳里会成为她的，他们会一起住在城堡里。当劳里在橡树室里跟祖先们“神交”的时候，她可以去遛狗或是整理鲜花。

当男孩们去上寄宿学校的时候，劳里只给珍妮弗写信，亚迪给她们俩都写。罗莎琳从没告诉过珍妮弗这个。她会假装她也收到了劳里的信，可因为内容太私密，她不能大声读出来。珍妮弗似乎从来不介意，她对她的朋友们信心十足，这让罗莎琳更加嫉妒。男孩们上大学的时候，罗莎琳妈妈的多发性硬化症越来越严重了，她年迈的爸爸也病了。他们需要钱，而罗莎琳的哥哥姐姐离得太远帮不上忙，所以罗莎琳的父母只得依靠这个他们并不想要的孩子来照顾他们。罗莎琳不得不离开学校，接手了她妈妈在城堡的工作；而珍妮弗一切顺利，不时去都柏林旅行，看望那两个男孩。

对罗莎琳来说，那是最糟糕的一段日子。没有他们，每个礼拜都是那么的漫长和无聊。她盼望着劳里回来，她活在自己的想象中，梦想着一切都会过去，构想着美好的未来。而这时他们在城市里过着有趣的生活——劳里上的是艺术大学，总是把他的玻璃作品寄回家来；亚瑟在学园艺；珍妮弗一出门就会接到模特的工作。他们假期回家的时候，是罗莎琳最开心的时候，只是她多希望劳里用看珍妮弗的眼神看看她。

她不知道他们的恋情是什么时候开始的。她只能推测是在都柏林的时候，那时她正在家里给野鸡拔毛，清理鱼的内脏。她怀疑他们根本没打算告诉她，如果不是那天，难堪的那天，她把他带到苹果树下，向他告白，给他看她在树上刻的字：罗丝爱劳里。她原本以为他会感动得无以复加，他会认识到真实的她，认识到她是怎样在没有他的日子把城堡打理得井井有条，认识到她有多能干。

可事情并没有如她所愿。她在那么长的孤单的年月中，在城堡的厨房里，想象出来的美好的一切，并没有变成现实。她的人生变得黑暗和冰冷。她爸爸去世了，男孩们从学校回来参加葬礼。她姐姐想把妈妈带去科克。可是如果没有妈妈，罗莎琳就什么也没有了。她承诺会好好照顾妈妈。珍妮弗向她伸出了友谊之手。罗莎琳接受了，可从没停止恨她，恨她说的每句话，做的每件事，恨劳里爱上她。

1990 年秋天，珍妮弗怀孕了，罗莎琳的生活崩溃了。基萨尼一家张开双臂欢迎了珍妮弗。基萨尼太太开心地向珍妮弗展示了自己的衣橱、婚纱，以及一切本该属于罗莎琳的东西。珍妮弗和她父亲每个礼拜都被邀请到城堡用餐，罗莎琳给他们做饭烧菜。这样的屈辱是无法弥补的。

孩子出生了，早产了两个礼拜，连送去医院都来不及。罗莎琳在漆黑的夜晚跑去请老修女来接生。他们有了一个小女儿。他们叫她塔玛拉，珍妮弗小时候失去的妈妈就叫这个名字。这对恋人仍然没有结婚，不过一起住在城堡里。亚瑟和罗莎琳做了孩子的教父教母，受洗仪式就在城堡的礼拜堂里举行了。

可是城堡的生活并不容易。基萨尼一家发现很难维持城堡的开销，缺少经济来源，他们越来越窘迫。那么多房间要管理，要供暖，要维护——开销大得他们吃不消。他们经常在晚餐的时候讨论这个问题。罗莎琳，虽然躲在墙后，却把一切都听在耳里。

也许他们可以开放城堡给公众参观。每个礼拜六让人们踏进他们的家门，用相机拍下他们 18 世纪的写字台和挂满画像的橡树室，他们的礼拜堂，他们世代相传的、来自动荡年代的领主和夫人与政客、叛乱分子之间的往来书信。

“不，”基萨尼太太哭喊到，“我不能让别人像参观动物园一样参观我家。而且就算那样我们也还是负担不起，每人几磅的门票不够修复屋顶，不够付帕蒂的薪水，也不够付取暖费。”

不过，他们还是找到了一个解决办法。开发商蒂莫西·古德温和乔治·古德温开着宾利来到了基萨尼，那是一年中最美的一天。当他们看到这片土地，简直不敢相信自己的眼睛，美景、湖泊、鹿群、野鸡。它就像是一个主题公园。无论看向哪里，他们都仿佛看到钱滚滚而来。蒂莫西·古德温，一位穿着三件套西服，兜里揣着支票簿，衣着考究却粗鲁无礼的老先生，爱上了这个地方；而乔治·古德温爱上了珍妮弗·拜恩。这是罗莎琳的人生中最开心的一天。在餐厅给他们的宴会上菜的时候，在她情不自禁的观察之下，她发现乔治·古德温眼里只有珍妮弗，他跟劳里几乎无话可说，而且很多时候他都在逗孩子玩。在座的每个人都看见了，当然也包括劳里。珍妮弗对他很和气，可她爱的是劳里。

古德温父子来了一次又一次，他们开始测量，他们带来了建筑师、设计师、工程师和测量员。乔治来的次数比他父亲要多得多，他接管了这个项目。罗莎琳看到了自己赢回劳里的机会。一天晚上，她偷听到乔治对珍妮弗承诺一切，哪怕是太阳月亮星星他也愿意为她摘下。人人都爱珍妮弗，这是她的错——她散发出惹人爱的信息，把人吸引到她的网中，却丝毫不知在这过程中她毁了多少人的人生。珍妮弗虽然觉得乔治·古德温是个亲切善良的人，但还是拒绝了他的好意。

在罗莎琳眼里却不是这样。

劳里发现罗莎琳在后厨房哭得极其伤心。起先她怎么也不肯告诉他，她不想伤害他。这不关她的事，珍妮弗是她的朋友。可他温柔地哄着她，让她说出了自己看见的事情。她看见了他眼里受伤的神情，她内疚起来，几乎就要把谎话收回，把实话和盘托出，可是他随即抓住了她的手，紧紧地握着，又给了她一个拥抱，跟她说她一直是一个多好的朋友，他一直有多感激她。这样她怎么还能把说出的话收回来呢？

那是一个漫长的夜晚，一场漫长的争吵。罗莎琳任他们两人大吵，他们自己说出的话，破坏力比罗莎琳的话要大得多。劳里没跟珍妮弗说是罗莎琳告诉他的，她很高兴。她让珍妮弗在她肩膀上哭泣，给她一些不怎么诚心的建议。珍妮弗那晚睡在门楼，劳里不想要她在身边。珍妮弗来找罗莎琳时，她正在开心地清理厨房，对她所引起的这场争吵满意非常。珍妮弗带了一封信给罗莎琳。她读了那封信，虽然她很少哭，可这封信让她哭了。珍妮弗希望她把信转交给劳里。罗莎琳把信点着了。这时刚学走路的孩子东倒西歪地进了厨房，她跟她爸爸长得太像了，罗莎琳不禁吓了一跳。她摇熄了火苗，把信扔到了垃圾桶里，然后抱起孩子，送她回房间睡觉。再后来，罗莎琳就回家去了。

那就是着火的那个晚上。她不确定是不是那封点着的信引起的。虽然他们说火是从厨房烧起来的，可没人责怪她。劳里把孩子救出来后，又冲进火里去抢救一些重要的东西。珍妮弗被告知他已经葬身火海。劳里不希望珍妮弗因为不得不留在他身边而留下。在他看来，乔治·古德温赢得了她的心，也能给她更好的生活。虽然这是他自己的决定，罗莎琳小小的推波助澜更让他确定这是最好的办法。他什么也给不了她们。城堡没了，地也卖了，他的一只手和一条腿已经不能动弹。他的烧伤非常严重，已经面目全非，丑得吓人。亚迪不同意这么做，可他没法说服哥哥，让他放弃欺骗珍妮弗的决定。从那以后，两兄弟再也没有说过话，即使他们不过只有一条马路之隔。

珍妮弗悲伤了好几个月，寸步不离家门，甚至都不想再活下去。可人能承受的只有那么多，尤其是在有一位英俊成功的绅士不停来敲门，发誓愿意救她、带她离开的时候。罗莎琳又一次在这个决定中充当了关键的角色。她把一切都处理得天衣无缝。她不是故意要放那把火，不是故意要那样伤害可怜的劳里，可事情就这么发生了，并且朝着对她有利的方向发展。亚迪搬去跟帕蒂一起住，他们一起照看这片土地。劳里搬进了她家的平房，罗莎琳可以同时照顾他和她妈妈。他每天都跟她说谢谢，可他仍然不能给她她想要的。他不爱她。他只是依靠她养活才能活下去而已。她终于意识到她永远也得不到他，她永远也成不了基萨尼太太。

帕蒂去世以后，亚迪一个人孤零零地住在门楼里。她这才把注意力投向了他，或者说，开始回应他从小对她的注意。罗莎琳终于还是当上了基萨尼太太，虽然他们从来不用自己的姓。劳里依然在她的生活中，依赖她的照顾。罗莎琳始终不喜欢去镇上，她讨厌听到那些一无所知的人的流言蜚语。她只在做弥撒和去市集卖蔬菜的时候露面。如果要买东西，她宁愿去更远的小镇，那里没有人会问她任何问题。

十七年了，一切都还不错，不完美，但还不错。可是乔治·古德温为了保护基萨尼不被人夺走而勇敢地了结了自己，也搞砸了她的计划。而那个可恶的长得跟她父亲一模一样的孩子——那个本应该属于她的孩子——又回来了。这让他们的生活陷入了可怕的混乱。如果珍妮弗不问那么多问题，一切都会是好好的；如果她可以康复，那她和塔玛拉就会搬回都柏林去生活。可她又回到了当年为劳里伤心时的状态，她陷入了混乱，她悲伤却不知道是为了谁。罗莎琳只想要她们尽快解决财产问题，尽快离开，可是事情的发展并没有如她所愿。

罗莎琳再也不能承受失去任何东西了。她爱劳里胜过生命中的一切，可他要她保守的秘密造成了那么多人的不幸。她已经看到了结局，她累了。她厌倦了跟亚瑟吵架，他自始至终都不同意劳里的决定，也不同意她的附和。她完美善良而且温柔的丈夫每天都因为对珍妮弗和塔玛拉的撒谎而痛苦不堪。她厌倦了保守秘密，厌倦了在两栋房子之间跑来跑去，厌倦了无法直视别人的眼睛。她害怕别人发现她做过的事情，害怕他们猜测平房里和车库里藏着什么。她想要一切都消失，她想要这栋平房——这栋她一直觉得像牢笼，也实际上成了劳里和她妈妈的牢笼的平房——消失。她想要让所有的人都自由。她确定了她妈妈的安全，然后划燃了一根火柴。

为什么，罗莎琳，为什么？在燃烧的平房外面，他们不停地问她为什么？他们还是不知道，他们还在问她，她所经历的一切，她所承受的那些无声的折磨。可原因就摆在那里啊，那就是一直以来的原因：从女孩到女人，她实在爱了他太久，又爱他太深……

# 第二十六章
# 今天我们学到了什么

**8 月 7 日，礼拜五**

我听到妈妈和劳里彻夜长谈直到太阳升起。我不知道他们说了些什么，可是他们的语气跟前几个礼拜相比已经缓和了很多。伊格内修斯修女一直想方设法让他们好好地谈谈所有的事情，就像不论发生了多么糟糕，多么可怕的事情，当你经历过以后，你松了一口气，就忘记了它曾经是多么可怕，曾经让你多么痛苦。你甚至想再经历一遍，或者你只记得那些美好的部分，又或许你告诉自己它帮助你成长为了更好的人。

在这个家里，一切都不怎么好，一切都不完美，可它从来就不是完美的。不过，房间里的大象已经消失了。他自由了，沿路横冲直闯的时候，我们却都想要驯服他。这就像是一位发牌员重新洗牌——他得把牌的顺序打乱，才能发牌，而这副牌最终会重新找到自己的顺序。这就是发生在我们身上的事。很久以前，生活被重新洗牌了，我们都领到了自己的牌。现在，我们试着整理出它们的顺序，试着理解它们。

我想妈妈和我也许永远不会原谅劳里、罗莎琳和亚瑟对我们隐瞒了这么大的秘密，而且还这么久。我们所能做的就是试着去理解劳里这么做是因为他想让我们得到最好的，不论这想法会导致多么失控的结果。他跟我们说，他这么做是因为他爱我们，他以为这样可以给我们更好的生活。这很难原谅，而且他不仅听信了罗莎琳跟他说的每一句话，还让她左右了自己的想法。她对他和妈妈说了那么多谎，让他们互相伤害。真不可原谅！可我们必须试着去理解。也许当我能完全理解的时候，我就可以学着去原谅了。也许当我能理解为什么妈妈和爸爸对我隐瞒亲生父亲的时候，我就可以原谅这件事情了。我想原谅对我来说还太遥远，但我要谢谢劳里给了我这么好的一个爸爸。乔治·古德温是一个好人，是个了不起的爸爸，直到最后一刻他都在为我们着想。他从头到尾都在跟他父亲为了开发基萨尼的事情斗争，他知道那是我的亲生父亲可以留给我的唯一东西。如果事情照着它们原本的轨迹发展，如果他没有在那场大火中丧命，这儿也是妈妈的家。她在这儿长大，这儿有她所有的回忆。当银行找上门来的时候，他不能让他们把它夺走。我宁愿不要基萨尼，也要爸爸回来，可我知道他有多爱我们，他想要做的是什么。我的两个爸爸为了我们都放弃了太多太多，我只能感谢他们，同时为自己被这两个人这样爱着而感恩。这对别人来说也许完全无法理解，可这是我的人生，这是我学会的解决方法。

亚瑟每天都去医院看望罗莎琳。有他这么好的丈夫，她简直是这世界上最幸运的人，而她从不知道这一点。她现在该知道了，当所有人都离开她，只有亚瑟还留在她身边。尽管已经发现了她的所作所为，他还是努力想要把他爱的那个女人找回来。我发现他对她的忠诚是那么深，简直没有尽头。而我，还从来没有爱上过什么人。爱似乎会让人做出疯狂的事。他只想要她好起来，可是，咱们说句悄悄话，我想她永远也不会从那里出来了。罗莎琳的问题，不论是什么，都早已深深地扎根在她的人生中，从她的过去到她的将来，早已毁掉了其他任何可能。

亚瑟和劳伦斯团聚了。亚瑟永远也不会原谅劳伦斯所做的事情，不会原谅他把自己卷入了这场谎言。可我想，即使他原谅了劳伦斯，也不会原谅自己。他每天都在自责，为他没有站出来说实话，为他没有在一开始就阻止这件事；为他纵容谎言的雪球越滚越大；为他看着我长大而没有告诉我：我的父亲就在一条马路之隔的房子里；为他看着我妈妈悲伤欲绝却没有告诉她：她的爱人只跟她隔着一条马路。他说有太多的事情让他没有站出来，其中最大的原因就是看到了妈妈有多爱乔治，而乔治又是多么好的一个父亲。我想，当你从这个迷宫中找到出路，以后碰到任何事应该都能轻易地走出去了。当你进退两难的时候，当你陷入死胡同绕圈圈的时候，当你身边的任何事情看来都是一片混沌的时候——我懂这种感觉。

我呢？我有一点点摇摆不定，可奇怪的是，我觉得自己变得强大了。我跟祖儿和劳拉彻底说了再见，在她们向我要我烧伤的手的照片，好让她们上传到脸谱网之后。我计划不久以后邀请菲奥娜，就是在爸爸的葬礼上送了本书给我的那个女孩，来家里做客。等事情平静一点以后。

所以这就是整个故事了。我在开头就说过，我不期望你相信它，可它是真的，每一个字都是真的。每个家庭都有自己的秘密，大多数人不知道秘密是什么，可他们知道，有一些空间，有一些缺口，可能藏着那些答案。一个从未说出口的名字，或者仅仅说过一次就没有再说起。每个人都有自己的秘密，至少我们的已经被揭开了，或者至少开始被揭开了。我一直在想，如果没有这本日记的话，对于我的生活我会了解多少？有时候我觉得我迟早会了解，而大多数时候，我觉得那就是这本日记的目的。它肯定有一个目的：它把我领到了这儿，它帮我揭开了秘密，它还帮助我成长成了更好的人。我知道这听起来实在是有些矫情，可它的确帮助我认识到明天的存在。以前，我只活在当下。我说话做事只为了马上得到我想要的，我从未考虑过其余的多米诺骨牌会怎样倒塌下来。这本日记让我看到，一件事是怎样影响到另一件事，我怎样能让自己的人生和别人的人生有所不同。我总是回想，当初在马卡斯的流动图书馆里，我是怎么被这本书吸引的，仿佛它那天就在那儿等着我。我想，大多数人去书店的时候都不知道他们要买什么书。书就在那儿，等着人们把它们拿起来，仿佛有某种魔法一样，什么人挑中什么书。书立在架上，仿佛早知道它们该进入谁的人生，它们能给读书的人带来怎样的影响，它们能教给他什么，怎样能让他的脸上绽放出笑容。现在我对书的看法完全不同了。

我上小学的时候，老师曾经叫我们在每天结束的时候写一段话，题目是《今天我学到了什么》。我觉得在这个时候，回答“我没学到什么”这个问题倒要省事得多。我没学到什么吗？没有什么没学到的。我学到了太多太多，我成长了太多，而且，这样的学习和成长永远也不会停止。

我觉得这整个过程——找到我自己——就是这本日记的目的。我想，在那场火以后，它也许会变回一本普通的记事本，我也许该把它还给流动图书馆，放回非小说类读物的书架上，让其他人也得到它的帮助。可我做不到，我舍不得让它离开我。

它要继续给我讲明天的事，而我要继续过每一个明天。有时候，

我得努力把明天过得更好。

我合上日记本，离开城堡，朝拱门走去。我跟韦斯利约好在刻了字的苹果树下见面。

“噢喔，”他看见了我夹在胳膊底下的日记本，“里面写了些什么?”

“没有不好的事情。”我坐到他身边的毯子上。

“我不相信。是什么事?”

“其实是关于你和我的事。”我笑了。

“关于我们的什么事?”

我抬起眉毛提示他。

“噢，不!”他夸张地张开双臂，“那现在，就像上次的预言是从着火的房子里把你救出来一样，这次的预言是我要吻你?”

我耸耸肩。“随你的便。”

“它发生在哪儿?这儿吗?”

我点点头。

“好吧，就这样。”他严肃地看着我。

“就这样，”我回答道，清了清嗓子，做好了准备。

“它说的是我吻你，还是你吻我?”

“当然是你吻我。”

“好吧。”

他沉默了一会儿，然后倾身过来，温柔地吻上我的嘴唇。这是我所有过的最美妙的吻。他睁开眼睛，抽身离开。

“那都是你编的，是不是?”他问，眼睛瞪得大大的。

“你是什么意思?”我笑起来。

“塔玛拉·古德温，那都是你编的!”他咧嘴一笑，“把日记本给我。”他从我手里抢过日记本，作势要用它敲我的头。

“我们得自己创造我们的明天，韦斯利。”我开玩笑地说，躺倒在毛毯上，抬头看着见证了太多世事的苹果树。

韦斯利俯下身来，我们的脸离得那么近，鼻子几乎碰到彼此。

“说真的，它写了些什么?”他轻轻地问。

“写了‘我想一切都会好起来的’；还有‘我明天还会继续写的’。”

“你总是写这几句话。”

“我也总是做到了。”

“你准备好了吗?”他问，近距离打量着我。

“我想是的。”我轻声说。

“好。”他坐起来，也把我拉了起来，“我带了这个。”

他从身边拿起一只透明的塑料袋，把它打开。我把日记本放进去，起初有些犹豫，然而它一进到袋子里，我就知道这是个正确的决定。

他把日记本用塑料袋包好，递给我。

“你来。”

我抬头看着苹果树，看着上面刻着的名字，我妈妈、劳里、亚瑟、罗莎琳，还有数不清的其他人，他们都曾怀抱着对明天的无限希望站在这树下。然后我跪到地上，把日记本放进韦斯利早已挖好的坑里，再用土把坑填满。

我说我舍不得它离开我，我并没有说谎。我舍不得它离开我，完完全全地离开我。也许某天当我又遇到麻烦，我会把它挖出来，看看它会对我说些什么。可是与此同时，我得自己找到自己的路。

谢谢你读我的故事，我明天会继续写的。